EL MISTERIO DE LA LAVANDERÍA
DE YEONNAM-DONG



Planeta Internacional

KIM JIYUN

# EL MISTERIO DE LA LAVANDERÍA DE YEONNAM-DONG

Traducción de Álvaro Trigo Maldonado

Planeta

Título original: 연남동 빙굴빙굴 빨래방


Avda. Diagonal, 662-664, 08034 Barcelona (España)
www.editorialplaneta.es
www.planetadelibros.com

This book is published with the support of the Literature Translation Institute of Korea (LTI Korea).

Primera edición: septiembre de 2025
Segunda impresión: octubre de 2025
Tercera impresión: enero de 2026
ISBN: 978-84-08-30840-9
Depósito legal: B. 11.806-2025
Composición: Realización Planeta
Impresión y encuadernación: Liberdúplex
*Printed in Spain* - Impreso en España

# 1

# Cuida de la tomatera

Jindeol sollozaba. Era el perro de raza jindo que el viejo Jang había empezado a criar tras el fallecimiento de su esposa. Jindeol, que ahora tenía nueve años, no podía hacer sus necesidades en casa. Normalmente orinaba en el patio o cuando salían de paseo. Jang siempre le dejaba la puerta que daba al patio un poco entreabierta, pero ese día se había cerrado con el fuerte viento de finales de la primavera. Por ese motivo, Jindeol había estado varias horas frente a la puerta aguantándose hasta que terminó orinando sobre la manta verde del anciano, que era lo más parecido a la hierba que había en la casa.

El viejo Jang había caído en un sueño profundo mientras veía la televisión en el salón, y llevaba un buen rato así. Sin embargo, terminó despertándose cuando la orina fue extendiéndose por la manta.

—¡Ay, qué frío!

Cuando Jang abrió los ojos, se encontró con las pupilas negras y brillantes de Jindeol, que lo miraban con expresión lastimera. Sintiendo pena por Jindeol, se levantó rápidamente.

—Jindeol, ¿por qué haces el pis aquí? Ah, que la puerta

estaba cerrada... ¿Lo has pasado mal aguantándote? No pasa nada..., lavaremos la manta. La meteremos en la lavadora y problema resuelto...

Abatido, Jindeol frotó su cabeza en la rodilla del señor Jang y movió la cola con fuerza. Jang metió la manta en la que había orinado en una vieja lavadora con el botón de encendido desgastado. Como no se encendía, volvió a presionar con fuerza el botón con su pulgar. Eligió el programa para mantas y el tambor comenzó a dar vueltas. Tardaría una hora y cuarenta y cinco minutos.

Jang vivía en una casa independiente y no tenía que preocuparse por si molestaba a los vecinos con el ruido, por más que pusiera la lavadora en mitad de la noche. La casa blanca de dos plantas estaba situada en Yeonnam-dong, tenía un patio bastante amplio con el césped bien cuidado y una gran puerta de hierro resistente. Habían pasado cuarenta años desde que se mudó allí. Cuando llegó, era un tranquilo barrio residencial de casas bajas, pero a medida que Hongdae fue ganando fama como lugar de ocio entre los jóvenes, Yeonnam-dong también se hizo más popular. La mayoría de los vecinos habían convertido sus casas en locales comerciales y se habían marchado tras alquilarlas a alguna cafetería, restaurante de moda u otros negocios del estilo. Por esta razón, la casa del señor Jang, con su puerta azul, era una de las pocas que seguían habitadas del barrio.

La casa tenía tres habitaciones en el primer piso y otras tres en el segundo. Era grande para una sola persona. El viejo Jang a veces se había planteado mudarse, pero no era capaz de desprenderse de esa casa que mantenía intactos los recuerdos especialmente felices que había compartido con su esposa. La magnolia, el azufaifo, el caqui, las parras en los bordes del patio, las balsaminas, las rosas e incluso los tomates cherri que estaban a punto de florecer en las macetas junto a la puerta principal... todo había pasado por las manos de su esposa. A Jang, que ahora tenía ochenta años, cada vez le costaba más cuidar de la casa y del patio. Sin embargo, creía que su esposa estaría contenta en el cielo si cuidaba bien de los árboles y las flores.

El viejo Jang se tomó un vaso de agua tibia y cogió el mando del televisor. Se quedó adormilado mientras daban las noticias y se despertó cuando la lavadora empezó a temblar hasta completar el último ciclo de centrifugado. Luego la máquina emitió un pitido que indicaba que el programa había llegado a su fin. Jang se detuvo frente a la lavadora y extrajo la manta con un gruñido. Todavía seguía algo húmeda, así que la sacó al patio y la colgó en el tendedero. Durante todo el camino intentó no pisar a Jindeol, que lo había seguido al cuarto de la lavadora e iba detrás de él. Aún no había salido el sol, pero como amanecía bastante temprano decidió colgar la manta tal cual, pensando que por la tarde estaría seca. Jindeol solo se sintió aliviado cuando Jang tendió la manta y se dispuso a volver. Fue a defecar junto al caqui y escarbó la tierra con las patas.

—Jindeol, ¿te sientes mejor?

Jindeol ladró moviendo la cola y se acercó al anciano, que se llevó el dedo índice a los labios.

—¡Shhh! Los demás todavía están durmiendo, no podemos hacer ruido.

Jindeol dejó de ladrar.

—Eso es, buen chico. ¡Venga, vamos rápido adentro, que hace frío!

Por las tardes había mucha gente en el centro para la tercera edad. Que se reunieran personas mayores de setenta años resultaba inusual para Hongdae, que se había hecho famoso como zona de marcha entre los más jóvenes.

—Doctor Jang, últimamente me duelen mucho las rodillas. Antes solo me pasaba al caminar, pero ahora me duelen hasta cuando estoy sentada o acostada. ¿Qué debería tomar? —dijo la señora Hong después de darle un sorbo al café instantáneo que se había llevado en una botella de plástico. El viejo Wu, que siempre había sentido cierta rivalidad con Jang, la regañó:

—Ni siquiera es médico, ¿qué sabrá un farmacéutico? ¡Si te duelen, lo que tienes que hacer es ir al hospital!

—Cada vez que vamos al hospital me hacen una prueba, luego otra, y así se nos pasa todo el día. Por favor, doctor Jang, recomiéndeme algún medicamento.

Jang se aclaró la garganta y respondió, lanzando antes una mirada de reproche al señor Wu:

—Podría ser o bien por la edad o porque la vida de los cartílagos haya llegado a su fin.

—Eso de «doctor» le viene grande para tratarse de alguien que tuvo que cerrar la farmacia el año pasado por aquel... —comenzó a decir el viejo Wu, e interrumpió su frase por la mitad.

El viejo Jang, que había regentado una farmacia frente a la estación de Sinchon durante casi cincuenta años, se había visto obligado a colgar la bata de farmacéutico porque, tras leer mal la receta, había suministrado medicamentos de más a un paciente.

Jang se aclaró varias veces la garganta antes de hablar:

—Luego le envío un mensaje.

—Parece que alguien quiere seguir jugando a las farmacias hasta el final —replicó el viejo Wu, mirando a la señora Hong con el ceño fruncido.

—¡Señor Wu! Ya basta. Esas palabras son hirientes para el doctor Jang. Ahora que nos estamos haciendo mayores deberíamos consolarnos los unos a los otros...

—No sé cómo tomármelo, señora Hong. ¿Qué es eso de llamarme «señor» todo el rato, y a él, «doctor»? ¿Me está haciendo de menos?

—Será mejor que nos marchemos, doctor Jang. Jindeol lleva demasiado tiempo esperando fuera —dijo la señora Hong, tirando de la manga de Jang y saliendo con él por la puerta.

Jindeol, que esperaba frente al centro de la tercera edad atado con la correa, movió la cola al ver a la señora Hong.

—Pobre Jindeol. Lamento que por culpa de unos viejos amargados no puedas entrar. Te he comprado algo rico.

La señora Hong sacó una barrita con sabor a carne para perros del bolso rojo que había tejido ella misma.

—¡Pero bueno! Vaya lujos, ¿eh, Jindeol?

—No le haga caso. ¡Ese viejo! Se vino a nuestro centro de la tercera edad porque en el que estaba antes nadie le hacía caso, y por lo que veo sigue igual, buscando pelea con todo el mundo.

—Luego le envío un mensaje con el nombre de un buen suplemento nutricional para las rodillas.

—Ay, doctor Jang. Se lo agradezco mucho.

—Para nada, me alegra seguir siendo de ayuda. ¿Pasará por la escuela ahora a recoger a su nieto?

—Sí, ya es casi la hora.

—Como queda de camino, yo también podría dar una vuelta con el chico por allí.

Cuando el viejo Jang le hizo un gesto a la señora Hong para que la acompañara, ella respondió:

—No, no puedo acercarme a la puerta de la escuela...

—¿No iba a recoger a su nieto?

—Me dijo que no lo esperase frente a la puerta, sino un poco más lejos. Supongo que le da vergüenza que sus amigos descubran que a su abuela le falta un dedo... Lo perdí mientras trabajaba cosiendo a máquina de joven. Era lo que tocaba para criar a su padre. ¿Qué le voy a hacer? Tampoco quiero que mi nieto se vea en apuros por mi culpa... —dijo la señora Hong bajando la voz mientras se frotaba el muñón del índice mutilado de la mano izquierda y sonreía con amargura.

Solía restarle importancia bromeando con que el sueño de su vida había sido llevar un anillo de bodas, pero el viejo Jang era consciente de que no debía de haber sido fácil para ella. Frunció los labios y asintió.

Jang caminó con Jindeol hasta el parque de Yeonnam-dong. Por las tardes no estaba tan concurrido como por las noches, pero aun así había bastante gente. A pesar de que la primavera estaba a punto de terminar y la temperatura estaba subiendo, casi nadie iba en manga corta. Mientras cruzaba el pequeño paso de cebra que llevaba hasta el parque, le llamó la atención una chica joven que salía de una lavandería con su colada. Todo el mundo caminaba con rostros inexpresivos concentrados en sus teléfonos móviles y con los auriculares puestos, pero esa chica mostraba una sonrisa radiante, como si hubiera alcanzado algún tipo de iluminación. El viejo Jang se acercó a la lavandería de la que había salido.

LAVANDERÍA GIRA-GIRA DE YEONNAM-DONG. El letrero estaba escrito con un tipo de letra directo, pero que transmitía cercanía. Encima de cada letra había una lámpara halógena que la iluminaba con calidez. El frontal de la tienda estaba hecho de un vidrio transparente que permitía ver bien el interior, desde el techo hasta lo que sería la altura de la cintura de un adulto, mientras que la parte inferior era de ladrillo de color marfil, lo que daba al establecimiento una sensación acogedora y pulcra. Los rayos del sol de primavera se filtraban hasta lo más profundo del local, donde las grandes lavadoras estaban girando. Había una máquina de café en una mesa de madera junto a la ventana y varios libros colocados en una estantería baja contra la pared.

—Esta lavandería hasta se parece a una cafetería o una librería. El mundo se ha vuelto un lugar mucho mejor, ¿no crees, Jindeol?

Jindeol movió la cola.

Cuando el viejo Jang regresó a casa, lo primero que hizo fue detenerse en el patio y palpar la manta colgada en la cuerda del tendedero. Seguía húmeda, pero con un poco más de tiempo se secaría. El problema era el olor. Tal vez la orina de Jindeol oliera especialmente mal o la vieja lavadora no funcionase bien, porque no parecía que ese olor fuera a desaparecer con facilidad. En cuanto Jang acercó la nariz a la manta, frunció el ceño.

—No tengo otra con la que taparme esta noche para dormir...

Jindeol, que no tenía forma de saber en qué estaba pensando Jang, se tendió boca abajo junto a la jardinera llena de tomates cherri de un intenso rojo bañado por el sol. En ese momento sonó el timbre de la puerta.

—Papá, hemos llegado.

Cuando Jang abrió la puerta, se encontró a su hijo y a su nuera. Ella sostenía en la mano una bolsa de papel de un centro comercial de la que sobresalía la cola de un abadejo seco.

—Adelante, debéis de estar cansados del viaje. Gracias por venir.

—No es cansado, y es el coche el que nos lleva —respondió su hijo mientras se guardaba en el bolsillo las llaves del Porsche con el logo de un caballo negro alzado sobre las patas traseras.

El viejo Jang celebró un sencillo ritual ancestral en recuerdo de su esposa junto con su hijo y su nuera. Como había fallecido en un súbito accidente de tráfico, no tenían un retrato apropiado y utilizaron una foto que se había hecho para renovarse el pasaporte cuando tenía poco más de cincuenta años. Se veía veinte años más joven que cuando falleció.

La pareja tenía que ir a recoger a su hijo cuando terminase la academia de inglés, así que celebraron el ritual antes de las ocho. Al acabar, recogieron apresuradamente la mesa antes de que se hubiera disipado el olor a incienso.

—Hace mucho que no veo a Suchan...

—No tanto, acuérdate de que vino a saludarte y a pedirte la paga por las fiestas del Seollal —replicó su hijo cuando Jang expresó su decepción.

Su nuera, que acababa de terminar de lavar los platos, salió de la cocina con una bandeja llena de fruta y se sentó junto a él.

—Aquí con Jindeol no te sientes tan solo, ¿verdad? También deberías ir al centro de mayores durante el día, para que te dé un poco el sol —dijo ella mientras pelaba una pera.

—Sí, es una suerte tener a Jindeol. Paseamos por el parque y echamos un vistazo por el barrio. Últimamente están abriendo muchas tiendas interesantes.

—¿Ah, sí? ¿Qué tipo de tiendas?

—Pues hoy mientras caminábamos he visto una lavandería que prácticamente era como una cafetería. Tenían café y libros. Parece que a la gente le encanta el café hoy en día; vayas a donde vayas siempre hay una cafetería. Aunque la cafeína es buena, también resulta adictiva, así que es mejor tomar algo como té verde o de bambú... Tú también deberías tomar té verde u otros tés en lugar de café en el hospital.

—No te preocupes, sabe cuidar bien de su salud —respondió su nuera.

—Por cierto, papá, hay algo que...

Su hijo parecía nervioso y tragó saliva antes de proseguir:

—Quiero decir... Esta casa...

—Olvídalo. No sigas con eso.

—¡Pero si todavía no has escuchado lo que voy a decir!

—Ni falta que me hace. ¿Acaso no vas a empezar con lo mismo otra vez? La historia de reconvertirla en un edificio comercial y que me paguen las rentas. ¡Y que yo me vaya a vivir por ahí a un apartamento diminuto!

—No te pongas así, solo escucha un momento. Mi cuñada, que es guionista de series de televisión, también se compró un edificio en este barrio y lo tiene alquilado. ¿No es genial tener una fuente estable de ingresos? Esta zona se ha vuelto muy popular, lo llaman Yeontral Park. Tú mismo has dicho que has visto algunas tiendas interesantes mientras paseabas. Hay gente que está intentando ganar dinero aunque sea poniendo esa lavandería, ¿por qué insistes en vivir en esta enorme casa tú solo?

La nuera, que estaba cortando la pera en trozos pequeños y colocándolos en un plato, le dio un codazo en el costado a su marido, que había empezado a alzar la voz.

—Tu hijo tiene razón. Vivir aquí solo te está dando trabajo, hay tanto que limpiar... He estado investigando un poco y hoy en día los alquileres en esta zona son mucho más altos de lo que te imaginas. Es mejor que tener la segunda planta abandonada, como ahora.

—Ya estamos otra vez. He dicho que no quiero —dijo Jang con firmeza.

Pero su hijo insistió con aún más ímpetu, como si no pudiera darse por vencido:

—Suchan ha sido admitido en una escuela preparatoria de Fairmont, en el condado de Orange. ¿Sabes cuánto cuesta la matrícula? Como mínimo son cien millones de wones al año. Además, si envío a Suchan y a su madre a California, ¿te imaginas cuánto costará la vivienda, el coche y los gastos de manutención allí?

—¿El condado de Orange? ¿Me estás diciendo que vais a enviar a Suchan a Estados Unidos?

—¿Crees que una escuela normal es suficiente para él, con la competencia que hay estos días?

—A ti te envié a una escuela normal y ahora eres médico en un hospital universitario. ¡Y yo he llegado hasta aquí estudiando con tan solo un lapicero!

—Ya estás otra vez con eso —murmuró para sí el hijo, con la cara un poco roja.

—¿Es que os falta algo? Tienes un apartamento espectacular en Gangnam, ¿es que nunca vas a estar satisfecho? ¿Te acuerdas de lo que dijiste cuando os di mi dinero para pagar la entrada del piso? Que os mudabais allí para vivir tan bien como los demás.

—Pero hoy en día cualquiera puede hacer eso. Deberíamos aspirar a más. Por eso nos gustaría darle la mejor educación a Suchan...

—A eso me refiero. ¿Por qué tenéis que estar constantemente comparándoos con los demás? Eso no solo os va a agotar a vosotros, sino que al final quien también va a sufrirlo es Suchan. ¿No sabes lo que dice el refrán, de que cuando el cuervo intenta andar como la cigüeña termina con las patas rotas?

Su hijo, que sacudía la cabeza como si toda comunicación fuera imposible, se levantó y se puso la chaqueta.

—Muy bien, entonces quédate a vivir aquí para siempre abrazado a tus preciosos recuerdos, que valen más que todo ese dinero. Cariño, vámonos. Vamos a llegar tarde a recoger a Suchan.

Su nuera dejó la pera que estaba cortando y se levantó. Se inclinó levemente hacia el viejo Jang y salió de casa con su marido. Jindeol se acercó a Jang, que estaba sentado en el sofá del salón. Pronto se oyó el ruido sordo de la puerta de afuera al cerrarse.

—¿Tú qué crees, Jindeol? ¿Acaso uno tiene que tirar

por la borda todos sus recuerdos y anhelos solo por dinero?

Jindeol miró sus ojos tristes y le lamió la mano llena de arrugas.

Jang cogió hasta cinco suplementos nutricionales y los engulló de un trago. Eran omega 3, biotina, calcio, magnesio y multivitaminas. También dejó la puerta entreabierta para que Jindeol no volviera a quedarse encerrado. Recogió la manta del jardín, la colocó en el salón y se acostó. Estaba bien seca, no quedaba ni un resto de humedad, pero cada vez que se daba la vuelta todavía le llegaba el olor de orina.

«Por más que utilicé el suavizante ultraconcentrado que me indicó el empleado del supermercado, todavía huele...»

Jang se acurrucó todo lo que pudo y tocó el icono de la aplicación de YouTube en la pantalla de su teléfono. Revisó uno por uno todos los canales a los que estaba suscrito. Principalmente eran canales sobre política o que enseñaban cómo cultivar plantas.

«¡Oh! Le prometí a la señora Hong que le enviaría un mensaje.»

Estuvo a punto de olvidar que tenía que enviarle los complementos nutricionales para las rodillas. Anotó el nombre de hasta seis suplementos y se lo envió.

Durante sus cincuenta años al frente de la farmacia, el viejo Jang no había cerrado sus puertas por razones personales ni una sola vez. A su esposa eso no le hacía especialmente feliz, aunque por otro lado decía que cuando las clínicas estaban cerradas, al menos una farmacia debería estar abierta, y sin duda apreciaba el sentido de la responsabilidad que Jang tenía con los enfermos. Cuando estaba sola, su esposa cuidaba de la casa justo como el viejo Jang lo hacía ahora. En su único día de descanso semanal, él la acompañaba al mercado de flores de la ciudad de Goyang, compraban árboles y semillas y los plantaban en el jardín. El azufaifo y algunas flores que habían echado raíces habían crecido tanto que se habían extendido hasta más allá del muro, y eran las razones por las que el viejo Jang no podría convertir nunca esa casa en un edificio comercial.

El viejo Jang no lograba conciliar el sueño debido al olor que desprendía la manta cada vez que se daba la vuelta. De repente le vino a la mente la Lavandería Gira-Gira que estaba abierta las veinticuatro horas. Se levantó y dobló la manta. Como era de tamaño individual cabía bien en una de las bolsas de plástico para el *kimchi*. Caminó hacia la lavandería con Jindeol.

Eran casi las once y el barrio estaba más animado que durante el día. ¿Sería por el poder de atracción del alcohol? El viejo Jang, que ya no podía permitirse ni dos vasos de *chongchu*, envidiaba la vitalidad de los jóvenes que bebían cerveza sentados en el césped. Jindeol caminaba un paso por delante de él.

En un momento se encontraron frente a la lavandería. Iba a atar a Jindeol en algún poste que se viera a través de la ventana, pero un cartel anunciaba que LAS MASCOTAS SON BIENVENIDAS, así que entraron juntos. El viejo Jang observó las instrucciones de uso. Hasta las personas mayores podían lavar la ropa sin dificultad, porque todo estaba escrito detalladamente en letras bien grandes.

Jang metió la manta que olía a pis en una de las lavadoras. Mientras comenzaba el lavado, colocó dos toallitas suavizantes impregnadas con la fragancia característica de la lavandería en la secadora. Tras anudar la correa de Jindeol a un lado de la puerta, el viejo Jang se dirigió a la estantería de libros. Quería encontrar algo que leer, pero ningún título atrajo su atención, así que se sentó con las manos vacías a la mesa que había junto a la ventana. Mientras estaba ahí sentado, observó a través de los cristales el bullicio que había en el parque pasadas las once de la noche.

—Todo esto serán recuerdos para nosotros. ¿No es así, Jindeol? Por mucho dinero que se tenga, es imposible retroceder en el tiempo. La juventud no vuelve ni aunque uno pague cientos de millones.

Jindeol, que estaba sentado en silencio, agitó la cola suavemente en señal de respuesta.

—Ojalá pudieras hablar...

El viejo Jang siguió mirando por la ventana, y luego se fijó en un diario verde claro que descansaba sobre la mesa. Pensaba colocarlo en un rincón creyendo que alguien se lo había dejado olvidado, pero se veía bastante gastado, como si muchas personas hubieran estado usándolo. Lo abrió por curiosidad.

En una esquina de la primera página estaba escrito con letra clara: «Por un mundo en el que todos podamos dormir a pierna suelta sin preocupaciones». La siguiente página tenía la marca del bolígrafo; quien hubiera escrito la frase sin duda había empleado mucha fuerza. Aquel diario verde claro era diferente de otros que contenían detalles triviales de la vida diaria. En la tercera página, una fecha del calendario estaba marcada con una estrella roja.

«¿25 de noviembre? ¿Qué tiene de especial? La Navidad es el 25 de diciembre. ¿Será el cumpleaños del dueño de este diario?»

En la siguiente página, las palabras *retirado*, *recogido*, *entregado* aparecían anotadas en letra grande, y debajo de ellas había un organigrama bastante críptico que decía «Zona 1-1, zona 1-2, zona 1-3». Unas páginas más adelante, encontró el retrato de un hombre que parecía haber sido esbozado a toda prisa con el bolígrafo. Tenía los ojos largos y entrecerrados, cejas cortas y poco pobladas, un puente de nariz alto aunque un poco torcido y labios finos.

Le resultaba familiar. No podía recordar exactamente quién era, pero estaba seguro de que era la cara de alguien a quien había visto por lo menos una vez. Se quedó mirando ese retrato durante un buen rato. Revisó cada capítulo y buscó en los textos, pero no había ninguna pista sobre ese hombre. ¿Se habría dibujado a sí mismo? El viejo Jang rebuscó en sus recuerdos, pero no logró averiguar de quién se trataba.

De darle tantas vueltas, le empezó a palpitar y doler la cabeza. Decidió no preocuparse más por ese dibujo. Siguió pasando las páginas del diario, donde habían garabateado cosas como: «estoy esperando a que termine la lavadora» o «me aburro», seguido de preguntas triviales, como gente que pedía recomendaciones de restaurantes que estuvieran bien para comer solo en Yeonnam-dong, o consejos sobre qué ropa ponerse en una cita a ciegas. No sabía si el dueño de la lavandería se lo había dejado o si a alguien se le había olvidado, pero a partir de algún momento muchas personas habían empezado a escribir en él sus preocupaciones, ya fueran grandes o pequeñas.

*No quiero seguir viviendo. ¿Por qué todo tiene que ser tan difícil?*

Había muchas entradas a las que respondían otras personas, pero su mano se detuvo de repente en esa frase. Debajo no había nada escrito. ¿Quizá porque nadie se atrevía a escribir cualquier cosa ni quería verse envuelto en la vida o la muerte de otra persona? Después de pensarlo mucho, el viejo Jang cogió el bolígrafo de la mesa y escribió cada una de las siguientes palabras con sumo cuidado.

*Hay bacterias en la tierra con propiedades antidepresivas. Sé que a los jóvenes de hoy en día les fastidia escuchar las opiniones de los viejos, pero en mis tiempos cavábamos la tierra y jugábamos con ella. ¿Tú también lo hacías? Éramos felices y no teníamos preocupaciones, podíamos lavar nuestro estado de ánimo sombrío tan solo con tocar la tierra. Éramos felices sin saberlo. Te recomiendo cuidar plantas. Toca la tierra, pon las plantas al sol, riégalas y siente el aire fresco mientras lo haces. Seguro que te sentirás mucho mejor y no sabrás si estás cuidando de las plantas o si son ellas las que te están cuidando a ti.*

El señor Jang dejó el bolígrafo tras terminar de escribir con una caligrafía clara. Antes de darse cuenta, la secadora que puso había terminado.

«Ojalá le sirva de ayuda a esa persona...»

Jang se levantó, abrió la secadora y sacó la manta. Hundió su nariz en ella; no quedaba ni rastro del hedor penetrante, ni del leve olor a viejo que a veces notaba en su ropa. Tuvo el presentimiento de que visitaría la lavandería a menudo. Metió la manta en la bolsa de plástico que había traído y ató la correa alrededor del pecho de Jindeol.

Salió de la lavandería y entró en la tienda contigua. Se detuvo frente al frigorífico donde estaban las bebidas y seleccionó una con calma. Por alguna razón, en lugar de solo escribir una respuesta en el diario, quería comprarle a esa persona una bebida energética que tuviera algunas vitaminas. El viejo Jang eligió una botella más grande de lo que acostumbraba.

Después de pagar volvió a la lavandería y la colocó junto al diario. En ese momento, una mujer que parecía estar en la treintena abrió la puerta y entró. Era pasada la medianoche. La mujer tenía unas ojeras muy marcadas. Del cesto con la colada que llevaba sobresalía ropa interior rosa con estampado de fresas. Al observar la ropa interior infantil y a la mujer sorprendida de verlo, al viejo Jang se le ocurrió que quizá ella fuese la persona a la que acababa de responder.

Cuando trabajaba en la farmacia, a menudo venían a visitarle mujeres que sufrían depresión. Tenían el pulso acelerado, porque se pasaban el día alerta y preocupadas por sus hijos. No solo estaban nerviosas, sino que también se sentían impotentes, y le pedían que les suministrase algún medicamento para la depresión que pudieran comprar en la farmacia. El viejo Jang podía darles pastillas Neuromin, que tenían propiedades antidepresivas, pero prefería no venderlas a la ligera. En vez de eso, les recomendaba comer mejillones, porque son buenos para la tiroides, y miel, porque contiene ingredientes beneficiosos para el cuerpo y ayuda a regular los estados de ánimo. Les decía que si seguían pasándolo mal volvieran a por las pastillas, y con una sonrisa amable les regalaba una bebida energética.

Al viejo Jang le preocupaba que la mujer que tenía delante no volviese a escribir en el diario si se daba cuenta de que la había identificado; suponiendo, claro, que realmente hubiera sido ella quien había dejado ese mensaje. Por eso, se apresuró a salir de la lavandería con Jindeol. Una vez fuera, caminó despacio, con la esperanza de que si era ella leyese su respuesta. La mujer lanzó una mirada cautelosa por la ventana mientras metía la colada en la lavadora.

—Mamá, me he hecho...

Su hija Nahee se acercó a la cama de matrimonio del dormitorio y trató de despertar a Mira. En la frente de Mira había arrugas marcadas y profundas que parecían haber sido talladas por alguien con un tridente. No se despertaba fácilmente por más que Nahee la sacudía. Cuando su madre no se despertaba, Nahee sacudía a su padre, Ucheol, que estaba tumbado a su lado. Su padre replicaba en tono de fastidio:

—Eh, Mira, Jeong Mira. Tu hija dice que se ha hecho pis.

—Uhm...

Cuando Ucheol sacudió a Mira, ella dejó escapar un pequeño gemido y se incorporó. Entonces vio a Nahee junto a su cama con expresión preocupada.

—¿Te has hecho pis, Nahee?

—Sí, la manta... Intenté aguantarme, quería ir al cuarto de baño, pero... Creo que fue en un sueño. La manta está muy mojada.

—Está bien, no pasa nada. Venga, ven con mamá al baño.

Mira la abrazó y la llevó al baño. Nahee solía despertarla a menudo cuando se hacía pis en la cama. El próximo año empezaría la escuela primaria y a su madre le preocupaba que aprendiese a usar el baño más tarde que otros niños. Mira puso la manta en un rincón del pequeño baño, que no tenía bañera. Entonces abrió la ducha y lavó la manta.

—Puf... —suspiró sin querer.

Nahee, que estaba a su lado, la miró y dijo:

—Lo siento, mamá...

—No pasa nada. Es solo que mamá tiene sueño. Nada más.

Esas madrugadas que se repetían cada día le resultaban duras. Había pensado en ponerle de nuevo el pañal, pero le daba miedo que eso solo empeorase las cosas, así que le cambió la ropa interior y le puso una nueva con estampado de fresas.

Le leyó un cuento y, en un abrir y cerrar de ojos, Nahee se volvió a dormir. Mira le daba suaves palmaditas en el pequeño pecho, que subía y bajaba a un ritmo acompasado, y se llevó las manos a la cara. Después se quedó dormida a su lado sin darse cuenta.

—Mira, tienes que dormir en la cama. Si te quedas dormida de esta forma, es imposible que descanses. Y luego siempre dices que estás agotada —comentó Ucheol mientras se ponía el uniforme. Trabajaba como reparador de sistemas de calefacción y calderas domésticas.

Mira se despertó con su voz.

—No estoy cansada por dormir aquí. Si Nahee se hace

pis, tienes que levantarte, lavarla y acostarla tú. Siempre me despiertas a mí.

—Eso es porque ella quiere que la ayudes tú... Además, yo tengo que salir a trabajar temprano por la mañana.

—¡¿Y cuando yo iba a trabajar?! ¿Quién se pasaba la noche en vela consolando a Nahee y acostándola? Al menos dame una excusa más creíble. O mejor aún, sé sincero. ¡Me pone de los nervios!

Mira, que había estado intentando contenerse, se puso furiosa repentinamente. Después de que naciera Nahee, no habían podido afrontar los gastos sin dos sueldos, así que la dejaban en la guardería todo el día mientras ambos trabajaban. Ya desde antes de casarse, Mira vendía cosméticos en una tienda de *duty free* a las afueras de Hongdae, a turistas chinos que llegaban en viajes organizados, pero después de terminar su baja por maternidad, el coste de la vida había subido mucho. Resultaba demasiado caro tener a una niñera que cuidase de Nahee después del horario de guardería: solo dos semanas suponía un desembolso de 1,8 millones de wones, por lo que llamarla el mes completo costaba más que su salario. No tenía ningún sentido volver a trabajar. Finalmente, Mira había pasado los dos últimos años en casa cuidando de su hija mientras dependían del exiguo salario de Ucheol.

Nahee, que dormía a su lado, se movió.

—Nahee se despertará. Lo siento, cariño. Prometo que haré las cosas mejor. Pero ahora salgo a trabajar. ¡Ganaré todo lo que pueda!

Cuando vio a Ucheol de espaldas marchándose a trabajar con los hombros caídos, el arrepentimiento volvió a inundarla y pensó que podría haber evitado la reprimenda. Mira se levantó y preparó el desayuno para la niña. En cuanto el olor a sopa de huevo y ensalada de calabacín dulce flotó en el aire, Nahee se despertó sola y empezó a hacer monerías.

—¡Mamá! ¿Sopa de huevo? ¡Qué rica!

—Sí, tu sopa favorita. Ve a lavarte las manos, rápido. Sabes hacerlo sola, ¿verdad?

—¡Sí! ¡Ya tengo siete años!

Como Nahee estaba de buen humor esa mañana, Mira pensó que de alguna manera sería fácil prepararla para ir a la escuela.

Ya en la calle, observó el autobús amarillo que llevaba a Nahee mientras se alejaba. Mira se despidió de ella moviendo la mano hasta que el autobús se perdió de vista. Luego caminó con esfuerzo por el callejón y volvió a entrar en casa. Vivían en un pequeño y viejo piso de dos habitaciones a la entrada de Yeonnam-dong, un poco lejos de Yeontral Park. Como era un edificio antiguo, el balcón no tenía doble ventana, y dado que aquella habitación la utilizaban de trastero apenas tenía la luz. Al no estar orientado hacia el sur, era difícil que entrase luz solar antes de las once de la mañana.

Mira metió la manta y el resto de la ropa que había manchado Nahee la noche anterior en la lavadora. Después de añadir mucho detergente, cerró la puerta de la máquina y pulsó el botón de inicio. Mientras limpiaba la casa oyó un traqueteo proveniente de alguna parte y después unos ruidos que parecían gemidos. En ese momento, se ruborizó. ¿Quién estaría haciendo el amor con tanta pasión por la mañana?, se preguntó, riéndose. Sin embargo, cuando terminó de fregar los platos todavía siguió oyendo esos gemidos. Y su ritmo era extrañamente uniforme. Se dirigió al cuarto de la lavadora y descubrió que provenían de la máquina.

Ya habían pasado cuatro años desde que se mudaron a esa casa. En un principio, habían planeado que Mira pidiese un crédito a su nombre y ahorrar hasta el último won que pudieran para mudarse a un pequeño apartamento más nuevo, pero el banco rechazó prestarle dinero a Mira porque ya no podía aportar ninguna nómina. Al final, y antes de quedarse sin techo, se instalaron allí. El casero les había explicado que el piso estaba por completo equipado y que tenía lavadora y aire acondicionado, algo que a Mira le gustó, porque no quería tener que comprar electrodomésticos ni muebles hasta que tuvieran su propia casa. Sobre todo porque, si compraba muebles y luego se mudaban, era posible que no encajasen bien en su nuevo hogar. En todo caso, su presupuesto era tan reducido que no estaban en condiciones de ponerse muy exigentes.

Después de mudarse, Mira empezó a tener cada vez más dudas sobre eso que había dicho el casero de que había instalado los electrodomésticos hacía poco tiempo. Se estropeaban tan frecuentemente que se preguntó si no los habría comprado de segunda mano. Una vez, Ucheol intentó reparar la lavadora, pero no debió de tener mucho éxito, porque ahora... ¡no solamente temblaba, sino que también emitía gemidos depravados!

Dingdong.

El timbre. Mira contestó al telefonillo: era el vecino de abajo. Le dijo que estaba teletrabajando y que le daba vergüenza hacer videollamadas por los gemidos que se escuchaban desde su casa.

—Lo siento. Lo lamento de verdad. No es que esté haciendo nada raro, es la lavadora...

Mira colgó el telefonillo y apagó con rapidez la lavadora. ¡Maldito trasto! Mira, que llevaba más de seis meses sin tener relaciones sexuales con su marido, le propinó un puntapié a la lavadora sin razón alguna. Sacó la colada que todavía no había terminado de enjugarse bien y la apretó con ambas manos. El agua goteó sobre las baldosas azules rotas de la estancia. Cuanto más retorcía la colada, más frustrada se sentía. Furiosa, llamó a la inmobiliaria.

—Buenos días. Le llamo del tercero de la Villa Wonjin. La lavadora está estropeada. He buscado por internet y dicen que, al ser un elemento incluido en el contrato de alquiler, es responsabilidad del propietario arreglarla...

Mira, que se había calmado y estaba hablando con tranquilidad, fue interrumpida por el empleado de la inmobiliaria:

—Buenos días, estimada clienta. Justo estaba pensando en llamarla...

Cuando la voz normalmente animada del agente inmobiliario se tornó cautelosa y pausada, Mira tuvo un mal presentimiento de forma instintiva.

—El propietario quiere subir la fianza en cuanto termine el contrato. ¿Tiene idea de cómo están los precios en la actualidad? Con lo barato que era cuando entraron...

—¿Ya han pasado dos años? El tiempo pasa tan rápido que olvidé la renovación del contrato. ¿No sabrá por algún casual cuánto...?

—Pide cincuenta millones de wones.

—¿Cincuenta millones? —preguntó sorprendida Mira, que se esperaba unos treinta como máximo.

—Sí, su intención inicial era subirlo a setenta, pero lo bajó debido a las circunstancias.

—Oiga, cincuenta es un montón de dinero. Hay que tener en cuenta que este sitio está lejos de la parada de metro y que tiene dos habitaciones... Por favor, hable con el propietario de nuevo.

—Hablaré con él y de paso le comentaré que es necesario cambiar la lavadora.

—¡No! No hace falta que diga nada sobre la lavadora, ya lo arreglaremos nosotros. Por favor, háblele solo de la renovación del contrato. Es muy importante para nosotros. Si nos mudamos cada pocos años, entre los gastos en comisiones de la inmobiliaria y las mudanzas... Además, Nahee acaba de adaptarse a su guardería y dentro de poco le asignarán una escuela primaria... Por favor, le agradecería mucho que nos ayudase. ¿No podría llamarnos antes de esta noche?

Mira le suplicó una vez más y colgó. Apretó el móvil en su mano y lanzó un suspiro. Tenía el pulso muy acelerado. Llamó a Ucheol, pero no contestó, seguramente estaría arreglándole la caldera a alguien. Terminó de lavar la ropa, la sacudió y la colgó en el tendedero.

Cuando habló con Ucheol sobre el dinero que necesitaban para la fianza del apartamento mientras estaban sentados a la mesa, el ambiente se volvió de repente tan frío como un estofado de *kimchi* del día anterior. Nahee, que era espabilada, le preguntó a su madre:

—Mamá, ¿qué es una fianza?

—Todavía eres pequeña y no necesitas saber esas cosas.

—Mamá, cuando nos mudemos tenemos que ir a una

casa que tenga columpio. O si no a un apartamento de la empresa Daehyun. Como todos los niños viven juntos en esos apartamentos, pueden jugar en el parque después de la guardería, y hay un montón de cosas divertidas. Pero si no vives allí no te dejan entrar. ¡Porfa, vámonos a vivir a un apartamento Daehyun!

Nahee siguió insistiendo sin darse cuenta de los sentimientos de sus padres, que ya estaban abrumados por los cincuenta millones. Por fin, sonó el teléfono de Mira. Era la inmobiliaria. Mira habló activando el altavoz del teléfono.

—Sí, ¿hola? ¿Pudieron hablar con... el propietario?

—Creo que la situación es complicada. No está dispuesto a ceder. De hecho, está pensando en vender el edificio entero una vez que termine el contrato de alquiler... Desde su punto de vista, está perdiendo dinero con el edificio, pues puede alquilarlo a una gran empresa en vez de pedir a los inquilinos fianzas de diez millones.

—Esto... ¿Y cree que podríamos encontrar algún otro lugar con nuestro presupuesto? —respondió Mira, tras permanecer un buen rato en silencio.

—Lo veo difícil... Como ya saben, los precios de la vivienda han subido más del doble en los últimos cinco años. Así que deberían esperar fianzas como mínimo a esos niveles. Intentaré buscar algo y me pondré en contacto con ustedes, pero no se hagan demasiadas ilusiones. Si no les importa vivir un poco a las afueras de Seúl, creo que podría ser buena idea que mirásemos por Gyeonggi-do.

Tras la conversación, Ucheol se llevó las manos a la frente.

—Cincuenta millones...

—Es imposible. ¿De dónde íbamos a sacarlos en nuestra situación?

—Mamá, ¿qué son cincuenta millones? —dijo Nahee, que estaba comiendo arroz con un envoltorio de algas mientras daba vueltas alrededor de la mesa.

—¡Kim Nahee! ¡Te he dicho mil veces que te sientes mientras comes! ¡Lo estás llenando todo de algas! ¿Vas a hacer esto también cuando estés en la escuela? ¿Vas a estar por ahí dando vueltas tú sola y llenándolo todo de algas mientras tus compañeros comen educadamente?

Nahee se quedó boquiabierta ante el repentino enfado de Mira y se echó a llorar. Los granos de arroz en la comisura de sus labios se mezclaron con las lágrimas y los mocos.

—¿Por qué te pones así con la niña? Nahee, ven aquí con papá. Está bien, no pasa nada.

Ucheol la abrazó con suavidad y la consoló. A Mira le ardía la cara. Estaba disgustada consigo misma por enfadarse con Nahee, a pesar de que había decidido que no se enfadaría. Nahee, que le estaba haciendo pucheros, le pidió a su padre que la acostara. Mira se sintió mal, pero al mismo tiempo estaba contenta de quedarse a solas para ordenar sus pensamientos. Nahee olvidó rápido la reprimenda y mantuvo una feliz cháchara con Ucheol hasta pasadas las doce, y en cuanto se quedó dormida su padre cayó rendido como si hubiera perdido el conocimiento.

Mira observó la colada. Había pasado medio día desde que la colgó en el tendedero, pero seguía empapada. Y todo por culpa de esa lavadora gimiente que escupía la ropa sin terminar el centrifugado. La ropa que se pondría Nahee para ir a la guardería al día siguiente también estaba mojada. Mira intentó escurrirla de nuevo, pero no fue suficiente. Se preguntó si debería ponerle lo mismo que había llevado hoy, pero incluso a una edad tan temprana algunos de sus compañeros ya la estaban marginando por vivir en aquel cuchitril de dos habitaciones. Le preocupaba que incluso los profesores la discriminasen si iba dos días seguidos vestida igual, así que cogió el cesto de la colada y salió de casa.

Mientras caminaba por el callejón oscuro observó las tiendas deslumbrantes que bordeaban el centro comunitario de Yeonnam-dong. Los capullos verdes crecían en las ramas de los árboles que se extendían junto al camino del parque. Se acordó de aquella canción pop que decía que «podrías explotar si te toco». Aquel día de primavera se sentía como si fuese a explotar al más leve contacto. Una chica joven con una falda azul cobalto y tacones pasó junto a ella dejando una fragancia a perfume que flotaba en el ambiente. Mira se detuvo sin darse cuenta y observó la espalda de la chica mientras se alejaba. En el pasado, ella también iba por la calle dando pasos seguros y confiados. Se sintió repentinamente marchita.

Sujetó bien el cesto de la colada y siguió su camino. Pasados unos cinco minutos distinguió ya la lavandería. En cuanto entró, miró la tabla con los precios: hasta el secado era caro. Recordó entonces que le parecía haber visto otra lavandería nueva en el barrio... ¿Era la Lavandería Gira-Gira? Salió del establecimiento y siguió andando un poco más por el parque.

¿Cuánto tiempo hacía que no caminaba sola a esas horas? El simple hecho de notar la brisa primaveral hizo que se sintiera un poco renovada. Con una expresión en el rostro mucho más radiante que cuando estaba en casa, Mira terminó encontrando la lavandería de Yeonnam-dong y entró. Los precios eran algo más baratos que en la primera. Había merecido la pena caminar un poco más. Puso la ropa de Nahee en la secadora junto con una tira de suavizante perfumada marca de la casa y pulsó el botón. Como había elegido el modo de secado rápido, solo tendría que esperar treinta minutos. Dio una vuelta despacio por el establecimiento. Quizá fuese por la luz ligeramente amarilla, pero el ambiente se sentía cálido y acogedor. Y por encima de todo, disfrutaba de ese rato a solas.

En ese momento, los altavoces de la lavandería emitieron la canción favorita de Mira. Se trataba de *Nobod*, de las Wonder Girls, una canción que cuando tenía veinticuatro años solía cantar cada vez que la ponían por la tele, antes de que existieran YouTube o los teléfonos móviles. Se movió al ritmo de la música de forma espontánea, como si todo su cuerpo estuviera recordando aquellos días. Levantó el dedo índice de la mano derecha y lo agitó apuntando hacia la derecha, después levantó el de la mano izquierda y lo agitó apuntando hacia la izquierda. Había pasado un montón de tiempo, pero se sintió genial bailando perfectamente al compás. Pronto empezó la siguiente canción. Sería una pena no cantar esta también. Se acordó de que había visto a ese cantante actuar en un festival cuando estaba en la universidad. Ya no era la misma de entonces, pero mientras saltaba con timidez sus mejillas se tornaron del color rojizo del atardecer. Hacía tanto tiempo que no cantaba hasta quedarse sin aliento que se emocionó y de repente sus ojos se le llenaron de lágrimas. Lloró tan fuerte como Nahee. Por suerte, nadie entró en la lavandería mientras descargaba sus emociones.

La ropa desprendía un aroma a algodón limpio de la tira con perfume marca de la casa de la Lavandería Gira-Gira. Nahee frotó su cara contra la manta y la ropa y dijo que olía bien. Se puso sola los calcetines y apremió a Mira para que la acompañase al autobús de la guardería. Mira salió de casa agarrándola de la mano con mucha mejor cara que el día anterior. El autobús amarillo de la guardería estaba detenido a la entrada del callejón.

Hacía un tiempo le habían comunicado desde la guardería que, como su casa estaba en un callejón estrecho, el autobús tenía dificultades para dar la vuelta, por lo que educadamente le pidieron que llevase a la niña hasta la calle principal. Ella había accedido, aunque en aquel momento se le puso roja la cara de vergüenza.

Mira sonrió saludando a Nahee mientras el autobús se iba y después regresó a casa. Cuando vio el salón patas arriba dejó escapar un suspiro. Guardó las tarjetas con palabras y los juguetes de la heladería con los que había estado jugando Nahee por la mañana y se fue a la cocina. Cuando echó agua sobre los platos que había en el fregadero, aparecieron flotando las espinas de la caballa que se había comido Ucheol. Esas espinas le recordaron a las venas que se marcaban en el dorso de su mano, y súbitamente se sintió mal.

Mira ordenó la casa y lanzó un suspiro. Luego hizo una llamada. Después de un largo pitido se escuchó una voz.

—¿Sí? ¿Qué tal, Mira?

—Papá... ¿Estás bien?

—Bueno, ya sabes. Aquí todos los días son más o menos iguales. ¿Y tú? ¿Pasa algo?

No se atrevía a sacarle el tema del dinero a su padre, que era taxista en Busan. Conocía a la perfección la situación de su padre, y hasta las noticias comentaban a veces que las grandes empresas estaban monopolizando el negocio de los taxis con sus aplicaciones, así que hablar de dinero hacía que se sintiera una mala hija.

—¿Qué va a pasar? Yo tampoco tengo nada nuevo que contarte. ¿Qué, estás conduciendo?

Cuando su padre hablaba con el acento de su dialecto, Mira también lo hacía.

—Pensé que ya te habrías vuelto una seulesa, pero veo que no te has olvidado de cómo hablamos por aquí.

—Ey, una de Busan es de Busan para siempre. Además, por algo soy hija tuya.

—Ay, pues ahora ando en el hospital.

—¡¿Cómo?! ¿Y por qué andas en el hospital?

—Últimamente estoy teniendo problemas de digestión, así que me han hecho una endoscopia para ver el estómago y el colon. Tu madre está aquí al lado, ¿quieres que se ponga?

—No, tranquilo, que debéis de estar muy ocupados ahí en el hospital. Espero que en las pruebas todo salga bien. ¿Desde cuándo tienes esos problemas? —preguntó Mira con preocupación.

—Ey, que no es nada. ¿Vosotros bien? ¿Tu marido cómo anda?

—Sí, sí. Todo bien. No te preocupes por nosotros y mira por tu salud.

—Vale, vale. Sigue con tus cosas, ya hablamos. Adiós.

Mira colgó rápidamente el teléfono al escuchar el ajetreo del hospital al otro lado del auricular. Le preocupaba que su padre no estuviera bien de salud y se alegró de no haber sacado el tema del dinero en cuanto empezó la conversación. En cualquier caso, ¿de dónde podría sacar cincuenta millones de wones? Se puso a pensar de nuevo. Volvió a coger el teléfono e hizo otra llamada.

—Jinhyo Duty Free, ¿en qué puedo ayudarle?

—Buenos días, jefa Jeon. Soy yo, Mira. La que estaba en el equipo 3 de China.

Hubo un momento de silencio al otro lado del teléfono.

—Ah, Mira. ¿Qué tal estás?

—Bien, ¿cómo está usted? Verá, la cosa es que...

—¿Llamas para trabajar a tiempo parcial?

—Sí, ahora mismo no puedo permitirme seguir en el paro... Tengo todos los préstamos bloqueados porque el banco dice que no tengo trabajo. Ay, ¿pero qué estoy diciendo? Perdone. Tanto tiempo sin llamar y me pongo a hablar de esto...

—No hace falta que te disculpes. Mira, comprendo la situación..., pero para nosotros es una carga contratar personal a tiempo parcial... —respondió la jefa de equipo, abiertamente.

—Lo entiendo... Hemos intentado dejar a nuestra hija todo el día en la guardería, pero me pareció que se estaba volviendo más y más infantil y también me sentía culpable, así que... Lo ideal para mí sería encontrar algún trabajo que pudiera hacer desde las nueve y media hasta las tres y media o las cuatro...

—Como mujer también he pasado por lo mismo, y

créeme que me da pena y que lo entiendo, pero es complicado.

—Sí, claro. Lo entiendo. Siento haber llamado así tan de repente y solo para lamentarme.

—Para nada, me alegro de haber tenido noticias tuyas, Mira, después de tanto tiempo.

Antes de colgar el teléfono, la jefa de equipo, que siempre le había hablado con consideración cuando trabajaba en la empresa, le transmitió la amable pero terrorífica advertencia de que seguramente su hija necesitaría aún más a su madre cuando empezase la escuela primaria.

La verdad es que nunca creyó que fuera tan complicado encontrar algún lugar del que sacar dinero. Pensó en llamar a sus suegros, pero enseguida renunció a la idea. Cogió el teléfono de nuevo y abrió la aplicación de la inmobiliaria. Mapo-gu y el presupuesto del que podrían disponer como fianza estaban ya seleccionados. En cuanto presionó el botón de buscar aparecieron cero resultados. Como era de esperar, no había nada a un precio más bajo que su casa actual. Mira pensaba que lo mejor era seguir allí, porque la empresa de calderas en la que trabajaba Ucheol estaba cerca, en Sogyeo-dong, y ella también estaría en Hongdae cuando volviera al trabajo. No perdía la esperanza de volver a trabajar allí.

Mira se había graduado en un programa de dos años del departamento de chino de una universidad de negocios con excelentes calificaciones, así que era una trabajadora muy valiosa para el equipo de China de la tienda. Mientras trataba con los clientes y vendía cosméticos, de vez en cuando recibía propinas generosas de señoras ricas y algunas veces también había sido elegida la empleada más amable del mes, lo que suponía recibir incentivos adicionales. Como tenía una formación específica, no podía pasarse con facilidad a otro tipo de empresas. Además, era casi imposible encontrar una que se ajustara a su disponibilidad, y más aún después de una pausa tan larga en su carrera. Pensó que eso de trabajar y cuidar a los hijos a la vez era algo que solo estaba al alcance de las madres trabajadoras de las series de televisión.

«Ojalá las canguros llovieran del cielo y no los hombres. Entonces, yo también podría ponerme un poco de perfume por las mañanas y disfrutar de un refrescante viaje al trabajo.»

Mira hizo una mueca. A medida que ampliaba el área de búsqueda en el mapa de la aplicación, poco a poco iban apareciendo anuncios. Así hasta que llegó a Ilsan. Aun así, les faltaba dinero para alquilar un apartamento. El problema siempre había sido el dinero. Mira, que se había pasado varias horas mirando la pequeña pantalla del móvil, de repente se enfadó otra vez. En momentos como ese lo mejor era darse una ducha fría. De lo contrario, sentía que iba a explotar.

Se lavó de pies a cabeza con el agua fría de la ducha. Después de secarse con una toalla y envolvérsela alrededor del cuerpo desnudo, la puerta del recibidor se abrió. Vio a Ucheol cogiendo de la mano a Nahee, que estaba llorando.

—¡Oye! ¿Qué narices se supone que estás haciendo? ¿Qué haces en casa?

Sorprendida, Mira dejó caer la toalla y se quedó desnuda. No sabía qué había pasado. Sin embargo, al ver a Nahee llorando corrió hacia ella y la abrazó sin ni siquiera vestirse.

—Mamá, mamá.

Al ver que Nahee no paraba de llamarla, aunque estuviera abrazada a ella, tuvo la intuición de que había ocurrido algo. Instantes después, Mira se vistió, le dio a Nahee un batido de plátano con una pajita y se calmó un poco. Nahee sacó la pajita de plástico transparente y la metió en el envase. Enseguida la llamaron de la guardería. Mira se aclaró la garganta y presionó el botón de respuesta:

—Buenos días. Sí, me lo ha dicho mi marido...

La directora, una mujer de unos cincuenta y tantos años, tranquilizó a Mira:

—Imagino que debió de sorprenderse mucho. No podíamos contactar con usted, así que tuvimos que llamar urgentemente a su marido.

—Sí... Me lo ha contado, más o menos. ¿Y Jihu está bien?

—Bueno... Tiene un arañazo en la cara. A un centímetro de un ojo, más o menos. Desde mi punto de vista es superficial, pero, claro, su madre no piensa igual. Al ser en la cara..., dice que quiere una disculpa.

—¿Han visto la grabación de la cámara?

—Sí, lo hemos visto y Jihu no tocó a Nahee. No entiendo por qué no deja de decir que le ha pegado. Por supuesto, los niños pueden mentir por miedo a que les caiga una reprimenda, pero...

Mira lanzó un suspiro.

—¿Necesita el número de la madre de Jihu?

—Debería estar en el grupo de chat. Le enviaré un mensaje privado. En cualquier caso, lo siento, señora directora.

—Trate de resolverlo. Si desea echar un vistazo a la grabación, venga en cualquier momento y se la enseñamos.

Deberíamos haber tenido más cuidado, yo también le pido disculpas.

La última vez, cuando la llamaron sobre el asunto del autobús de la guardería, la directora había hablado en un tono muy amable. Le pareció que era alguien que se preocupaba de verdad por los demás y hasta se sintió agradecida. Al explicar lo que había pasado, utilizó ese mismo tono de voz. Dijo que Jihu y Nahee se habían peleado por un juguete y que ella había terminado arañando la cara del niño. Mira estaba preocupada. Jihu había empezado en esa guardería la semana anterior, así que todavía no había visto a su madre ni una sola vez. ¿Y si era una intransigente? ¿Y cuánto de profundo y cómo de grave sería el arañazo?

Después de esa llamada, Mira estaba confusa.

—¡Mamá, mamá, me lo he bebido todo! Oye, mamá... Me gustaría tener un perrito —dijo Nahee, que estaba de buen humor después de tomarse el batido.

—Nahee, ¿por qué le has pegado a Jihu?

—Un perrito... ¿Podemos tener uno, mamá?

—¿Por qué le has pegado a Jihu?

—A mí también me pegó —respondió Nahee con un puchero, pero Mira ni siquiera escuchó lo que decía.

—La directora dice que lo ha visto todo, que Jihu no te pegó. ¿No estarás mintiendo?

—Me pegó de verdad. Me dolió aquí —contestó la niña con voz seria, apuntando a su codo.

Mira observó el codo extendido de Nahee y su otro codo, pero no había ninguna herida ni signos de golpe. Así que le preguntó a su hija con una expresión más seria:

—¿De verdad? ¿Estás segura de que Jihu te pegó? Como estés mintiendo me voy a enfadar. ¡Vas a ver lo que es bueno!

—... Es verdad.

Como si los efectos del batido de plátano hubieran llegado a su fin, Nahee puso cara de agravio y empezó a llorar otra vez. Ucheol, que se había cambiado de ropa, salió del dormitorio.

—¿Por qué no respondiste al teléfono? Nahee no paraba de llamarte llorando, pero no lo cogías. ¿Qué estabas haciendo?

—Me estaba duchando —respondió Mira, reprimiendo algo que surgía en su interior y que la hacía sentir como si fuese a enfurecerse de nuevo en cualquier momento.

—Podrías haberlo hecho después. Durante el día puede que llamen de la guardería, así que mejor dúchate cuando yo vuelva.

—¿Después, cuándo? Cuando vuelves hago la cena, antes limpio los restos de comida y los granos de arroz que va dejando Nahee, y cuando termino limpio también toda la suciedad de los juguetes. Y luego con suerte será la hora de mi ducha, ¿pero acaso tenemos alguna bañera en la casa? ¿Nos podemos duchar los dos a la vez en ese baño diminuto?

—Vale, vale. Lo siento. ¿Por qué te enfadas así otra vez?

A medida que Mira levantaba la voz, Nahee lloraba más fuerte.

—¿Podrías consolar a Nahee? Tengo que salir un momento a llamar a la madre de Jihu.

Ucheol sujetó con fuerza el batido de plátano y abrazó a Nahee, que seguía llorando. Mira salió al recibidor con tan solo un cárdigan gris puesto por encima. Debía haber llovido, porque el callejón estaba mojado.

«Qué frío.»

Mira frunció el ceño cuando accidentalmente pisó un charco que había junto a la pared del edificio.

«Joder, todo me sale mal.»

Sacudió fuerte las chanclas para expulsar el agua y, tras inspirar hondo, llamó a la madre de Jihu. En cuanto contestó, Mira se disculpó varias veces y dijo que iría a verla, pero la madre de Jihu respondió con frialdad, asegurándole que no hacía falta y que se limitase a enviarle una compensación económica por los gastos médicos. Luego añadió que un dermatólogo había examinado a su hijo y que podría necesitar tratamiento con láser para sus cicatrices. Por ese motivo, le exigía una compensación de un millón de wones, y a cambio ella no tendría que preocuparse de las facturas médicas que pudieran surgir en el futuro. Mira sintió un nudo en la garganta, como si tuviera la yema de un huevo cocido atascada. Sin embargo, como era culpa de Nahee, en vez de quejarse aceptó dócilmente enviarle el millón de wones. Inclinó la cabeza despidiéndose y se disculpó una vez más con la madre de Jihu al otro lado de la línea.

Esa noche, transfirieron un millón de wones desde la cuenta de Ucheol. Sus ingresos menguaron un poco más y su posible nueva casa se alejó más y más de Seúl. Mira acostó a Nahee y se fue al dormitorio.

—Ya se lo he enviado —dijo Ucheol con voz tranquila.

—Bueno.

—Los gastos de este mes...

—No hace falta que me lo expliques. Habrá que apretarse más el cinturón. Como mañana trabajas, será mejor que te duermas pronto.

Después de intercambiar cuatro palabras insustanciales se acostaron dándose la espalda. Mira no podía conciliar el sueño, pero lo intentó. Solo así podría enfrentarse al día siguiente. Justo cuando estaba quedándose dormida, Nahee la sacudió para despertarla.

—Mamá... Me he hecho pis.

Nahee parecía tan abatida que Mira no pudo evitar sentir lástima. Además, se sentía mal por no haber sabido consolarla; intuía lo difícil que debía de ser para la niña convivir por primera vez con otros niños y, además, enfrentarse a una pelea en la guardería. Le cambió la ropa, dejó la manta sucia en el baño y buscó una limpia. Nahee se durmió enseguida y ella regresó a la cama de matrimonio. Se quedó dormida al instante. Pero unas horas después, Nahee volvió a despertarla.

—Mamá..., despierta.

—¿Qué pasa?

—Es que... otra vez.

Mira se incorporó al oír la voz titubeante de Nahee.

—¿Otra vez? ¿Que te has vuelto a hacer pis?

—Mamá, lo siento...

Mira la sujetó de sus pequeños hombros.

—Nahee, por favor. Si de verdad lo sientes, para ya de una vez. ¡Mamá está muy cansada!

Al final Nahee rompió a llorar. Despertado por el alboroto, Ucheol la consoló.

—Quédate aquí durmiendo con Nahee —dijo Mira—. Ya no quedan más mantas, así que iré rápidamente a la lavandería y las traeré de vuelta limpias.

—Ya irás mañana. Ahora es muy tarde —dijo Ucheol con voz adormilada.

—¡Hoy ha llovido, si las tendemos no se van a secar antes de la noche!

Mira se puso el cárdigan gris, enjugó en el baño solo las partes que tenían orina y se fue de casa con las dos mantas. El cárdigan estaba empapado por la humedad que desprendían las mantas. Cuanto más avanzaba, más cansada se sentía. Caminó rápido hasta la lavandería. Abrió la puerta de la lavadora y metió a presión las dos mantas. Se sentó frente a la mesa que había delante de la ventana. Vio entonces el diario verde claro abierto frente a ella. Ese diario sin dueño que llevaba allí un tiempo estaba repleto de anotaciones triviales que nadie sabía quién había comenzado a escribir. Ni siquiera sentía ninguna curiosidad por su contenido. Aun así, lo miró de reojo y una frase llamó su atención: «Adiós, primavera». Las lágrimas anegaron de repente sus párpados hundidos, que parecían los charcos embarrados que había pisado hacía un momento. Las cálidas lágrimas fueron deslizándose por sus mejillas y cayeron sobre la mesa. Las secó rápido con su mano y se frotó los ojos. Pasó a la siguiente página. Alguien había escrito sus preocupaciones sobre el papel blanco y le habían respondido debajo. Mira agarró el bolígrafo que había sobre la mesa y escribió:

*No quiero seguir viviendo. ¿Por qué todo tiene que ser tan difícil?*

Mientras lo escribía, sintió como si una ola de impotencia la estuviera ahogando. Se preguntó si habría alguna esperanza y si podría seguir así. Mira peleaba cada día, sin permitirse un respiro, como la lavadora que tenía detrás centrifugando sin cesar. Cuando era joven y estaba soltera su obsesión había sido el trabajo, y ahora que era madre, lo era su hija. Pero no se sentía valorada ni reconocida; al contrario, era un poco como esa lavadora rota que tenía en casa, un cacharro renqueante. Las lágrimas no dejaron de correr ni siquiera cuando inclinó la cabeza hacia atrás y miró al techo. Por más que inspiró hondo y tragó saliva, no logró contener esas cálidas lágrimas.

Mira y Ucheol no pudieron reunir los cincuenta millones de la fianza y tuvieron que renunciar a Yeonnam-dong. Empezaron a buscar piso en las afueras de Seúl, y un día, justo cuando Mira estaba a punto de salir de su casa para ir a visitar un piso en Gyeonggi-do, le sonó el móvil.

—Ah, mamá. Ahora mismo estoy ocupada, te llamo luego, por la noche.

Hubo un silencio al otro lado de la línea.

—Mamá, ¿estás llorando?

—Mira... Ay, Mira, no sé qué hacer con tu padre.

Mira, que estaba ya en el recibidor, se quitó los zapatos, regresó al salón y dejó su bolso en el sofá.

—¿Qué ha pasado? No llores y cuéntamelo.

Se escuchaban sollozos al otro extremo de la línea.

—¡Mamá! ¿Vas a seguir llorando? Dime ya qué pasa, no me tengas así.

Ucheol observó el rostro de Mira y de inmediato supo que se trataba de algo serio.

—¿Papá ha tenido un accidente?

—No, no es eso. Dicen que tiene... cáncer de estómago.

Mira se desplomó en el sofá.

—Luego voy. Eh... no. Ahora mismo voy.

—Ay... Dicen que es necesario operar y que tienen que

hospitalizarlo de inmediato, pero hace poco cambió la política del hospital y solo permiten que entre un acompañante.

—Así que, ¿no me van a dejar verlo por más que vaya? ¡Tengo que verlo antes de que entre en el quirófano!

—Pensaba contártelo todo después de la operación, pero estoy aquí sola y asustada.

—Mañana voy para allá. No, ahora mismo voy.

—Mira..., quédate ahí. Debí contártelo después de la operación. Con tu marido trabajando, ¿quién va a llevar a Nahee a la guardería? Quédate en casa.

Mira quería dejarlo todo e irse al aeropuerto. Quería tomar el primer tren a Busan y estar con su padre. Recordó lo que le dijo el día de su boda cuando esperaba vestida de novia junto a la entrada. «Hija mía, tu padre tiene muchas carencias y no fue capaz de darte los mejores vestidos ni de criarte como otras familias. Y aun así, te has convertido en una mujer preciosa. Siento no haber podido hacerlo mejor, Mira.» Luego le había posado su temblorosa mano sobre la de ella. En ese momento, deseaba poder ofrecerle el mismo consuelo.

Mira reservó un billete de avión nada más colgar. Aunque no pudiera ver a su padre de inmediato en la sala de recuperación después de la operación, quería estar cerca de él. Ucheol dijo que pediría un día libre para cuidar de Nahee y abrazó a Mira, diciéndole que se fuera y que no se preocupase por nada.

Aquella noche, como no pudieron ir a ver una casa que había en Gyeonggi-do a un precio asequible, el agente inmobiliario les llamó para decirles que otra persona la había reservado. Su padre estaba enfermo y la lavadora seguía gimiendo y emitiendo ruidos siniestros. Todo era un desastre. Lanzó un profundo suspiro, pero se obligó a mantenerse fuerte. Instantes después, echó la ropa interior con estampado de fresas de Nahee, el uniforme de trabajo de Ucheol, su cárdigan gris y una toalla en el cesto de la ropa y salió de casa.

Sin darse cuenta, había empezado a disfrutar de sus idas a la lavandería después de que todo el mundo se hubiera ido a dormir. Ver a los jóvenes pasándoselo bien, sentados en cualquier parte, con sus ropas y peinados desenfadados, hacía que ella se sintiera también más libre.

Al abrir la puerta de la lavandería se encontró a un anciano de pie en frente de la mesa. Se quedó paralizada un instante y después entró en el establecimiento. Pensó que, más que un abuelo, encajaría mejor definirlo como un «caballero de edad avanzada». Llevaba una camisa azul marina a cuadros bien planchada y unos pantalones grises de algodón. Presentaba un aspecto amable y el pelo cano abundante le daba un aire agradable. Mira sorteó con cuidado al perro de raza jindo que estaba sentado tranquilamente junto a la puerta, y el anciano salió de la lavandería despacio sujetando la correa que el animal llevaba atada al pecho.

Por un momento se preguntó si ese anciano habría visto lo que había escrito, pero no le preocupaba demasiado, porque lo había hecho de forma anónima. Se preguntó si alguien habría respondido a su comentario, pero como el anciano todavía no se había terminado de marchar, se quedó mirándolo de reojo. Cuando él y su perro desaparecieron por completo de la vista, se sentó a la mesa, sobre la que había una bebida energética.

El diario estaba abierto por la página en la que ella había escrito. Había una respuesta, redactada con un trazo que parecía transmitir sinceridad y sabiduría. ¿Lo habría escrito el anciano que acababa de salir? Era una caligrafía clásica que encajaba con su apariencia. Se sintió agradecida a quienquiera que le hubiera dejado el mensaje, porque sintió que alguien la había escuchado. Durante todo ese tiempo, su voz había sonado como un eco que solo ella misma oía; pero ahora era como si alguien al otro lado le dijera: «puedo oír tu voz».

Mira sopesó la posibilidad de tener plantas, cuidarlas y respirar aire fresco. Al quitar el tapón a la bebida energética, emitió un ruido característico y le llegó su aroma amargo y distintivo. Se puso a pensar con qué tipo de planta podría empezar. Bajo aquella respuesta escribió unas palabras de agradecimiento, y se despidió explicando que pronto se marcharía del barrio.

Hacía ya dos semanas que Mira se había ido a Busan. La operación de su padre se llevó a cabo sin contratiempos: por suerte, el cáncer no se había extendido. Aun así, tendría que permanecer hospitalizado y someterse a quimioterapia. Con la mudanza a la vuelta de la esquina, ni siquiera pensó en volver a la lavandería, porque estaba ocupada buscando casa. Por suerte, Nahee no había estado haciéndose pis con tanta frecuencia y pudo descansar por las noches.

El viejo Jang seguía preocupado por ella. No podía sacarse de la cabeza la imagen desoladora de sus ojos vidriosos y las ojeras marcadas que tenía debajo.

—¿Se habrá tomado la bebida? ¿Le habrá sabido a poco? Debí dejarle una caja. Así se la podría haber llevado a casa —dijo el anciano Jang mirando a Jindeol, que movía la cola.

Se prometió que la próxima vez compraría una caja de bebidas vitaminadas y colocó la suave manta en el suelo. Acababa de sacarla de la secadora y todavía estaba caliente. A Jindeol también parecía agradarle, así que se acurrucó junto a Jang. El aroma del suavizante de la Lavandería Gira-Gira y el propio calor que desprendía el cuerpo de Jindeol hicieron esa noche de primavera aún más acogedora y enseguida se quedó dormido.

El viejo Jang compactó con sus manos desnudas la tierra de las macetas bañadas por la luz primaveral. Observó con cara de felicidad los tomates cherri, cuyos tallos habían empezado a brotar con rapidez. Tras comprobar que los tomates que habían estado verdes hasta la semana anterior ya estaban rojos, cogió uno pequeño que se había abierto bajo el tallo y se lo comió.

—Oh, qué rico. Dulce como la miel.

Jindeol olfateó la mano del anciano.

—¿También quieres uno? Tú no puedes comer tomates. En vez de eso, te prepararé algo especial. Hoy te voy a dar pechuga de pollo, ¿qué te parece?

Jindeol ladró moviendo la cola con entusiasmo. El viejo Jang se quitó el sombrero de paja. El cielo estaba despejado y no se veía una sola nube.

Puso a hervir un trozo de pollo en una cazuela sobre el fuego de gas. El color rojizo de la carne fue desvaneciéndose y empezó a formarse una espuma que se iba acumulando en la superficie. Jang la fue quitando hábilmente con un cucharón.

—Este abuelo te va a preparar tu comida favorita, Jindeol. Solo espera un momento y verás.

A Jindeol le encantaba la comida casera e ignoraba la comida para perros que vendían en las tiendas. Jang se puso a tararear mientras pensaba en el festín que se iba a pegar Jindeol. Ya casi era la hora del almuerzo, así que sacó un táper de plástico con caldo de huesos y un paquete de *mandu* del congelador. Hoy comería sopa de *mandu*.

—¡Uh!

Oyó a Jindeol gimiendo en el patio con un sonido agudo que le perforó los oídos. El viejo Jang apagó con rapidez el fuego y corrió afuera. Jindeol no podía tenerse en pie frente a la puerta de entrada y dejó escapar un largo aullido, como un lobo.

—¡¿Qué te pasa?!

Su hijo y su nuera estaban entrando. Al abrir la puerta, su hijo había golpeado sin querer a Jindeol, que estaba justo en frente. Tenía una pata trasera torcida de un modo extraño. El viejo Jang respiraba con dificultad y tenía las manos sudorosas. Tenía que llevarlo al veterinario lo antes posible.

—Suegro, ya hemos llegado.

—¿Por qué va tan dura la puerta? Mira que dan trabajo, estas viejas casas individuales. Deberías mudarte a un apartamen...

—¡Otra vez con el maldito apartamento! ¡Cállate de una vez! —gritó el viejo Jang a su hijo, que sostenía un gran sobre con el nombre y el logotipo de una constructora a un lado.

Jang miró con lástima a Jindeol mientras se esforzaba por levantarse poniendo su peso sobre las patas delanteras, a pesar de que se desplomaba hacia un lado cada vez que lo intentaba.

—Está bien, Jindeol. No te levantes, quédate tumbado. Vamos al veterinario. ¿Habéis traído el coche?

—Sí, eh... Mira que justo estar ahí... ¿Crees que está herido? Pero, papá, ¿quieres que suba a ese animal al coche?

—Rápido, arranca el coche. Ahora mismo regreso.

—Pero el coche es nuevo... Es mejor que llame a un taxi. Probablemente sea una pata fracturada. No es gran cosa, hoy hacen hasta sillitas de ruedas para perros.

—¡Ay!

Jang le dio un manotazo en la nuca a su hijo. Después de ver a Jindeol sufriendo así sobre el césped no pudo soportar que escupiera esas palabras.

—¡Papá!

—¿Y dices que eres médico? ¿Así tratas a tus pacientes? ¡Que no es gran cosa! No mereces ser médico. Deberían retirarte la licencia o lo que haga falta. ¡Este no es mi hijo! ¡Es patético que haya estado presumiendo de ti porque eres médico! ¡Patético!

—Eso que dices es un poco...

—Tú no te metas. Papá, ¿por qué te pones así? Solo es un perro...

—¡Como sigas hablando, te voy a dar otro!

Al viejo Jang le palpitaban las sienes, cogió la cartera y el teléfono y salió con Jindeol en brazos. Las malas hierbas amarillas enganchadas en el pelaje de Jindeol se agitaron con el aire y cayeron al suelo. Mientras caminaba con Jindeol en brazos, al viejo Jang se le empezó a acumular el sudor en la frente. No era fácil encontrar un taxi en un área residencial. Los únicos que veía tenían el cartel con letras verdes de reservado. De haber sabido que algo así iba a pasar, no habría entregado su permiso de conducir. Después de su último viaje con Jindeol al cercano Mar del Este, había renunciado voluntariamente al carné de conducir que había llevado en su cartera durante casi sesenta años. Sabía que había gente a la que le preocupaban los conductores de la tercera edad, y, para ser sincero, después de un par de sustos decidió dar el paso. No se arrepentía, pero admitir que era un peligro en la carretera era un recordatorio constante de su avanzada edad.

Hubo momentos, como este, en los que se arrepintió de haber tomado esa decisión. Ya no podía conducir mientras escuchaba música relajante con Jindeol en el asiento del copiloto, y, cada vez que quería ir al campo a tomar un poco de aire fresco, tenía que pedirle el favor a su hijo. Sin su automóvil, las únicas veces en que podía viajar un poco más lejos era cuando se apuntaba a una de esas salidas que organizaba el centro para personas de la tercera edad.

El viejo Jang estuvo yendo y viniendo durante unos cinco minutos entre el callejón frente a su casa y el de al lado. Los gemidos de Jindeol cada vez eran más estridentes. Jang decidió que no podía seguir esperando y se echó a caminar. En cuanto dio un paso, oyó un fuerte bocinazo y un taxi de Busan con la luz de servicio apagada se detuvo en frente de él. Sintió curiosidad al ver la matrícula. No tenía encendido ni el cartel de reservado ni el de libre. Se preguntó si no estaría intentando preguntar alguna dirección.

En ese momento, la ventana del pasajero se abrió lentamente. Una mujer que parecía tener unos sesenta años le dijo:

—Suba, señor. Estábamos dando vueltas sin poder encontrar la casa de nuestra hija y le hemos visto también a usted ir de un lado a otro. Súbase. ¿Tiene que ir al veterinario?

El hombre que sujetaba el volante, aproximadamente de la misma edad, insistió:

—Súbase. Le llevaré en un momento.

Se le pasó por la mente que podía tratarse de algún método para secuestrar a personas mayores, pero no soportaba ver a Jindeol aullando en ese estado, así que se subió al asiento de atrás.

—¡Gracias! Pues si no es mucha molestia, si sale por el segundo callejón de ahí llegará a una carretera principal. Continúe recto en dirección a Sincheon.

—De acuerdo. ¿Cómo se llama el sitio?

El hombre, de aspecto elegante, presionó el botón de búsqueda por voz de su teléfono y dijo el nombre del veterinario que le dio Jang. Siguió conduciendo por los callejones y las calles siguiendo las indicaciones del sistema de navegación y no tardaron ni diez minutos en llegar. Cuando el señor Jang intentó sacar la cartera, la mujer y el hombre se despidieron de él agitando la mano.

—Entre, rápido. No se preocupe. Además, hoy estoy de vacaciones.

—Pero...

—Ni siquiera he puesto el taxímetro. Venga, bájese ya.

El viejo Jang les dio las gracias y se bajó del coche con Jindeol en brazos. Agradecido, inclinó la cabeza a modo de saludo. El taxi se marchó y él entró en la clínica veterinaria empujando la puerta con su cuerpo. Aunque era la hora del almuerzo de un día entre semana, la clínica estaba llena de animales enfermos y dueños preocupados. Como la visitaba a menudo, la enfermera enseguida comprobó el estado de Jindeol y lo clasificó como emergencia, lo que ayudó a que fuera atendido con rapidez. Cuando accedieron a la sala de consultas, el cuerpo de Jindeol empezó a temblar. Aun así, cuando entró el veterinario meneó un poco la cola.

El veterinario comprobó su estado palpándolo y dijo que necesitaría una radiografía para tener un diagnóstico más preciso. El viejo Jang se sentó en la silla para acompañantes y esperó nervioso. En su mente ya se imaginaba al perro caminando por el parque utilizando un dispositivo con ruedas.

«Jindeol, por favor... Lo siento...»

El veterinario se acercó a Jang, que estaba muy pálido, y le tomó la mano con gentileza:

—No se preocupe demasiado. Debemos operarlo de emergencia, pero lo haré lo mejor que pueda. Confíe en mí. Creo que a Jindeol también le caigo bien.

Jang sintió su mano áspera al tacto, tal vez por el alcohol desinfectante, pero al mismo tiempo la sentía muy cálida.

—Se lo ruego.

El veterinario se dirigió hacia el quirófano. Antes de que se cerrara la puerta, Jang pudo ver a Jindeol acostado sobre la fría mesa metálica. Permaneció durante dos horas sentado en su silla y no se levantó ni para ir al baño. Rezó para que Jindeol pudiera al menos seguir paseando por el parque como hasta ahora, algo que le encantaba. Finalmente, la enfermera lo llamó.

—¿Es el dueño de Jindeol? Entre en la sala número 1.

El veterinario que acababa de operar a Jindeol le esperaba con la radiografía en la pantalla.

—Muchas gracias por ocuparse de Jindeol. ¿Qué tal está?

—La operación ha ido bien.

—¿Necesitará utilizar algún aparato con ruedas? ¿Podrá volver a caminar?

—No se preocupe, podrá caminar bien.

Tan pronto el veterinario pronunció esas palabras, el viejo Jang dejó escapar un suspiro de alivio.

—Gracias. Muchas gracias, de verdad.

—Jindeol es un valiente. Su ritmo cardiaco se ha mantenido estable durante toda la operación y gracias a eso hemos podido terminar pronto.

El veterinario explicó el estado de Jindeol en detalle mientras miraban la radiografía de la pantalla. Añadió que ahora estaba en la sala de recuperación y que podría verlo cuando fuera trasladado a hospitalizaciones. Al salir de la sala, el señor Jang volvió a inclinar la cabeza dando las gracias y el veterinario le devolvió el saludo.

—Pobre Jindeol... Seguro que lo has pasado mal —murmuró.

Un rato después, Jindeol yacía indefenso en la habitación de hospitalizados. Los efectos de la anestesia desaparecían gradualmente y el animalillo temblaba como si sintiera dolor, pero al ver a Jang se esforzaba por levantarse y se desplomaba de nuevo. Una escayola verde envolvía su pata izquierda trasera.

—Jindeol, quédate quieto. Se puede infectar. Quédate tumbado y descansa.

Al escuchar la voz del viejo Jang, más cariñosa que nunca, Jindeol apoyó el hocico sobre sus patas delanteras y lo miró hacia arriba con sus ojos negros como si se sintiera aliviado. Cuando le informaron de que tendría que permanecer ingresado durante una semana, le dijo a la enfermera que volvería al día siguiente y salió de la clínica veterinaria.

El viejo Jang cogió un autobús hasta su casa y se bajó en la parada de la Universidad Hongik. Se secó el sudor de la frente con el dorso de la mano. Solo entonces se dio cuenta de que tenía la camisa empapada en sudor.

Soltó un profundo suspiro.

Había una fila de patinetes eléctricos alineados a la entrada del parque de Yeonnam-dong. Jang tomó el sendero bordeado por árboles a ambos lados. Los capullos regordetes estaban saliendo y parecía que pronto florecerían los cerezos. Deseó que Jindeol se recuperase pronto, quería recorrer con él ese camino que tanto le gustaba bajo la lluvia de pétalos de cerezo.

Cuando llegó a casa, supo que su hijo no se había marchado todavía porque el reluciente Porsche seguía aparcado delante de la puerta. No quería verle la cara, pero no tenía otro lugar al que ir. Eran las cuatro, la hora a la que terminaba la actividad en el centro para la tercera edad, y no había ninguna tetería en el barrio que mereciese la pena y a la que pudiera ir solo.

No le quedó otro remedio que abrir la puerta y entrar. En cuanto lo vio, su nuera se levantó de su asiento.

—¡Ay, Dios! ¿Estás bien? Parece que has sudado un montón...

Antes de que pudiera seguir hablando, su hijo se aclaró un par de veces la garganta.

—Te he estado esperando porque hoy es mi único día libre. Sentémonos a hablar de esto.

Los planos que había extendidos en el salón llevaban escrita la dirección del terreno en que vivía actualmente el viejo Jang: Número 22 de Yeonnam-dong, Mapo-gu. Junto a la dirección pudo leer términos como: «superficie del terreno», «edificabilidad» y «superficie máxima construible» escritos en negrita.

—¡¿Es que no has escuchado nada de lo que he dicho?!

—No te dejes llevar por las emociones y escucha bien lo que tengo que decirte. Estos planos de diseño cuestan más de tres millones. Por suerte, un conocido mío lleva un estudio de arquitectos y me los consiguió más baratos. Lo he hecho con la mejor intención, así que siéntate, por favor.

—Nunca te he pedido esas buenas intenciones. ¿Tan poco gana un médico de un hospital universitario? Si es así, quédate con las rentas de la propiedad en Hyeochang. Tómalo. ¿O es que también vas detrás de mi pensión?

El viejo Jang sintió como si una bola de fuego le subiera por la garganta. Se le marcó una vena en el cuello y la cara se le encendió de rojo.

—Suegro...

—Papá, no seas tan inflexible. ¿Crees que estoy haciendo esto solo por el dinero? Es cuestión de aprovechar el momento: si continúa la tendencia actual, se podría ganar mucho con el alquiler y más tarde, en el momento idóneo, vender la casa. ¡Si no, vas a perder mucho dinero! De hecho, muchos negocios están trasladándose ya a otros barrios como Euljiro-dong o Mullae-dong, porque las licencias para locales comerciales están demasiado caras aquí. Deberíamos actuar lo antes posible.

—Yo no pierdo nada, tengo mis recuerdos. ¿Y qué es todo eso de «superficie máxima construible» y «edificabilidad»? ¿Crees que sería feliz arrancando los árboles y las plantas de los maceteros que tu madre y yo sembramos y cuidamos por un puñado de monedas? Ya tengo ochenta años. Ochenta. ¡Déjame vivir como yo quiero!

El hijo decidió dar marcha atrás ante la terquedad del viejo Jang. Recogió los planos bruscamente, arrugándolos, y salió de la casa.

—¡Cariño, espera!

Su nuera salió detrás de su hijo enfadado. Mientras este intentaba abrir la puerta, vio el macetero de los tomates cherri y le dio una patada. El macetero de cerámica se hizo pedazos y la tierra se esparció por todas partes. Su hijo se sacudió el bajo del pantalón con las manos y se marchó.

El viejo Jang lo contempló todo desde la ventana, pero no le quedaban fuerzas para perseguirle y echarle un rapapolvo. Enfadarse, al igual que el alcohol, requería energía física, y él ya la había gastado toda cuando acompañó a Jindeol al veterinario. Así que se dejó caer en el sofá, cerró los ojos, echó la cabeza hacia atrás y suspiró.

Jang estuvo unos días sin noticias de su hijo. Él tampoco quería dar su brazo a torcer. Por mucho que se dijera que vivíamos en la «era de los cien años», no había ninguna garantía de que él fuera a vivir tanto, así que no quería vender esa casa en la que había puesto todo su empeño por un precio determinado por el metro cuadrado. Además, si se mudaba al apartamento que le sugería su hijo, ¿cómo podría seguir cuidando de Jindeol allí? No había duda de que los vecinos de abajo, y también los de al lado, se quejarían cuando ladrase o lanzase alguno de sus largos aullidos. Al final, probablemente tendría que hacerle una cirugía para extirparle las cuerdas vocales; nunca más podría emitir sonidos y se vería obligado a expresar sus emociones utilizando solo la cola. Jang no quería que eso sucediese por nada del mundo.

Cuando Jindeol llevaba una semana hospitalizado, le llamaron de la veterinaria. Una enfermera con voz amable y animada le preguntó:

—¿Es usted el dueño de Jindeol?

—Sí, soy yo.

—Cuando venga hoy de visita prepárese para irse con Jindeol. El veterinario dice que ya pueden darle el alta. Debe traer su correa, bolsas para sus necesidades y agua.

Estaba contento porque no solo vería a Jindeol, sino que además volverían juntos a casa. Aunque las flores de cerezo ya habían caído con las lluvias primaverales, la esperanza de volver a pasear con él por las calles de Yeonnam-dong hacía latir su viejo corazón.

—Sí, lo llevaré todo. ¿Está bien como para que le den ya el alta?

—Sí, incluso está ya meneando la cola, como si lo supiera.

Podía oírlo ladrar tras de la voz de la enfermera. «Ay, parece que por fin ha vuelto a la vida...», pensó. En cuanto colgó el teléfono, el viejo Jang empezó a prepararse la comida, ya que iría a recogerlo a la clínica por la tarde. Sacó el *nurungji* que le había dado la señora Hong en el centro de la tercera edad la semana anterior. Echó agua en una cazuela, añadió un par de pedazos de *nurungji* y los puso a hervir. Sacó *kimchi*, ajo, anchoas, algas y raíz de loto estofada y se tomó un aperitivo.

La primavera casi había terminado y Mira no había tenido tiempo de salir a contemplar las flores. Se había propuesto ir con Nahee y Ucheol al sendero de Yunjung, que era famoso por sus flores de cerezo. Incluso se había comprado un vestido de algodón blanco con flores rojas bordadas en las mangas que costaba 59.000 wones. Sin embargo, las flores se habían marchitado con rapidez mientras ellos visitaban casas por la zona de Ilsan. Se sintió muy decepcionada cuando vio su vestido colgado en el armario todavía con la etiqueta del precio puesta.

«Ya se ha pasado la fecha de devolución. Voy a intentar venderlo de segunda mano, al menos.»

Se puso entonces a organizar la ropa anticipándose a la mudanza. Sacó la ropa del armario y comenzó a clasificarla, centrándose primero en la que no usaba nunca. Esa ropa que había guardado pensando en que ya se la pondría cuando bajara de peso, pero cuyas cremalleras aún no podía cerrar. También separó esa otra ropa especialmente bonita que apenas había tenido ocasión de ponerse, ahora que el número de bodas y fiestas de primer cumpleaños se había desplomado con la recesión económica. Como ama de casa y madre de una niña de siete años, apenas tenía ocasión de usar ropa formal. Metió toda esa ropa en una caja con decisión; luego abrió la cómoda y observó los pendientes, collares y pulseras que se ponía cuando trabajaba en la tienda de *duty free*. No pudo evitar sonreír al recordar los tiempos en que usaba accesorios tan elegantes.

Sonó una notificación del móvil. Alguien había respondido a su anuncio en la aplicación de ropa de segunda mano. Preguntaban por ese vestido al que Mira ni siquiera le había quitado la etiqueta.

—Te doy diez mil wones.

Mira frunció el ceño ante ese mensaje maleducado en el que ni siquiera había un saludo. Aun así, respondió lo más amablemente que pudo, porque temía que le bajase la valoración positiva que había acumulado en la aplicación a lo largo de los años.

—No creo que pueda, es un vestido que no he usado ni una sola vez. Está totalmente nuevo. ^^

—Pero es de segunda mano. Hazme un descuento.

Mira empezaba a sentirse molesta por su tono demasiado informal, pero se contuvo.

—Lo siento, ten en cuenta que es un vestido que podrías ponerte hasta mitad del verano.

—Entonces paso.

Pensó que ya estaba suficientemente enfadada por no haber podido ver las flores, así que se dejó de historias. «¿Desde cuándo nos conocemos, para que te tomes esas confianzas? ¡En momentos así me dan ganas de meter toda la ropa en una caja y tirarla directamente al contenedor!», se dijo.

A Mira no le gustaba la actitud de esa persona que le habló de manera tan ruda hasta el final, pero no quería discutir, así que decidió no responder nada más. Pero entonces, al salir de la ventanita de chat, un anuncio sobre un trabajo sencillo y bien remunerado que, según decía, «podía hacer incluso un ama de casa», captó su interés de inmediato. Sus manos reaccionaron antes que los ojos. Clicó en el anuncio y leyó las condiciones de la oferta.

«¿Entregar mercancías en un lugar previamente designado una o dos veces por semana? ¿Por qué querrían a un ama de casa para un trabajo de reparto en Mapo-gu en Seúl? ¿No prefieren normalmente a hombres de constitución fuerte?», pensó.

Había algo sospechoso en el anuncio: especificaba que no podían utilizarse vehículos privados, solo taxis o el transporte público. Mira dejó el teléfono y siguió organizando su ropa. Metió la que quería guardar en una caja de cartón que había comprado en el supermercado. Intentó reducir el volumen del edredón de invierno, que estaba en lo más profundo del armario, utilizando una bolsa al vacío, pero el hedor a naftalina la echó para atrás. Tendría que lavarla primero.

Empezó a sudar y pensó en encender el ventilador, porque la canícula era impresionante, y eso que el verano todavía era incipiente. Pero lo descartó en cuanto recordó que antes tendría que limpiar las aspas y ponerlo en marcha. Al final, se secó el sudor de la frente con la mano sucia de polvo.

Estaba cansada de empaquetar sus cosas, pero la perspectiva de ir a la lavandería por la noche para lavar la manta de invierno le dio ánimos para seguir. La mera idea de sentarse en esa lavandería con las lavadoras girando y el agradable aroma del textil envolviéndola ya le hizo bien.

Clang, clang. El ruido de Ucheol al fregar los platos se oía hasta en la habitación. Por la noche, Mira le leyó un cuento a su hija, que se esforzaba por mantener los ojos abiertos para no perderse los dibujos. Era *La Cenicienta*, su favorito.

—Mamá, ¿de verdad tiene esa apariencia la abuela hada?

—No sé. Yo tampoco la he visto nunca.

Decepcionada, Nahee enseguida lanzó otra pregunta:

—¿De verdad? ¿No aparece la abuela hada cuando estamos pasando un momento difícil? Cuando estamos muy tristes o cuando nos sentimos desesperados.

—¿Desesperados?

—Sí.

—Nahee, ¿sabes qué significa esa palabra? —preguntó Mira cerrando el cuento.

—Claro, es lo contrario de esperanza.

—¿Y qué es la esperanza?

—¡Es Nahee!

Mira abrió mucho los ojos ante esa respuesta inesperada.

—¿Nahee?

—Sí, me lo dijo el otro día la abuela de Busan. Dijo que yo soy la esperanza de la familia. ¡Y que por eso cuando vaya a la escuela el próximo año tengo que escuchar a los profesores y estudiar mucho!

—Qué cosas le anda diciendo mamá a la niña... —murmuró.

Nahee, que se pasó un rato balbuceando después de que cerrase la última página del libro, pronto se quedó dormida. Mira acarició su cabecita y repitió varias veces en un susurro:

—Lo siento.

Pensó que sentir lástima por sus hijos a esas horas debía de ser algo común a todas las madres.

Más tarde, mientras todos dormían, Mira salió de casa con la manta de invierno. Era una manta de microfibra gris con pequeños estampados florales. Sabía que, aprovechando la mudanza, lo que debía hacer era comprar una nueva, pero no podía asumir ni un gasto más, así que decidió lavarla y seguir usándola. Había que ahorrar hasta el último won. Mira no encontró una bolsa de plástico grande y terminó llevándola en brazos.

Ya se habían caído los pétalos de las flores de los cerezos, esparcidos por los márgenes del camino, pero el verde brillante de sus hojas resaltaba en la oscuridad como si alguien lo hubiera subrayado con un rotulador. Mira sudaba al contacto de la suave manta de microfibra, pero la leve brisa nocturna disipó el sudor. Se sintió con ánimos renovados.

Había pasado un tiempo desde su última visita a la lavandería. Lo primero que vio fue una maceta con tomates cherri junto al diario. La maceta color ocre estaba llena de pequeños tomates rojos y otros verdes aún por madurar. Mira supuso que el anciano que contestó a su comentario debió dejarla ahí. Abrió el diario que estaba sobre la mesa. Debajo de su comentario habían escrito algunas frases más con la misma caligrafía de la otra vez:

*Esta es una planta de tomates cherri como las que cultivo en mi jardín. Traje la tierra del pueblo y es buena, así que vayas a donde vayas crecerá bien mientras la riegues. Si esperas un poco más, los que están verdes pronto se volverán rojos. Hasta los to-*

*mates del tamaño de un pulgar tienen un momento específico en el que están deliciosos. Lo mismo pasa con las personas. Siempre llega un momento en que la amargura y la astringencia pasan y la vida adquiere todo su sabor. Solo aguanta un poco más. ¡Ese momento llegará, sin duda! Adondequiera que vayas, cuídate mucho.*

El viejo Jang pasó por la mente de Mira a través de esos largos trazos transversales, dejándole una sensación cálida y reconfortante. Superpuesto a su rostro pudo ver el de su padre, al que habían operado hacía poco. Se le saltaron las lágrimas. Una de ellas cayó sobre el mensaje del viejo Jang, emborronándolo. Mira se limpió la nariz con la manga.

Sonó el ruido metálico de la puerta de la lavandería y entró el viejo Jang. En una mano sostenía la correa de Jindeol y en la otra llevaba una sábana fina. Mira se secó con rapidez las lágrimas y se levantó. El viejo Jang quiso fingir que no la conocía, pero al ver que Mira no podía dejar de llorar decidió dirigirse a ella:

—Los tomates cherri son perfectamente redondos, ¿verdad? —dijo mientras ponía la lavadora.

—Sí...

Para no agobiarla, habló de cosas cotidianas. Solo quería que se sintiera en confianza y a gusto.

—Ya he sacado las mantas de verano. El calor ha empezado de repente. Dicen que Corea ha dejado de ser un país con cuatro estaciones diferenciadas, y creo que tienen razón.

Con los ojos muy abiertos, Mira hizo una reverencia hacia el viejo Jang, a modo de saludo:

—Gracias, se lo agradezco de verdad —dijo ella inclinando la cabeza, con los ojos aún enrojecidos.

Jang esbozó una sonrisa, como diciendo que no era nada.

—Esa planta ha crecido en mi patio. Ni siquiera es que sea cara, no hace falta que me des las gracias así por tan poca cosa...

—Me ha dado fuerzas —contestó Mira emocionada, interrumpiendo a Jang. Su voz, hasta entonces quebrada y débil, se alzó ahora con claridad—. Agradezco mucho que alguien haya escuchado mi historia. Desde que empecé a criar a mi hija en casa, desde que me levanto hasta que me acuesto, siento que no hay nadie que me escuche de verdad. Incluso con mi marido solo hablamos de nuestra hija, y creí que ya había olvidado cómo hablar de mí misma. Cuando voy al supermercado, que es el lugar que frecuento más a menudo, solo me preguntan si tengo la tarjeta de fidelización. Usted es la primera persona que realmente pone un signo de interrogación para interesarse por mi vida.

El viejo Jang también sintió un nudo en la garganta al escuchar la voz de Mira, que pronunciaba esas palabras sílaba por sílaba, con voz nasal.

—Gracias. Estoy a punto de mudarme, así que no volveré por aquí...

—No fue un signo de interrogación; cuando escribí que el momento llegaría, utilicé los de exclamación. Son signos de confianza, porque sé que encontrarás tu camino. ¿Sabes que hay una gran diferencia entre terminar una frase con el signo de interrogación o hacerlo con el de exclamación?

El viejo Jang habló por Mira, que comenzó a sollozar. Justo en ese momento, se abrió la puerta de la lavandería. Nahee se había hecho pis en la manta y se había puesto nerviosa buscando a su madre, así que Ucheol la había llevado hasta allí.

—¡Mamá! ¿Por qué estás llorando?

—Cariño, ¿qué hacéis aquí?

Nahee, con los ojos llenos de lágrimas como su madre, miró a Jang y dijo:

—Mamá, ¿este abuelo te ha regañado?

Una sonrisa se dibujó en el rostro del viejo Jang ante la inocente pregunta. Pensó en Suchan, su nieto, que probablemente estaría ahora estudiando en la academia privada de inglés para poder irse a Estados Unidos.

—No, mamá está llorando porque está feliz.

Nahee cayó entonces en sus brazos, como si se sintiera aliviada. Y abrió mucho los ojos cuando descubrió la maceta de tomates cherri que su madre tenía delante.

—¡Oh! ¡Qué tomates tan pequeños!

—Nos los ha dado este señor. Salúdalo y dale las gracias.

Nahee se puso de pie, hizo una reverencia y le dio las gracias al señor Jang. Ucheol no entendía la situación y parecía confundido.

—Cariño, ¿qué ha pasado?

—Luego te lo cuento en casa.

En ese momento, Nahee miró el diario abierto frente a Mira y leyó cada una de las palabras con claridad:

—«No quiero seguir viviendo. ¿Por qué todo tiene que ser tan difícil?» ¡Oh! Es la letra de mamá.

Mira, ruborizada, miraba con ojos avergonzados a

Ucheol y a Nahee. El viejo Jang también los miró con los mismos ojos.

—Ah, eso...

—Mamá, ¿has escrito esto? ¡Ya no quieres vivir! ¿Es porque me hago pis por las noches en la manta?

Los lagrimones empezaron a formarse en los ojos de Nahee incluso antes de que terminase de hablar. Ucheol dejó entonces escapar un largo suspiro, como si hubiera olvidado que estaba allí el viejo Jang, que no sabía qué decir. Jindeol parecía haber percibido el estado de ánimo en la sala y solo movía despacio sus negras pupilas.

—¿Cómo que no quieres vivir, Mira? ¿Quién ha dicho que la vida tenga que ser divertida? ¿Cuántos viven porque de verdad quieren vivir? Si lo estás pasando mal por la mudanza, podemos buscar una casa algo más pequeña cerca del barrio. No necesitamos dos habitaciones. Yo podría hacer turnos de noche, ahora no los hago porque Nahee todavía es pequeña, pero...

—¿Te parece bien el sitio donde vivimos ahora? Tenemos dos habitaciones, sí, la nuestra y la de Nahee. Como no tengo espacio para guardar su ropa, sus libros ni sus juguetes, están todos desperdigados por el salón. Ni siquiera cabe un escritorio en su cuarto, así que cuando vino el profesor particular tuve que abrir la mesita plegable en el salón para que hicieran ahí los deberes, ¿no lo recuerdas?

—Pero te gusta este barrio...

—¡Pensé que podría volver a trabajar este año! Ganar algún dinero e ir a buscar a Nahee cuando saliera de la escuela. ¡Siempre dices que estás muerto de cansancio y yo tampoco quiero estar repitiéndote todo el rato que necesitamos dinero!

Mira lanzó ese grito como si fuera su último aliento y Ucheol bajó la cabeza. Nahee comenzó a llorar con más fuerza y Mira trató de consolarla de inmediato, pero no dejó de llorar fácilmente.

El viejo Jang miró la lavadora donde había metido sus sábanas. Todavía faltaban treinta y un minutos de lavado. Decidió salir con Jindeol para dar privacidad a aquella familia. Sobre el pelaje blanco del rostro de Jindeol destacaban unas marcadas huellas violáceas, como si también él hubiera llorado, y Jang salió rápido de la lavandería con un nudo en la garganta. Caminaron por las calles de Yeonnam-dong. Aunque ya era casi la medianoche, había mucho ajetreo por la zona, como si todo estuviera a punto de comenzar.

—Venga, vamos a pasear un poco.

Jindeol respondió moviendo la cola. Después de que le dieran el alta, había recuperado la energía, y ajustó su paso al del viejo Jang. Los suyos eran los pasos más sosegados de ese ruidoso barrio. Mientras caminaban, el llanto de Nahee siguió resonando en los oídos del anciano, que finalmente decidió sentarse en un banco.

—¿Qué narices pasa con el dinero? ¿Por qué hace las vidas de las personas tan difíciles, Jindeol?

Jang suspiró con preocupación pensando en la familia de Mira.

—¿Crees que podríamos hacer algo, Jindeol?

Mientras, en la lavandería, Mira abrazaba con fuerza a Nahee, y Ucheol se giró tragándose las lágrimas. Quizá fuese por orgullo o porque era el cabeza de familia, pero no quería mostrarse débil.

Cuando el viejo Jang regresó al establecimiento pasada

una hora larga, Mira y su familia ya se habían marchado. La maceta con los tomates cherri ya no estaba allí. Pudo ver la letra torcida de Nahee en el diario abierto sobre la mesa.

*Gracias, abuelo. Voy a cuidar vien de los tomates. ¿Puedo jugar con el perro la próxima bez? Nahee.*

El viejo Jang sonrió al ver aquella frase con faltas de ortografía. Aunque parecía que su nieto tenía un talento especial para las matemáticas, no había conseguido todavía dominar el alfabeto coreano. Pensó en llamar a su nuera porque le apetecía escuchar la voz de Suchan, pero le preocupaba que volvieran a presionarle con lo de vender la casa. La verdad es que echaba de menos a su nieto. Finalmente, Jang escribió una respuesta debajo de la frase de Nahee.

*Mi casa es la que tiene la puerta azul al doblar la calle del centro para mayores. Ven con tu mamá cuando quieras para ver a mi perro. Se llama Jindeol.*

Los tomates cherri verde claro que aún tenían que madurar iban adquiriendo tonos rojizos. Habían colocado la maceta junto a la ventana de la cocina y la iban regando una vez al día para que la planta creciera sana. Cada vez que Nahee miraba los tomates, preguntaba si se podían comer ya. Mientras Mira fregaba los platos solía mirarlos y murmurar:

—¿Estarán ya maduros? Quiero darle las gracias como es debido.

Después de aquel día, todos en la familia trataron de apoyarse más los unos a los otros. Cada uno a su manera. Ucheol no se olvidaba ningún día de decirle a Mira que la quería. Al principio, le daba vergüenza decirlo, así que le enviaba un mensaje de texto, pero sin darse cuenta empezó a susurrárselo antes de acostarse: «Has trabajado mucho hoy, Mira. Te quiero». Acto seguido, se daba la vuelta en la cama.

Una sonrisa apareció en su rostro mientras contemplaba la maceta. El salón, la cocina..., todo estaba tan lleno de cajas de mudanza por todas partes que apenas podía dar un paso, pero por dentro se sentía como nueva. No le cabía duda de que su familia conseguiría ser feliz. Preparaba la mudanza con esa idea en mente. Nahee volvió a casa después de la guardería. Se lavó las manos sola, colocó la mochila en su sitio y no pidió que le diera algo de comer antes de tiempo. A su manera, Nahee intentaba también hacerle la vida un poco más fácil a su madre.

—Mamá, ¿puedo coger los tomates hoy? —preguntó la niña, vestida con la ropa de estar por casa que ella misma se había puesto.

—¿Tantas ganas tienes de comértelos? —respondió su madre, sentada en el salón mientras organizaba las cosas de la mudanza.

—No, en realidad...

—En realidad, ¿qué?

—Quiero ir a ver a Jindeol. ¿No podemos coger algunos tomates y llevárselos al abuelo? Y así de paso vemos a Jindeol. Nos escribió dónde estaba su casa en el diario.

Tras aquel día, Nahee siempre insistía en acompañar a su madre a la lavandería. Llevaba la manta sobre la que se había hecho pis y le prometía una y otra vez que no volvería a hacerse pis. Y repitiendo esa frase como si fuera un hechizo, iba detrás de Mira.

—En ese caso, ¿qué tal si preparamos un buen plato para comer con los tomates y compramos alguna chuchería para Jindeol?

—¡Sííí!

Nahee, que había estado tragando saliva mientras esperaba una respuesta, pegó un brinco. Mira arrancó entonces uno de los tomates que colgaban del tallo. Después de ver cómo lo hacía su madre, Nahee cogió algunos con cuidado y sonrió radiante. Quiso llevarse uno a la boca, pero se contuvo y los fue colocando uno a uno en la pequeña cesta que sostenía su madre.

—Debo ser paciente. Lo aprendí ayer en el cole. Los mayores tienen que empezar a comer primero.

—¡Qué buena es nuestra Nahee! Pero hay que utilizar una palabra más respetuosa cuando hables de los adultos.

—¡Los adultos comen primero! ¡Soy una niña buena!

La voz emocionada de Nahee resonó por la casa. Canturreaba una canción con el nombre de Jindeol incluso mientras se vestía. Mira puso a hervir los tomates. Los sacó ya pelados, los metió en un bol de acero inoxidable, añadió una cucharadita de miel, dos de vinagre y lo mezcló todo con las manos. Colocó los tomates con esa salsa que desprendía un aroma agridulce en un táper de cristal, y su hija pegó en la tapa un dibujo que había hecho del viejo Jang y de Jindeol en un papel de colores.

El mes de mayo acababa de empezar, pero ya parecía pleno verano. Mira y Nahee siguieron las indicaciones escritas en el diario de la lavandería. Puesto que en Yeonnam-dong era difícil ver una casa que mantuviera su apariencia original y no hubiera sido remodelada con fines comerciales, encontrar la casa de Jang resultó más fácil de lo esperado.

Un largo muro de piedra rodeaba la casa y se extendía a ambos lados de la puerta, pintada de azul. En el patio crecían árboles frondosos. Mira, de pie frente a la puerta, estaba de muy buen humor. ¿Cuántas casas como esa quedarían en Hongdae? Era una casa de la que uno podía sentirse orgulloso de haber preservado así todo ese tiempo. Sobre el timbre colgaba recta e impecable una placa de madera con el nombre JANG YONG.

Justo cuando Nahee estaba a punto de tocar el timbre, Jindeol ladró. El hecho de que Jindeol estuviera en casa significaba que muy probablemente el viejo Jang también estaría, así que se apresuró a pulsar el timbre. Miró el táper con los tomates y las chucherías para Jindeol que sostenía su madre con orgullo, pero nadie salió a abrir. Solo los ladridos de Jindeol, cada vez más estridentes.

—¿A dónde habrá ido? Parece que no está...

—Mamá, Jindeol no para de ladrar —dijo la niña mientras miraba hacia el patio a través del hueco de la puerta. Luego se agachó parar mirar mejor y soltó un grito.

—¡Mamá! ¡Parece que el abuelo se ha caído! ¡Está en el suelo!

—¿Cómo?

Mira golpeó la puerta llamando al viejo Jang. Nahee la imitó.

—¡Abuelo! ¡Abuelo!

—¡¿Se encuentra bien?!

No había tiempo que perder. Tenía miedo de que ocurriese algo más grave si tardaba en reaccionar. Mira sacó el teléfono rápidamente, marcó el 119 y dio la dirección de la casa al servicio de emergencias. En menos de cinco minutos llegó una ambulancia. Los paramédicos saltaron el muro y abrieron la puerta. Mira y Nahee entraron al patio.

El viejo Jang se había desplomado allí. Jindeol no paraba de darle golpecitos en la cabeza con las patas delanteras y presionaba su estómago, esforzándose con todas sus energías por despertarlo. Daba vueltas alrededor de Jang, emitiendo ladridos roncos. El paramédico comprobó el reflejo de sus pupilas.

—Parece una hemorragia cerebral. Lo llevaremos al hospital de inmediato. ¿Es usted familiar?

—No, pero... ¡Iremos con ustedes!

Con la sirena a todo volumen, los coches se iban apartando para abrirles paso. Mira observaba ansiosa al anciano, tumbado en la camilla de la ambulancia. «¿Cuánto tiempo llevaría ahí en el suelo? ¿Despertará? Espero que se recupere», pensó. Mientras, apretaba la mano de Nahee. Su pequeño pecho subía y bajaba con rapidez, asustada.

—Mamá, ¿se está muriendo?

—No, Nahee. Ahora mismo estamos yendo al hospital, así que se pondrá bien. Reza para enviarle fuerzas.

Tan pronto Mira terminó la frase, la niña cerró los ojos, juntó las manos y empezó a murmurar una oración con sus pequeños labios.

—¿Tiene el número de teléfono de algún familiar? —preguntó uno de los paramédicos a Mira.

Mira negó con la cabeza y el paramédico se puso a rebuscar entre los bolsillos del señor Jang. Por fortuna, en uno de ellos encontró su carné de identidad. Jang sabía que si le ocurría algo, lo primero que harían sería intentar identificarlo, así que siempre llevaba el carné en uno de los bolsillos traseros del pantalón. El paramédico leyó su nombre y fecha de nacimiento y dijo:

—Comprueben la identidad y llamen a la familia.

Sin embargo, la voz que se escuchó a través de la radio contestó:

—Identidad del paciente confirmada, sin respuesta de los familiares.

Mira tragó saliva y se prometió que ese día sería la tutora del señor Jang. Llegaron a la sala de emergencias del hospital en menos de diez minutos, aunque el viaje en ambulancia se le hizo eterno. Cuando los paramédicos bajaron la camilla, los doctores de emergencias que estaban a la espera dirigieron deprisa al señor Jang al quirófano. Mira y Nahee también empujaron la camilla para ayudar, aunque fuera solo un poco.

Una vez trasladado a la sala de operaciones, se iluminó el letrero de OPERACIÓN EN CURSO y un médico con bata blanca llegó corriendo desde el fondo del pasillo. Miró alternativamente a Nahee, que seguía rezando, y a Mira, que estaba sentada con expresión tensa.

—¿Qué relación tienen con el paciente? —preguntó el médico en tono frío.

—Ah, somos sus tutores temporales...

—¿Tutores temporales?

Vio el nombre bordado en la bata de él, que dejó escapar un suspiro de frustración mientras se rascaba la frente:

CIRUJANO PLÁSTICO JANG DAEJU. Mira dedujo entonces que se trataba del hijo del señor Jang.

—Fuimos las que lo vimos primero. ¡El abuelo estaba tumbado en el patio! —dijo Nahee abriendo mucho los ojos y levantándose del asiento.

—¿En el patio? ¿Conocen nuestra casa?

—Bueno, nos conocíamos del barrio e íbamos a llevarle unos aperitivos...

El hombre se secó la frente con el dorso de la mano y dijo:

—Gracias. Ha sido una suerte que lo encontraran tan pronto. Ah, me llamo Jang Daeju, soy su hijo.

—Sí, ha sido una verdadera suerte —respondió ella, que dirigió la mirada hacia el quirófano con el rostro pálido.

Después le contó brevemente cómo habían conocido al viejo Jang. Daeju sentía remordimientos, creía que era culpa suya que su padre se hubiera desplomado de esa forma. No se lo dijo directamente a Mira, pero mientras se apretaba el pecho pensó que todo eso había ocurrido por los planos. Poco después, llegó una mujer que parecía ser su esposa.

—¡Cariño! ¿Cómo está tu padre?

—Lo están operando.

—Estaba en la reunión de padres de la clase de Suchan y he venido en cuanto he recibido la llamada. A Suchan lo he dejado en la academia.

Cuando advirtió que su esposa miraba a Mira con curiosidad, Daeju hizo las presentaciones.

—Ella es la que encontró a mi padre inconsciente en el suelo. Dice que son vecinos.

—Hola. Muchas gracias, de verdad. No debe de haber sido fácil para los vecinos encontrarse...

—Tuvimos suerte —respondió Mira.

—Ahora que ya estoy aquí pueden marcharse, muchas gracias.

—No, estamos preocupadas. Nos quedaremos un poco más.

Mira no podía irse así como así. Le inquietaba que Jindeol estuviera solo en el patio, pero quería esperar para ver cómo había ido la operación. Pasadas dos horas, se abrió la puerta del quirófano. El médico dijo que, como lo habían encontrado pronto, la cirugía había ido bien, y que era poco probable que cuando recobrara la conciencia sufriera efectos secundarios a largo plazo. Daeju, la nuera del señor Jang, Mira y Nahee suspiraron aliviados al mismo tiempo. Mira sintió que ahora ya podría irse a casa en paz.

—Mamá, luego llamaremos para asegurarnos de que el abuelo está bien, ¿verdad? —gritó Nahee emocionada.

—Sí, no te preocupes. Estoy segura de que va a estar bien.

—Pero, mamá, Jindeol está solo. ¿Quién le va a dar de comer? Seguro que tendrá hambre...

Pronto sería la hora de cenar. Mira habló con cautela:

—Imagino que ahora mismo estarán agotados psicológicamente. ¿Qué les parece si le llevamos algo de comer a Jindeol?

—Si pudieran hacerlo les estaríamos muy agradecidos —concedió Daeju. Entonces su esposa le dio un codazo.

—No sé, darles las llaves a unas desconocidas...

—¿Prefieres ir tú entonces?

—Salí en mitad de la reunión de padres, ya sabes. Sobre

cómo tramitar los estudios en el extranjero... Debería volver lo antes posible.

Mira y Nahee, de nuevo frente a la puerta azul, escuchaban los largos aullidos de Jindeol. Mira introdujo la llave que le había dado Daeju en la cerradura, la giró un poco hacia la derecha y la puerta se abrió con un chasquido. Nahee se quedó boquiabierta; era la primera vez en su vida que veía una casa independiente de dos pisos como aquella.

—¡Oh! ¡Mamá, es una casa de dos pisos! ¡Encima de la casa hay otra casa!

—Sí, es una casa muy bonita.

—¡Parece el castillo de una princesa!

Jindeol, que llevaba todo el día frente a la puerta, dejó escapar otro largo aullido.

—Tranquilo. El abuelo pronto estará en casa.

Mira sintió una punzada en el corazón al verlo así; debía de haberse pasado el día entero dando vueltas por el patio, buscando a su amo.

—Eso es, Jindeol. Va a venir enseguida.

Mira llamó a Daeju para decirle que había llegado bien a la casa y que se marcharían en cuanto le pusieran comida a Jindeol; Daeju le dio las gracias y le dijo que quería devolverles el favor de algún modo. Mira le contestó que su gratitud era más que suficiente.

Cuando introdujo el código que le había dado Daeju, la puerta de la casa se abrió. Al igual que el patio, el interior estaba cuidado y ordenado. Aunque había signos del paso del tiempo, el pulcro sofá de cuero y la mesa de comedor en madera color cereza le llamaron especialmente la atención. Al viejo Jang le gustaba mucho aquella mesa. Estaba hecha de madera de nogal y tenía un patrón de veta elegante que al mismo tiempo ofrecía una textura limpia al tacto. El respaldo de los asientos era espléndido y estaban tallados en forma de corona real, aunque algunas partes se habían descascarillado con el tiempo.

El cuenco de Jindeol estaba a un lado de la mesa. Se podía apreciar la gran consideración que tenía el viejo Jang, porque había instalado un cuenco de altura ajustable para Jindeol, que era un perro alto. Mira abrió la bolsa de comida que tenía al lado, llenó el cuenco y cambió el agua. Jindeol frotó la cabeza contra la pierna de Nahee y bebió con avidez.

—Mamá, creo que Jindeol tendrá miedo de dormir aquí solo. ¿No podemos llevárnoslo a casa?

Mira también se sentía mal dejándolo solo en esa casa tan grande. Llamó a Daeju y le preguntó si podían llevárselo, a lo que accedió de inmediato.

Mira, Nahee y Jindeol caminaban por el sendero del parque de Yeonnam-dong. Mira sostenía la correa y su hija llevaba la bolsa con la comida del perro. Jindeol, que había estado aullando solo en casa, iba detrás, reconfortado por la calidez de Mira.

—Mamá, se te da bien llevar la correa. Pensé que no sabrías hacerlo —dijo Nahee, encantada.

—Cuando era pequeña, mamá también tenía un perro jindo blanco como este, ¿no lo sabías? Y la casa en la que vivíamos tenía un patio como el del abuelo Jang. Por eso teníamos perro. Un señor mayor de Busan nos lo trajo, y sus ojos eran tan negros y brillantes como los de Jindeol.

—¿De verdad? Entonces ¿por qué a mí no me has dejado tener un perrito también?

—¿Tanto te gustaría tener uno?

—¡Sí! Jihu estuvo presumiendo de su perro y le dije que yo también tendría uno pronto, pero se burló de mí y me dijo que nunca podría tener uno porque mi casa es demasiado pequeña. ¿No podemos tener uno porque nuestra casa es pequeña?

Mira se detuvo y dobló las rodillas mirando los ojos oscuros de Nahee.

—¿De verdad dijo eso Jihu?

—¡Sí! ¡Por eso le dije que eso era mentira, pero él me empujó!

—Ah...

—Por eso yo también le pegué. Lo siento, mamá. Ya sé que has dicho que tengo que llevarme bien con mis amigos.

—Mamá también lo siente. Perdona por no haberte creído. ¿De verdad te pegó Jihu?

—Sí, debajo del tobogán. Me puse muy triste porque nadie me creyó. ¡Fue injusto!

Mira la abrazó en silencio. Pudo sentir cómo la respiración de su hija se agitaba mientras recordaba la sensación de injusticia e impotencia que aquel hecho le había provocado. Nahee dejó escapar un suspiro contra el pecho de su madre. Jindeol se les acercó entonces y frotó su hocico contra la espalda de Mira. La temperatura corporal de Jindeol era tan cálida como la de un humano.

El viejo Jang se despertó de su largo sueño. En cuanto abrió los ojos, lo primero que le vino a la mente fue Jindeol. Su último recuerdo consciente era su perro saltando arriba y abajo al lado de su cuerpo mientras aullaba. Más tarde, Daeju le explicó que fue Mira quien lo había encontrado y que la cirugía había transcurrido sin contratiempos ni secuelas. Y que, si no hubiera sido por ella, habría podido ser mucho más grave. Cuando escuchó que estaban cuidando de Jindeol en casa de Mira se sintió aliviado.

Daeju había conseguido que le dieran una habitación individual, pero el viejo Jang se sentía solo, exactamente igual que en casa. Chasqueó la lengua pensando que los hijos nunca entienden cómo se sienten los padres. Como ni siquiera podía traer a Jindeol, no tenía a nadie con quien hablar. La estancia era tan silenciosa que hasta podía oír el aerosol de agua del humidificador. Aun así, la actitud de Daeju había cambiado. Nunca había sido en especial cariñoso, ni tampoco solía hablar demasiado, pero siempre iba a verlo a la hora de las comidas.

Ese era el día en que le visitaría Mira. El viejo Jang estaba de pie frente al lavabo. Se lavó las manos con agua y peinó su pelo hacia un lado de forma pulcra. Como no había nadie que lo cuidase, era lo mínimo que podía hacer para asearse.

Llamaron a la puerta.

—Sí, adelante.

La puerta se abrió y Mira entró sosteniendo una caja con zumos junto con Nahee, que sonreía radiante.

—¡Abuelo! ¿Ya estás bien?

—Gracias por venir.

—Buenos días, señor Jang. ¿Cómo se encuentra?

Los tres se sentaron alrededor de una mesita redonda

que había junto a la cama. Mira no pudo evitar sentir tristeza al ver cuánto había adelgazado el anciano durante esas últimas tres semanas. Aun así, pensó que era una suerte que se estuviera recuperando tan bien.

—Gracias por cuidar de Jindeol. No es tarea fácil porque necesita salir a hacer sus necesidades con frecuencia.

—Lo estoy cuidando bien, abuelo. ¡Cuando salimos a pasear por Yeonnam-dong hace pis y caca y luego lo recojo con guantes de plástico, lo meto en una bolsa y lo tiro al llegar a casa!

—Ya eres toda una experta. Te lo agradezco de verdad.

—¡Jindeol también me quiere mucho!

Nahee sonrió con alegría mostrando los dientes.

—¿Cuándo le dan el alta? Pronto tendremos que mudarnos —preguntó Mira con cautela.

—Quería hablar justamente de eso contigo.

—¿Cómo?

—Cuando escribiste eso en el diario, parecías muy desanimada, como si te fueras porque no hubiera otra opción y no porque quisieras...

Mira bajó la mirada y se quedó observando la botella de zumo de manzana que había sobre la mesa. En ese momento, Jang volvió a hablar, como si hubiese tomado una decisión.

—¿Qué tal si remodelo mi casa y os quedáis allí con un alquiler a largo plazo?

—¿Cómo?

Sorprendida ante la sugerencia repentina, Mira volvió la vista hacia Nahee.

—¡Mamá! ¡Me parece muy buena idea! ¡Hay un patio y también está Jindeol!

—Mi casa tiene tres habitaciones en cada planta. Arriba hay un baño y una sala de estar. El sueño de mi esposa era vivir en la misma casa con nuestro hijo después de que se casara. Así que instalamos una caldera en la planta superior e incluso un baño con acabados de la mejor calidad de entonces.

—Aun así, ¿cómo podríamos...?

—La escalera que va del primer al segundo piso la convertiré en un espacio de almacenamiento, para que no se comuniquen los pisos, y pondremos una escalera exterior. Como será la que use Nahee, ¿qué tal si ponemos escalones bajos? Todavía no habéis pagado la fianza de la otra casa, ¿verdad?

—Estaba pensando en hacer una última visita y tomar hoy la decisión.

El viejo Jang dio un golpe en la mesa y sonrió alegremente.

—¡Genial! Pues más fácil aún.

—No, se lo agradezco muchísimo, pero no podría aceptarlo.

—Mi hijo me contó que ni siquiera aceptasteis una compensación, que solo aceptasteis su agradecimiento. Hoy en día la gente va detrás de las cosas materiales, pero no escucha el corazón, supongo que tú también eres una persona de otros tiempos. Seguro que también sabes escuchar a los mayores, así que te pido que me escuches. Las obras no tardarán ni dos semanas. Hoy he recibido los presupuestos de un estudio de arquitectura que me recomendó mi hijo. Considéralo como una forma de agradecimiento; después de todo, me has salvado la vida. Así que piénsatelo.

El viejo Jang le dio unas palmaditas en la espalda, que seguía cabizbaja.

—Hace mucho tiempo le dije a mi esposa que debíamos haber tenido una hija. Que con un hijo únicamente nos sentiríamos solos en nuestra vejez. Hoy creo que he encontrado una hija y una nieta.

—Se lo agradezco.

Las lágrimas de Mira cayeron sobre la mesa redonda. Durante mucho tiempo había estado en un mar oscuro, y sentía como si de repente hubiera visto un faro. Dejó escapar un largo suspiro y, en ese instante, expulsó toda la ansiedad que se acumulaba en su interior.

—Se lo agradezco de corazón.

Un día de principios de verano, cuando los tomates cherri estaban rojos y maduros, el viejo Jang y Ucheol salieron al patio con sus sombreros de paja, dispuestos a regar y cuidar de sus árboles y flores. Primero rociaron el azufaifo con fertilizante.

—¿Cree que deberíamos hacer té con las hojas cuando llegue el momento? —preguntó Ucheol, secándose el sudor con una toalla que llevaba alrededor del cuello.

—Buena idea. También podemos secar las hojas y mezclarlas con raíz de angélica, levístico y algunas otras hierbas para hacer *ssanghwatang*,* que es excelente para el invierno. ¡Dicen que acaba con la fatiga!

—¿*Ssanghwatang* de azufaifo?

* Té con propiedades medicinales y de gusto amargo que se prepara hirviendo distintas hierbas y raíces. *(N. del t.)*

—Los azufaifos de nuestra casa son particularmente dulces. Si los hierves y los bebes ni siquiera pillarás un resfriado.

—¿Usted también está deseando que llegue el invierno?

Una sonrisa de felicidad se dibujó en el rostro de Jang justo en el momento en que se oyó la voz de Nahee desde el segundo piso:

—Abuelo, tienes que probar esto.

Mira llevaba una bandeja con un *pajeon* de marisco con una generosa ración de calamar, gambas y almejas recubierto con cebollín y una botella de *makkoli*, y los colocó sobre la mesa baja del patio.

—Ven tú también a comer.

—Precisamente me apetecía un buen vaso de *makkoli*... Necesitaba algo fresco.

El móvil de Jang sonó en su bolsillo. Era una llamada de Estados Unidos. Presionó el botón de respuesta y vio la cara de Suchan.

—¡Abuelo! Te echo de menos. En las vacaciones quiero ir a tu casa a jugar con Jindeol. *Miss you, grandpa.*

El viejo Jang sonrió de oreja a oreja y asintió. Cuando Jindeol oyó la voz de Suchan pronunciando su nombre se acercó a la mesa y se instaló con comodidad.

Alguien llamó a la puerta principal. Mira dibujó una amplia sonrisa.

—¿Es mamá?

—Sí, también viene tu padre.

—Su quimioterapia terminaba hoy, así que tenían pensado visitarnos.

—Oh, claro. Yo también debería ir a saludar.

El viejo Jang se levantó y fue alisándose las arrugas de la camisa mientras ella abría la puerta. Cuando entraron los padres de Mira, Jindeol ladró con alegría. Se acercó de un brinco y los rodeó moviendo la cola.

—Vaya, pero si es el taxista de aquella...

—¡Ay, Dios! Es verdad. Aquel perro con la pata herida.

—Menuda coincidencia. Mira, Jindeol, aquí está la persona que te salvó la vida.

—Bah, no fue para tanto. Más bien es usted quien se la ha salvado a nuestros chicos alquilándoles esta casa tan bonita a ese precio —dijo el padre de Mira, mientras la madre se secaba las lágrimas junto a él.

—Vamos a picar algo. Hemos traído sushi de Busan. Está fresco, pruébelo. Veo que también hay *makkoli*, ¡por fin!

Jindeol ladró animadamente y los siguió hasta la mesa moviendo la cola. Detrás, las mantas colgadas en el tendedero desprendían el aroma a algodón de la Lavandería Gira-Gira. Esa fragancia que traía la brisa le recordó al viejo Jang, de pronto, aquella cara dibujada en el diario verde claro. «La he visto antes en alguna parte, seguro...»

# 2

# Romance a mitad del verano

El estudio estaba organizado a la perfección y no tenía una sola mota de polvo. En cuanto entró, lo primero que hizo fue abrir la ventana del salón para ventilarlo. Cuando abrió la de la cocina, el aire del amanecer de principios de verano entró por ambas direcciones, arremolinándose en la sala de estar. La brisa alcanzó cada rincón del estudio. A través de la ventana entraba el aroma de las lilas que florecían a lo largo de la vereda del parque. Cuando estaba abierta, no necesitaban ambientadores para disfrutar de una buena fragancia.

Contra una de las paredes del salón había una estantería baja repleta de libros, y sobre ella se apilaban guiones encuadernados de diferentes colores, rojo, azul y amarillo, con las cubiertas gastadas y el papel arrugado en los bordes. Se trataba de un montón de guiones en los que había trabajado mucho. Todos llevaban escrito: «Guion de O Kyeonghui». Se quedó mirando el nombre sin ninguna razón en particular. Después, Yeoreum se sentó en la silla que había en la esquina junto a la ventana, donde empezaba a soplar el viento. Allí trabajaba como asesora de guiones en mitad del verano.

Fue a la galería, recogió una bayeta que habían dejado secándose al sol y entró en la sala más grande, donde trabajaba su jefa, la veterana guionista de series Kyeonghui. En la habitación había un gran escritorio gris y su silla de cuero beige, cuyo respaldo daba a una cortina blanca opaca. Sobre la mesa había un portátil blanco, un flexo también blanco con cinco niveles de intensidad para la luz y un portalápices de cerámica. Contenía tres lapiceros bien afilados con gomas de borrar en el extremo.

Pasó el trapo seco con suavidad para quitar el polvo del portátil y la fina capa que se había acumulado en la carcasa de plástico que cubría el teclado que tenía conectado.

—¿Ya has llegado, Yeoreum? —preguntó Kyeonghui al abrir la puerta. La célebre guionista, de mediana edad, vestía una blusa blanca y vaqueros.

—Sí. ¿Cómo es que vienes tan pronto?

—Hoy me he levantado temprano, así que he venido antes. He traído algo de bollería. Comamos juntas.

Kyeonghui le entregó a Yeoreum una bolsa de plástico transparente que contenía lo que parecían unos bollitos.

—Oh, ¿son cruasanes?

—Sé que te gustan. Son de una pastelería famosa por sus cruasanes.

—Gracias. ¿Te gustaría tomarlos con leche o preparo un poco de café?

—¿Qué tal un café mañanero?

Yeoreum se dirigió entonces a la cocina.

Kyeonghui había ganado un premio a los treinta y tres años, cuando debutó como guionista, y desde entonces había logrado escribir verdaderos éxitos con regularidad, cada tres años. Gracias a ello, mantenía reuniones privadas con el director del departamento de series de distintos canales para negociar las programaciones. Como estaba ganando mucho dinero con su salario y con los derechos de autor, se planteó abrir un estudio en Gangnam, pero después pensó que Hongdae era mejor porque Gangnam estaba lleno de edificios de oficinas. Medio en broma, decía que se sentía más joven en Yeonnam-dong porque podía ver todo el tráfico de jóvenes mientras iba y venía del estudio. Incluso pensaba que este entorno le inspiraba nuevas ideas.

Yeoreum admiraba a Kyeonghui. Sus guiones tenían fuerza y eran originales, por más que a veces recurriera a clichés. Tenía la habilidad de crear historias impactantes y a la vez escenas delicadas cargadas de emociones. Sin embargo, su misofobia y su obsesión por la limpieza le complicaban mucho la vida. No solo a Yeoreum, sino también a los otros dos asesores de guion. Incluso la apodaban André Kyeonghui, en honor al famoso diseñador André Kim, por su ropa blanca y su gusto en la decoración de interiores con los que buscaba la pureza y la inocencia.

Yeoreum sacó con cuidado un cruasán normal, otro de mantequilla y otro con nata montada y fresas de la bolsa de plástico, los cortó con un cuchillo y colocó los trozos en un plato blanco con una cenefa azul claro.

A continuación puso el plato en la mesa y una bolsita de café en una taza. Luego echó agua del hervidor poco a poco. Cuando flotó en el ambiente el aroma del café, Kyeonghui salió del estudio y se sentó a la mesa.

—Me encanta el olor del café. Esta vez te has presentado al concurso, ¿verdad? —preguntó Kyeonghui mientras limpiaba las migajas de cruasán que habían caído junto al plato con una servilleta.

—Sí, pero no sé yo...

Su voz sonó mucho más distante de lo habitual.

—Florecerás. Pronto será tu estación. Nunca he dudado de ti.

—Muchas gracias. La verdad es que últimamente tengo la sensación de que soy una impostora.

—Yeoreum, la primavera llega antes de lo que crees. Desde mi punto de vista, ahora estás justo antes de tu primavera, pero piensa que antes de eso siempre hay un tiempo fresco que la precede. Así que no te desanimes por ese frío testarudo, ¿de acuerdo?

Kyeonghui la miró con confianza. Yeoreum dio un gran mordisco al cruasán relleno de nata.

—Está riquísimo.

—Come. Seguro que la emisora te llamará hoy o mañana. Tienes que estar animada para aceptar el resultado, sea el que sea —dijo Kyeonghui con su característica sonrisa, arrugando la nariz.

Ese día anunciarían los resultados del concurso. Antes de publicarlos en la web de la emisora, llamarían a los guionistas seleccionados para la entrevista final. Aunque era anónimo, Yeoreum había estado navegando por un foro en internet y un par de aspirantes aseguraban haber recibido ya la llamada. La siguiente hora era decisiva.

Yeoreum se limpió los restos de cruasán de la boca y miró su teléfono. El teléfono, en el que normalmente no paraba de recibir todo tipo de notificaciones con encuestas, información sobre seguros, préstamos e incluso estafas que prometían los números ganadores de la lotería, no había sonado ni una vez en lo que llevaba de día.

Yeoreum no podía estarse quieta. Había ido un par de veces al baño y no paraba de mirar el reloj. Las otras dos asistentes estaban igual. En ese momento, sonó uno de los tres teléfonos que había en la mesa. ¡El suyo! Era de un número que empezaba por 02. ¿Sería la isla de Yeouido? ¿Sangam-dong? ¿Por fin la llamada que esperaba? Intentó hablar con la voz calmada y respondió:

—¿Diga?

—Sí, es la Fiscalía del Distrito Oeste. ¿Han Yeoreum? Hemos detectado que el origen de unos fondos utilizados para crímenes financieros proceden de una cuenta de la que usted es titular.

Si de verdad tuviera una cuenta bancaria llena de dinero, lo sabría. Habría resultado más creíble si la hubiesen llamado del restaurante en el que la noche anterior se había emborrachado para reclamarle que pagara la cuenta que le habían fiado.

—Que te den —murmuró Yeoreum, inexpresiva.

La persona que había al otro lado de la línea quedó perpleja, y Yeoreum colgó sin piedad. Todos la estaban mirando, y le avergonzaba tener que admitir que se trataba de una llamada fraudulenta, pero antes de que pudiera decir nada sonó otro de los teléfonos.

—¿Diga? ¡Muchas gracias! ¡De verdad se lo agradezco mucho!

Mijin, que estaba sentada frente a Yeoreum, inclinó la cabeza con la oreja pegada al teléfono.

—¿Son de la emisora? —preguntó Yeoreum. Mijin asintió y sonrió alegremente.

—Muchas gracias, *onni*. Estoy segura de que a ti también te llamarán pronto. Parece que están en ello. ¡Voy a salir un momento a telefonear a mis padres!

—Claro, ve a darles la buena noticia. Seguro que estarán encantados.

Yeoreum sonrió ocultando su envidia.

—Me alegro, Mijin —le dijo Boyeong con cara triste.

—Ya verás como a ti también te llaman pronto, Boyeong.

Mijin se metió en el baño con una sonrisa de oreja a oreja. Yeoreum sintió envidia de las risas que se oyeron del otro lado de la puerta: las risas de alegría de su madre y la de un padre orgulloso de su hija. No podía oír la conversación, pero sentía como si supiera con exactitud qué decían. Imaginó lo que le dirían sus padres: «Es increíble. Maravilloso. Al final, todo ese trabajo ha tenido su recompensa. Fíjate en eso. ¿Acaso no te dije que lo conseguirías? Aunque solo tuvieras una posibilidad entre dos mil, sabía que acabarían llamándote».

Sin embargo, su teléfono no volvió a sonar y Kyeonghui se pasó la tarde sin salir del estudio. Solamente mandó llamar a Mijin para darle la enhorabuena y le entregó un sobre con dinero en efectivo. Le dijo que saliera a comer con su familia y que no olvidase sacarse una foto. Por consideración hacia Mijin, añadió que solo necesitaría seguir trabajando como asesora de guiones hasta que encontraran a otra persona.

Era de noche y solo quedaban Yeoreum y Kyeonghui en la oficina. Kyeonghui se detuvo frente a su escritorio.

—Sé que lo de hoy es difícil de tragar. Mejor escúpelo.

No hace falta que te lo tragues o te provocará indigestión. Lo siento, Yeoreum.

Kyeonghui le acarició el hombro con su cálida mano y entró en la habitación. Yeoreum, que había estado todo el rato en silencio, se levantó. Aunque nadie se lo había pedido, se ofreció a lavar las cortinas blancas del salón. Mientras las descolgaba, se pinchó con un alfiler y una gota de sangre roja cayó y las manchó, pero enseguida se llevó el dedo anular a los labios, succionó con fuerza y se fue de allí.

Ese día también hacía fresco en Yeonnam-dong. Cuando salió del estudio y miró a su alrededor, vio gente alegre que paseaba por el parque. Alguien sostenía un ramo de flores, e incluso había un anciano paseando con su perro blanco de raza jindo. Todos tenían caras sonrientes. «Joder, soy la única pringada aquí. Pensé que esta vez me llamarían de la emisora...», se dijo. Aunque estuvo a punto de dejar escapar alguna lágrima, Yeoreum siguió con la vista al frente y paso firme. En una mano llevaba una bolsa ecológica con las cortinas cuidadosamente dobladas dentro.

El agradable y sutil aroma del algodón y la lavanda de la Lavandería Gira-Gira la hizo sentirse mejor al instante. Se detuvo frente a la pantalla de selección, eligió una de las lavadoras y sacó la tarjeta de crédito de empresa que Kyeonghui les daba para pagar los artículos del hogar, comida, gastos de lavado, etcétera. Observando a través de la ventana las sonrisas de la gente, se sentía triste sin ninguna razón en concreto. Se supone que una guionista tiene que amar a las personas para poder escribir sobre ellas, pero claramente estaba lejos de eso. Sentía que le faltaba un largo trecho.

Yeoreum se quedó mirando al vacío con sus ojos oscuros. Estaba muy triste. Había trabajado como asesora de guiones durante cinco años, pero habían elegido antes a una compañera que llevaba menos de dos en el puesto... También se avergonzaba de esos celos vacíos que la impedían felicitarla de corazón.

Mientras se lavaban las cortinas, se fijó en el diario que había sobre la mesa. «La última vez también estaba, todavía no se lo ha llevado nadie.» Lo abrió y leyó varios mensajes. Había uno de alguien que no quería seguir viviendo y otro que le aconsejaba cultivar tomates cherri en una maceta. Una letra de trazos toscos que parecía de un estudiante de primaria llamó su atención. A simple vista semejaba la letra de un chico.

*Estoy tan cansado de actuar en la calle y que nadie se detenga... ¿Qué canción debería cantar para que escuchen mi voz?*

Sintió una extraña sensación de empatía hacia esa persona que tocaba en la calle sin público. Un novelista sin lectores, un cantante sin público, una guionista que escribe guiones que no van a filmarse... Yeoreum lanzó un suspiro y escribió en el diario la canción que le gustaría escuchar en ese momento.

*A lo mejor no pega mucho con este exuberante inicio de verano, pero ¿qué tal* Caminemos juntos? *En un día de verano como hoy he sentido más frío que en pleno invierno. Es uno de esos días en los que me gustaría que alguien caminase a mi lado. Un día desola-*

*dor en el que no sé qué estoy haciendo, si estoy en el buen camino o si podré llegar a donde quiero si sigo caminando.*

*Un hada que pide una canción*

Cuando escribió lo de «hada», soltó una fuerte risotada, porque se sentía muy alejada de la imagen de un ser pequeño y precioso. «Total, ¿qué más da?», pensó. Hizo un puchero y dibujó una sonrisa coqueta. Sorprendentemente, después de confiarle sus verdaderos sentimientos a alguien que estaba en su misma situación se sintió reconfortada, como si acabase de zamparse un buen plato de *bibimbap*. Como si ahora tuviera a alguien de su lado.

Cuando regresó al estudio ya no había nadie. Colgó las pulcras cortinas tarareando *Caminemos juntos* para levantar ese ánimo que tenía por los suelos. Siguiendo el consejo de Kyeonghui, salió del estudio con la promesa de no dejar que ese frío que preludia el cambio de estación la desanimase.

Afuera ya había oscurecido, pero los alrededores desprendían una serenidad gracias al vaivén de las incontables hojas frescas que se mecían con la brisa. Caminó por Yeonnam-dong pasando por el cruce de Donggyo-dong y se metió por la calle que había junto al centro comercial de Hyundai hasta llegar a la estación de Sinchon. Por alguna razón, ese día le apetecía caminar un poco más. Se dirigió hacia la plaza que había frente al edificio anexo del centro comercial, en la que había una famosa escultura parecida a una tubería gigantesca y llamada *El periscopio rojo*.

Un grupo de jóvenes bailaba al ritmo de la música que salía a todo trapo de un amplificador barato. Otros lo rodeaban, aplaudían y grababan vídeos con sus teléfonos. La música se volvió más intensa, como si respondiera a la ovación del público, y apareció un grupo de *b-boys* de siete chicos para continuar con la actuación. Yeoreum se acercó abriéndose paso entre la gente. En ese momento, escuchó la voz de un hombre tarareando con voz ronca. Se acercó, como cautivada por su voz baja y tranquila, que se oía en medio de los fuertes vítores. Yeoreum siguió hacia delante, como guiada por algo, hasta llegar a la salida 3 de la estación de Sinchon.

*Caminemos juntos,*
*vamos a caminar juntos esta noche,*
*vayamos hasta el final,*
*mientras observamos las estrellas fugaces,*
*siempre estaré a tu lado.*

Alguien estaba interpretando la misma canción que sonaba por los auriculares de Yeoreum. Vio entonces un pequeño amplificador rectangular con un micrófono enchufado que descansaba en un soporte. Un hombre tocaba la guitarra y cantaba con serenidad. En la funda de su guitarra había colocado un pequeño cartel con el nombre de su canal de YouTube, «Hajun». Yeoreum fue la única en detenerse frente a él, como si de la escena de una película se tratase.

Se quedó inmóvil hasta que ese hombre llamado Hajun terminó de cantar. Los recuerdos del día se sucedieron en su mente como imágenes en un caleidoscopio. Al final de la sucesión estaba ella, luchando frente al portátil y hasta el amanecer en ese sinfín de noches que pasó sin dormir para preparar el concurso. Las lágrimas corrieron por sus mejillas pero se las secó con rapidez con las manos. Volvió en sí y sacó la cartera de su bolsa de tela ecológica. Solo le quedaba un billete de diez mil wones en esa cartera roja que le habían regalado. Todavía la tenía porque le dijeron que le traería mucho dinero. Quería pagar por esos pocos minutos de consuelo que había recibido de la voz de Hajun. Además, quería animarlo.

Quería decirle: «¡Aquí hay alguien que quiere caminar contigo!». Sacó su billete de diez mil wones con decisión. Mientras se acercaba hacia la funda de la guitarra, un montón de pensamientos cruzaron su mente. Con ese dinero podría comprarse treinta *takoyakis*, tres sándwiches o pagarse un cómodo taxi hasta casa al final de una de esas duras jornadas de trabajo en las que se quedaba hasta la noche. Su resolución se resquebrajó y, sin darse cuenta, le empezaron a temblar las manos. Así que, como si estuviera repitiendo un hechizo, se dijo: «Son diez mil wones. ¡No son cien mil ni un millón, solo son diez mil! Ayudar a artistas necesitados es algo de lo que sentirse orgullosa. ¡Ni que se los estuviera dando por lo guapo que es!».

Mientras se acercaba a Hajun, que seguía cantando, sopló una ligera brisa. Yeoreum creyó ver a Hajun estremecerse por un instante. «¿Qué le pasa? ¿Tan intimidante le parezco? Ni que fuera para tanto.» Se sintió casi ofendida, pero esos sentimientos se desvanecieron al ver el rostro de Hajun cantando con sus bonitos labios bajo esa nariz afilada. Más bien se le derritió el corazón.

Yeoreum apretó los ojos con fuerza y dejó el billete de diez mil wones en el estuche de la guitarra. Su mirada se cruzó con la de Hajun, que inclinó ligeramente la cabeza en señal de gratitud y siguió cantando para esa calle vacía. A Yeoreum se le encogió el corazón ante su mirada indiferente. Temía que él notara que estaba ruborizándose, así que se dio la vuelta y apresuró el paso hacia la estación de Sinchon. Su corazón seguía latiendo con fuerza, aunque no sabía si era porque había echado a correr o por Hajun.

«Uf, qué calor. ¿Por qué tengo el corazón a mil? Buf, ¿con quién se supone que estoy hablando ahora?»

Tras abanicarse la cara con ambas manos, apoyó su cartera en el sensor para pasar el torniquete, pero oyó un pitido.

—Saldo insuficiente. Úsela de nuevo después de recargar.

Yeoreum sacó dos tarjetas de su cartera e intentó pasar, pero ninguna tenía tarjeta de transporte. Entonces abrió la aplicación de su banco en el móvil. Justo esa misma tarde, más o menos hacia la hora en que Mijin había recibido la llamada de la emisora, le habían cargado el *tteokbokki*, el cerdo, el pollo y, por supuesto, todo el alcohol que se había tomado el mes anterior. Sintió una profunda amargura.

«Buf, este mes sí que me he pasado con la comida.»

Solo le quedaban novecientos wones en la cuenta del banco. Encima, su tarjeta para emergencias estaba metida en un cajón cerrado en su escritorio. Estaba a punto de llamar a su madre para pedirle que le transfiriese la tarifa del viaje junto con diez mil wones más, por si acaso, pero el teléfono, que se había quedado sin batería, se apagó de repente.

«¿Qué? ¿Por qué me haces esto? Venga, por favor...»

Su corazón latía con más fuerza que cuando había cruzado su mirada con la de Hajun. Mantuvo pulsado el botón de encendido; sin embargo, el logo de la manzana no apareció en la pantalla. Yeoreum buscó una cabina, pero se habían vuelto tan raras que ya solo había en los museos. Detuvo hasta a tres personas que pasaban para pedirles que le dejaran utilizar su teléfono, pero ninguna se lo prestó. No tenía alternativa. Subió de nuevo por la escalera.

«Venga, no pasa nada. Le pediré que me devuelva solo cinco mil wones y le llevaré el cambio de vuelta. No pasa nada, no es tan raro. Estas cosas pasan. Joder, qué vergüenza...»

Arriba de la escalera vio a Hajun, que seguía cantando allí solo. Con la melena revuelta tras tanto trajín, tragó saliva y se acercó furtivamente al estuche de la guitarra. Hajun sonrió, parecía alegrarse de volver a ver a Yeoreum. Ella también sonrió, pero de forma extraña. Se inclinó, cogió un billete de cinco mil wones con rapidez y se alejó.

—¡Eh, oye! ¡No puedes hacer eso! —gritó atónito Hajun por el micrófono que tenía en el soporte. Yeoreum se detuvo en seco, se giró y dijo vacilante:

—Lo siento. Hace un momento te di más de lo que puedo permitirme ahora... Por favor, tómalo como si estuviera llevándome el cambio.

Yeoreum fue incapaz siquiera de alzar la mirada, de la vergüenza que sentía.

—¿Cómo? Por más que no te guste mi canción, si ya me lo has dado y luego me lo quitas... ¿Tan mal canto? —replicó Hajun.

Yeoreum cerró los ojos con fuerza, le dio la espalda y dijo:

—El mes pasado me gasté un montón de dinero en bebida y te he dado los últimos diez mil wones que me quedaban, sin darme cuenta de que me habían cobrado todos los gastos en la tarjeta de crédito. Así que ahora ni siquiera puedo coger el metro para irme a casa. Tampoco quiero quitarte todo lo que te acabo de dar, solo necesitaría cinco mil wones. ¡Para nada es porque no me haya gustado cómo cantas!

Solo entonces Hajun entendió la situación y asintió con una leve sonrisa, como si la honestidad de Yeoreum le pareciera entrañable. La gente de los alrededores rompió a reír y Yeoreum, que se había convertido en objeto de burla, regresó a la estación con cinco mil wones en la mano.

Hajun abrió de un empujón la puerta de su habitación en la azotea, escondida en el extremo de un callejón de Yeonnam-dong. Mientras se estiraba y bostezaba bañado por los rayos de sol, Hajun presentaba el cautivador aspecto de actor de películas para adolescentes. Sin embargo, en realidad su habitación en la azotea distaba mucho de lo que se veía en las pantallas. No tenía esas hileras de bombillas decorativas propias de los bares de las azoteas, ni una mesa baja lisa en la que sentarse a tocar la guitarra y disfrutar del romance. Es más, no había ninguna superficie lisa; el único espacio libre lo ocupaba una mesita que no usaba por miedo a clavarse alguna astilla. Por si fuera poco, se acercaba el implacable calor del verano; pronto vivir allí sería un tormento.

Hajun bajó la escalera con una bolsa de plástico con su ropa sucia. La había comprado en la Lavandería Gira-Gira por trescientos wones y había demostrado valer hasta el último won, porque llevaba utilizándola bastante tiempo.

En la lavandería se encontró con Seeung, a quien había conocido la noche anterior en un *norebang*. Cantaba con una voz tan potente que su canción *No sabes de hombres* llegó hasta la cabina de Hajun. Cada vez que se cruzaban en la lavandería o el *norebang*, Seeung era el primero en inclinar la cabeza y saludarlo. Hajun sonreía entonces de forma extraña y le devolvía el saludo.

Hacía unos días, Seeung había devuelto la tarjeta de empleado que había llevado colgada al cuello durante años y había abandonado la empresa en la que trabajaba. «Devolver» es una forma suave de decirlo, más bien se la habían arrebatado a la fuerza. Al principio, Hajun no podía creer que lo hubieran despedido solo por cometer un pequeño error al introducir unos números, pero Seeung le explicó que trabajaba en una agencia de valores. Su jefe se había puesto hecho una furia recordándole lo importante que era estar en guardia en todo momento y comprobar y volver a comprobarlo todo cuando se trabajaba con números. Ahora Seeung buscaba trabajo en el sector financiero de Yeouido y se pasaba los días cantando en el *norebang* y haciendo la colada en la lavandería. Después de saludar a Hajun, salió vacilante y con las manos vacías, y se dirigió a su habitación, la 201 del edificio Shineville.

«¿No estaba haciendo la colada?» Hajun ladeó la cabeza mientras elegía programa en el menú de la pantalla con movimientos que ya empezaban a resultar rutinarios. Eligió el suavizante para sábanas de la marca de la casa de la Lavandería Gira-Gira. Tenía el agradable aroma de una mezcla armoniosa entre ámbar y algodón.

Observó, a través de la puerta redonda transparente, cómo el agua tibia iba llenando el tambor de la lavadora.

La ropa dio unas cuantas vueltas antes de que se liberara el detergente y comenzaran a formarse burbujas. Entonces le embargó una sensación como de alivio. Hajun se sentó frente a la mesa y abrió el diario verde. Cuando releyó el mensaje que le pedía que cantase *Caminemos juntos* como respuesta a sus preocupaciones, se acordó de la mujer de la noche anterior. No sabía su nombre ni edad, solo su rostro cruzó su mente de repente. Hajun rompió a reír. «Espero que pudiera volver a casa sana y salva. Pero ¿cómo es posible que ni siquiera tuviera cinco mil wones en el banco?»

En ese momento le sonó el móvil. Era un mensaje de texto que decía que le habían cargado los gastos del mes en la tarjeta. «Y aquí vamos, otra persona sin dinero.»

Hajun sonrió con amargura y abrió la aplicación de YouTube. Entró en su canal y vio que el número de suscriptores seguía siendo doce. El día anterior también había salido a tocar a la calle, y pensó que si no le seguía más gente, quizá fuera porque había algún problema con su voz o con la selección de las canciones, o quizá simplemente es que no tenía madera de estrella. Mientras pensaba en ello, alguien más se suscribió a su canal y los ojos de Hajun se iluminaron. «¡Eso es, poco a poco, de uno en uno, y al final llegará el día en que yo también reciba mi botón de plata! ¡Vamos! ¡Así podré mudarme a una casa con aire acondicionado!»

Cargado de energía, Hajun se acercó al diario y respondió a la persona que le había sugerido tocar esa canción diciéndole que de verdad era un hada.

*El verano es pura vitalidad y para algunos está cargado de emociones, pero también es una estación cruel para mí. Las noches de calor insoportable sin pegar ojo en Seúl hacen que me sienta como un pez azul acostumbrado a vivir en aguas frías que de repente se pierde en una resplandeciente ciudad de la que no sabe nada. Pero gracias al hada que me pidió una canción, ayer conseguí cantar una con la que me he sentido satisfecho en mucho tiempo. Gracias por permitirme experimentar la alegría de cantar algo que expresa mis sentimientos en lugar de tener que cantar una canción de moda. Además, ocurrió algo interesante con alguien del público. Si tenemos la oportunidad de vernos algún día, me gustaría contarte la historia. ¡Muchas gracias de nuevo a mi hada que pide una canción!*

Yeoreum se quedó mirando el asiento vacío que había dejado Mijin después de ganar el concurso. La nueva asistente de guiones que debía sustituirla llevaba cuarenta y ocho horas sin aparecer. Solo llevaba dos días allí, pero sus marcadas ojeras evidenciaban que no podía seguir el ritmo de trabajo. «Para escribir hace falta fuerza física», se dijo Yeoreum mientras comía chocolate frente a su escritorio. «Este con cien por cien de cacao no me hará engordar.»

Todos se habían ido a almorzar, y Yeoreum, que dijo que se iba a saltar la comida porque no se encontraba bien, ya se había zampado varias chocolatinas y paquetes de galletas. «Si te ibas a atiborrar así, habría sido mejor ir a por un almuerzo como Dios manda», pensó, aunque la verdad es que le encantaba quedarse a solas en el estudio. A veces, los ruidos de los teclados de sus compañeras se superponían entre sí y hacían que perdiera la concentración y hasta le interrumpían el ritmo. Suponía que a las demás les ocurría lo mismo. Como cabría esperar, eran sensibles..., y por eso todas, incluida Yeoreum, trabajaban con los auriculares puestos.

De repente se acordó de Hajun y buscó el canal de YouTube que había visto escrito en el papel que estaba sobre el estuche de su guitarra. En la miniatura de un vídeo aparecía una foto suya, parecía más pálido y su pelo se veía más lustroso que el de ella. Se titulaba: «Música callejera en la estación de Sinchon. *Caminemos juntos*». Era del día en que Yeoreum le quitó los cinco mil wones. Se fue hasta el final del vídeo, por si acaso, pero la parte en la que salía ella había sido editada. Dejó escapar un suspiro de alivio. Pensó que si hubiera subido ese incidente al vídeo, ahora no podría caminar por la estación de Sinchon sin que se le cayera la cara de vergüenza y se sintió agradecida con Hajun. Incluso habría podido aumentar su número de visitas o suscriptores añadiendo un título sensacionalista del tipo: «¡Me dan una propina por mi música y luego me la quitan!», así que se sintió conmovida por su honestidad. En señal de gratitud, se suscribió a su canal y volvió a poner el vídeo desde el principio. Comenzaba con la parte que se había perdido Yeoreum por estar viendo los bailes en la plaza donde estaba esa escultura que, se mirase por donde se mirase, parecía un tubo, por mucho que la llamasen *El periscopio rojo*.

—Hoy voy a cantar una canción que me recomendaron. Esa persona me dijo que, aunque claramente era verano, sentía tanto frío como en un día de invierno, y que hoy tenía muchas ganas de caminar junto a alguien. Me gustaría consolarla en un día así.

«¡Oh, Dios! ¡Oh. Dios. Mío!»

Yeoreum se tapó la boca. Se acordó del mensaje que había escrito en la Lavandería Gira-Gira. Faltaban veinte minutos para que acabase la hora de comer, pero Kyeonghui estaría encantada si le decía que iba a hacer la colada, así que salió rápidamente del estudio con los cojines que había sobre las sillas.

En ese momento, la secadora con la ropa de Hajun emitió un pitido. Hajun la abrió y, tarareando, metió su colada en la bolsa. Yeoreum no sabía qué esperar, pero aceleró el paso por la emoción. Caminó con rapidez en línea recta por el parque de Yeonnam-dong, que, por ser la hora del almuerzo de un sábado, estaba abarrotado de gente que iba y venía. Hajun salió de la lavandería y se dirigió a su habitación en la azotea, acelerando también el paso para no llegar tarde a su trabajo a tiempo parcial en una tienda de conveniencia. No se cruzaron por los pelos.

Cuando Yeoreum llegó, no había nadie en la lavandería. Pero notó ese aroma cálido y acogedor que indicaba que alguien acababa de utilizar la secadora. También vio el diario color verde claro abierto y el mensaje que le habían escrito como respuesta. ¡Seguro que era de Hajun! Inmediatamente, Yeoreum buscó en Google «peces azules que viven en aguas frías» y descubrió uno llamado arenque. Asintió. Un pez sin un lugar a donde ir en los cálidos trópicos de una ciudad llena de luces resplandecientes... Sintió una gran curiosidad por el chico que estaba detrás de estos mensajes. Pero al mismo tiempo, se quedó atrapada en la frase que decía «mi hada que pide una canción».

«Hada..., cómo se me ocurrió lo del hada... Esta conexión, ¿podría ser cosa del destino? ¿De verdad es él? Pues vaya. ¡Ahora me verá como esa pobre chica que no tiene ni cinco mil wones!»

Yeoreum se dio una palmada en la frente y tomó el bolígrafo. Se preguntaba qué podría escribir para mantener esa conexión. Hacía mucho que no sentía un cosquilleo en el estómago. Justo en el momento en el que iba a escribir en el diario le sonó el móvil.

—¿Sí? Hola, Boyeong.

—Hola, ya hemos vuelto de comer. ¿Dónde estás?

—Ah, en la lavandería. Me he dado cuenta de que nuestros cojines y los de la jefa estaban todos sucios. Pondré el programa más rápido y enseguida estaré allí.

—Vale, se lo diré a Kyeonghui.

Por detrás de Boyeong se escuchó la voz tranquila de Kyeonghui.

—Ni siquiera ha comido como es debido, así que dile que cuando termine se vaya a comer algo y que pague con mi tarjeta.

—¿Lo has oído?

—Sí, vale. Dale las gracias de mi parte.

Yeoreum colgó rápidamente. Se sentía culpable por estar usando la obsesión de Kyeonghui con la limpieza como excusa para relajarse un poco. Se sintió apesadumbrada y con el corazón acelerado. Yeoreum escribió con su mejor letra debajo de la de Hajun, asegurándose de que no le saliera torcida.

*Como has mencionado lo del pez azul, me gustaría contarte que soy piscis (sí, ya sé,* too much information.*) La estrella más brillante de mi constelación es solo de magnitud cuatro, así que es difícil verla. Por eso nunca he logrado encontrarla con esa forma característica de dos peces en el cielo. Llegaré a verla algún día, ¿verdad? Y también hay alguien ahí fuera que algún día apreciará mis guiones. ¡Otra vez TMI! Soy guionista. Ja, ja. Por más que sea difícil de encontrar, una estrella es una estrella, así que creo que yo también seré reconocida algún día. Por eso la canción que te recomiendo hoy es* Estrella.

*¡El hada que pide una canción!*

Cuando se llamó a sí misma por primera vez «hada que pide una canción» lo hizo sin pensar. Podía presentarse bonita o encantadora como un hada a un desconocido, pero ahora era diferente. ¿Y si Hajun ataba los cabos sueltos? ¿No se reiría de ella y se preguntaría si de verdad ella se creía un hada? Se sintió avergonzada y empezó a divagar ante la perspectiva de que llegaran a conocerse. Aun así, no todas las hadas son como Campanilla. ¡También está la de Cenicienta, con ese argumento que no envejece aunque lo hayas exprimido cien veces! El hada madrina, la verdadera heroína de esa historia, era bien entrada en carnes. Yeoreum añadió con firmeza un signo de exclamación al final de su recomendación.

Kyeonghui siempre le había dicho a Yeoreum que el género romántico era su punto débil, pero últimamente algo parecía haber cambiado. Al escribir las escenas de la pareja protagonista, Yeoreum conseguía que sus emociones fluyeran con naturalidad. Al ver cómo había mejorado su redacción durante los últimos días, Kyeonghui llegó incluso a preguntarle si estaba saliendo con alguien. Yeoreum solo sacudió la cabeza con timidez.

Cada vez que veía una pequeña mancha de café en un cojín o una mota de polvo en las cortinas opacas, Yeoreum se ofrecía voluntaria para ir a la lavandería. Kyeonghui empezó a preocuparse. ¿Y si estaba contagiando su propia obsesión a su empleada? En realidad, Yeoreum solo buscaba excusas para ir a la lavandería cada vez que tenía ocasión. Ese día fue con la excusa de que la manta que se ponía sobre las rodillas se había ensuciado, pero no vio ninguna respuesta de Hajun bajo su último mensaje. Ya había pasado una semana sin tener noticias de él.

En ese momento entró Seeung mascando chicle. Llevaba una camiseta sin mangas con una gran hoja de palmera estampada.

Yeoreum musitó para sí misma: «¿Estará demasiado ocupado? Ya ha pasado una semana. ¿Acaso no tiene que hacer la colada? ¿Será que se ha aburrido ya de nuestra conversación?».

Con expresión abatida, pasó la página por si acaso. Encontró entonces signos que indicaban que alguien había arrancado un trozo del papel de la página siguiente. Aún pudo distinguir las vocales *a* y *o*. «¡¿Pero qué narices?! ¡El tamaño del trozo de papel arrancado es justo el que haría falta para envolver un chicle y tirarlo! ¿No habría algo escrito justo ahí? Uf, ¡creo que sí! ¿Y de qué me sirve saberlo?»

La mirada de Yeoreum se posó en Seeung, que estaba haciendo pompas con el chicle que explotaban de forma ruidosa mientras sacaba la colada de la secadora.

—¿No habrá arrancado esta página para tirar un chicle?

El chicle se quedó pegado en los labios de Seeung, desconcertado por la gran energía que desprendía la mirada de Yeoreum.

—Bueno, ¡perdone usted! No he dicho nada, señor.

—¿Señor? Oye, que todavía estoy en la treintena, señora. ¿Y qué es ese diario?

—¿Cómo? ¿Señora yo? Ya puestos, ¿por qué no me llamas abuela? Sigue con lo tuyo.

En ese instante sonó el teléfono de Yeoreum. Era una notificación que le indicaba que Hajun había subido un nuevo vídeo. Abrió YouTube rápidamente. De repente, su corazón empezó a latir con fuerza cuando vio a Hajun interpretar *Estrella*, pero no podía dejar de pensar en qué le habría escrito. Yeoreum puso los ojos en blanco y resopló en dirección a Seeung, que seguía mascando chicle mientras doblaba la ropa. «¡Puf!»

Estuvo a punto de coger el bolígrafo y escribirle; sin embargo, le dio vergüenza pedir otra canción sin ninguna garantía de que fuera Hajun quien le hubiera respondido. Al final, recogió su manta ya seca y regresó al trabajo.

Cuando Hajun entró, la secadora que Yeoreum había usado todavía estaba caliente. Lo primero que hizo fue correr hacia la mesa y abrir el diario, pero no encontró la letra del hada. Sobreponiéndose a la decepción de que no le hubiera dejado ningún mensaje, sintió curiosidad por ver si había alguna otra noticia de ella y, al hojear una vez más el diario, descubrió que habían arrancado la página en la que le había escrito.

«¡¿Qué es esto?! ¡¿Quién lo ha arrancado?!»

Intentó recomponer los trozos de papel, pero el texto resultaba completamente irreconocible.

«Con todo el empeño que puse en escribirlo...»

Hajun tragó saliva.

«Entonces... quizá no leyó mi mensaje y por eso no me ha contestado. ¿O lo leyó antes de que lo arrancaran?»

Algo ansioso, pensó detenidamente en si su anterior respuesta había sido demasiado atrevida. Luego sacudió la cabeza.

«Volver a escribirlo sería un verdadero fastidio. Pero ¿y si no llegó a verlo? A lo mejor alguien arrancó la página antes de que lo leyera, o aún peor, ¿y si lo arrancó ella después de leerlo porque se sintió agobiada?»

Las diminutas células del amor que habían ido floreciendo en su interior chocaron entre sí sin que Hajun lo supiera. Las dos canciones que había pedido el hada habían sido bien recibidas cuando las interpretó en la calle. Además, había ganado otros treinta suscriptores. Hajun quería darle las gracias al hada que pide una canción. Por supuesto, no con su letra torcida, sino con su voz. Para ser honestos, quería verla. Por eso, cuando había ido a la lavandería hacía poco, había escrito en el diario: «Hola, hada. ¿Te importa que te pida tu número de teléfono?». Pero ahora, al ver que alguien había arrancado ese trozo de papel, volvió a perder el valor. Le preocupaba que el hada se pudiera haber enfadado.

Cuando solo faltaban tres minutos para que terminara

la secadora, Hajun cogió rápidamente el bolígrafo. Escribió en letra pulcra y clara en la siguiente página:

*¿Pudiste ver lo que escribí en la página arrancada? Puse: «Hola, hada. ¿Te importa que te pida tu número de teléfono?». Como creo que quizá no lo hayas visto, te lo pregunto de nuevo. ¿Me darías tu contacto? Me gustaría que tomáramos un café.*

Las frases eran un poco torpes, pero Hajun creía que transmitían con fidelidad lo que sentía. Cuando sonó el pitido de la secadora, se marchó a casa con la colada.

Hajun había vuelto a casa después de las cuatro horas de trabajo en la tienda de conveniencia y estaba terminando de prepararse para salir a tocar a la calle. Ese día no había podido elegir una canción. Pensaba interpretar las canciones que le había recomendado el hada, pero si iba a subir un nuevo vídeo a su canal de YouTube debía probar algo diferente. Con la guitarra echada a la espalda en su funda y el asa del amplificador en una mano, se dirigió hacia su lugar habitual de actuación callejera, pasando frente a una escultura en la que podía leerse la inscripción CAMINO DEL BOSQUE DE LA LÍNEA GYEONGUI y giró luego hacia la intersección de Donggyo-dong.

Hajun llegó frente a la salida 3 de la estación de Sinchon y colocó el soporte. Ajustó el micrófono a su altura e hizo la prueba de sonido: «Ah, ah, probando, uno, dos, tres». Colocó la funda de su guitarra abierta frente a él y puso el letrero con el nombre de su canal de YouTube. Y sonrió. En ese instante, recordó a la chica que se había llevado los cinco mil wones de su caja de propinas. Desde aquel día, Hajun sentía como si lo invadiera una energía positiva. Por eso, había guardado en su cartera el billete de diez mil wones que le había dado e incluso escribió en él la fecha del encuentro, como si fuera un talismán.

Eran las ocho cuando Hajun rasgó una cuerda de su guitarra. Se aclaró la garganta. Juntó los dedos, tocó unos acordes y comenzó a cantar.

*Pienso en ti sin saber tu nombre.*
*Creo que reconocería tu cara.*
*Te conocí, pequeña y dulce como un hada.*
*¿A dónde me llevarás, mi Campanilla?*
*Volemos juntos en lo profundo de la noche.*
*Toma mi mano, por favor.*

Hajun siguió improvisando mientras pensaba en hadas. Transmitía su actuación en YouTube Live desde la calle. La mano izquierda que presionaba los trastes se movía sola y la derecha bailaba sobre las cuerdas. La gente se fue congregando poco a poco. Los transeúntes se detuvieron al escuchar la dulce letra que salía de los labios de Hajun. Cantaba con los ojos cerrados y bajo sus pobladas cejas se destacaba el puente alto de su nariz. Rebosaba tanto carisma que la gente se paraba en seco.

*La agradable fragancia que dejas al pasar.*
*¿Cómo podría llamarte?*
*Hada mía, dime ya tu nombre.*
*Muéstrame tu rostro.*

*De ti no conozco más*
*que el aroma a algodón que desprendes.*
*Solo eso.*

Hajun terminó de cantar y abrió los ojos. Nunca había visto una multitud tan grande a su alrededor, más grande que todo su público anterior junto. Bajo el cielo oscurecido, muchos estaban sacando fotos o vídeos con el *flash*. De entre ellos, le llamó la atención la chica a la que le habían faltado los cinco mil wones, que estaba escuchando la canción medio oculta entre el público. Se alegró tanto de verla que se echó a reír.

—Gracias a todos —dijo Hajun.

—¡Otra, otra! —gritó la multitud.

Su caja de propinas estaba llena de billetes de cinco y diez mil wones. Más que el dinero, lo que hizo que su corazón se llenara de alegría fue que la gente escuchara su voz. Se sintió orgulloso, como si al final hubiera tenido una buena actuación. Miró a las personas una por una. En ese momento, la chica de los cinco mil wones se acercó a la caja de propinas y dejó un billete de diez mil.

—Supongo que no has bebido tanto este mes —bromeó Hajun.

—La vida no ha sido tan amarga últimamente. De hecho, ha sido bastante dulce.

Aunque sorprendida, Yeoreum había contestado sin mostrar ningún signo de timidez. Hajun sonrió ante esa respuesta tan sincera mostrando sus dientes blancos y perfectos. «¿Tan guapo y me vas a sonreír así de cerca?»

—¿Cómo? —preguntó Hajun, perplejo.

—¿He dicho algo raro?

—No, pero ¿no estabas a punto de añadir algo más?

—¡Para nada! ¿Lo dices porque te he devuelto el doble de lo que te debía? Es que me ha encantado la canción.

Sin darse cuenta, a Yeoreum el rubor se le subió por las mejillas y abandonó apresuradamente el lugar. Hajun miró su espalda y esta vez se echó a reír. Esa chica a la que le faltaban cinco mil wones era de verdad encantadora.

Hajun volvió a rasgar las cuerdas de su guitarra para responder al público, que le pedía otra canción. Tocó justamente aquellas que había pedido el hada de la lavandería. La actuación fue todo un éxito. Por primera vez, su voz no pareció disiparse en el aire, sino que llegó fuerte y claro a todas y cada una de las personas de la plaza: las que otras veces caminaban con prisa o pegadas a sus móviles, lanzándole como mucho una mirada de reojo mientras seguían su camino... Hoy por fin había llegado hasta ellos. Esa noche cerró los ojos y saboreó la sensación hasta quedarse dormido.

Los planes de Yeoreum de pasar desapercibida y escucharlo como una más del público habían fracasado estrepitosamente. No pudo menos que acercarse y dejar una propina después de escuchar *Hada*, la creación compuesta por el propio Hajun. Quería enmendar sus errores del pasado. Y cuando vio a Hajun sonriéndole radiante, sintió un cosquilleo en el estómago otra vez, como si el corazón le hubiera dado un vuelco.

En cuanto terminó la canción, Yeoreum se fue corriendo a la parada de autobús, acelerando cada vez más el paso. No tenía más que preguntas sobre el verdadero significado de la canción que había improvisado Hajun sobre el hada.

En realidad, lo que más quería en ese momento era ir a un lugar, a la Lavandería Gira-Gira, en la que estaban los mensajes que se habían intercambiado.

Yeoreum se subió al autobús. Tenía el pulso acelerado. La voz de Hajun parecía cosquillearle aún en los oídos. Aunque ya había pasado la hora punta en la que todo el mundo salía del trabajo, el autobús con destino a Hongdae estaba lleno.

De repente, se vio reflejada en el cristal de la ventana. ¡Menos mal que se había lavado el pelo esa mañana! Sin embargo, su pelo medio rizado, con las puntas abiertas y sin lustro distaba mucho del cabello perlado propio de las hadas. Debajo tenía esa frente redonda y abombada que tanto solía elogiar su madre diciendo que era un símbolo de buena suerte. Según ella, era casi un tesoro de la naturaleza... Tenía la nariz puntiaguda como un calcetín tradicional *boseon*, pero después de pasar cinco años trabajando como asesora de guiones, lo cierto es que había ganado diez kilos y ya no parecía tan respingona. Tenía las mejillas hinchadas, como si estuviera masticando caramelos. Su abuela materna, a quien había visto el verano anterior en la boda de su prima, le dijo que no perdiera peso, porque se la veía rolliza y saludable; pero en ese momento, ella solo podía pensar que no parecía un hada en absoluto.

¡Los ojos! Claro, con la cirugía de doble párpado que se hizo como regalo por la graduación en el instituto había ganado confianza en sí misma y ahora tenía unos grandes párpados dobles enmarcando sus ojos. Eran la parte de su cuerpo de la que se sentía más segura, quizá porque había invertido dinero en ellos. Sin embargo, esos párpados dobles que habían sido trazados con un bisturí afilado, ahora que había ganado peso, se veían hinchados como salchichas. ¿Eran los ojos de un hada? ¿Los de una elfa? Más bien los de un hada del *mukbang*.*

La emoción que se había acumulado en su corazón se disipó de repente, como si alguien hubiera pulsado un botón de *stop*.

Entró en la Lavandería Gira-Gira. Había un anciano haciendo la colada junto a su perro de raza jindo. A pesar de que aparentaba ser muy mayor, se desenvolvía con soltura. Parecía estar a gusto navegando en la pantalla de programas de lavados, como si lo hubiera hecho innumerables veces. El perro, que estaba sentado a un lado de la mesa, meneó la cola para darle la bienvenida a Yeoreum. Eso la hizo sonreír.

—Termino enseguida —dijo con amabilidad el anciano, mientras seguía las instrucciones para cargar los puntos de fidelización en su tarjeta.

—Puede tomárselo con calma. No he traído nada para lavar.

«¿Para qué habré venido?»

—Es bueno tomarse un pequeño descanso. También está escrito ahí. No conozco al dueño de este lugar, pero debe de ser un buen tipo.

El abuelo señaló un tablón de anuncios en el que podía leerse NOTICE en inglés. Había un cartel de medio folio A4 con el lema «Es bueno tomarse un pequeño descanso» escrito con letra nítida y elegante.

* Formato de vídeo originado en Corea del Sur en el que un *streamer* se graba en directo mientras ingiere grandes cantidades de comida e interactúa con su audiencia. *(N. del t.)*

—Pues sí, da la impresión de que debe de ser alguien muy agradable.

El anciano se alejó con una sonrisa y se marchó con su perro. Antes de salir, le dijo a modo de despedida que disfrutase de su descanso y que despejara la mente.

Yeoreum abrió el diario y lo volvió a cerrar después de ver lo que había escrito Hajun. En lugar de pasar la página, lo cerró por completo. Se preguntó a sí misma de dónde le habría venido esa confianza para decirle que era un hada.

«¡Obviamente, nunca imaginé que podríamos llegar a vernos!»

Se enfadó consigo misma. Con el pretexto de que trabajaba mucho, había tomado demasiada comida instantánea poco saludable y, para colmo, la había regado con café americano doble y chocolate como si se tratara de transfusiones de sangre, así que su cuerpo no podía estar de otra forma que no fuera hinchado. Yeoreum se pellizcó la grasa abdominal.

«¡Ah, joder! Cómo duele. Está bien, lo siento. Siento que me odies. ¡Sí, esto no es grasa, es todo eso que he ido acumulando mientras estaba pegada al escritorio! ¿Hajun? Puedo verme con él sin problema. Tampoco estoy tan mal. ¿Acaso no hay gente que dice que las muñecas feas también tienen su punto?»

Yeoreum agarró el bolígrafo cuando faltaban diez minutos para que terminase la lavadora que había puesto el anciano. En ese momento, sonó una notificación en su móvil. Yeoreum dejó el bolígrafo y leyó el mensaje.

—¿Cómo es que todavía no eres guionista?

Era un mensaje de ese chico al que había pedido una entrevista por la mañana para el reportaje de un nuevo proyecto. Hacía cinco años, cuando Yeoreum acababa de empezar como asistente de guionista, fue la primera persona a la que entrevistó. En aquel entonces, él era un jugador de béisbol novato, y como tenían más o menos la misma edad y se llevaban bien, quedaron después para salir y tomar unas cervezas.

Salieron varias veces más a cenar o a tomar algo, e incluso fueron al cine para ver una película. El chico le lanzó algunas indirectas románticas a Yeoreum, pero ella las fue rechazando sutilmente alegando que en ese momento necesitaba concentrarse en su trabajo. Ahora, después de cinco años, había vuelto a contactar con él porque necesitaba una entrevista relacionada con los deportes.

Había cambiado mucho en ese tiempo. Ya no era el novato que se reía de forma tan ruidosa frente a unas patatas fritas y dos jarras de cerveza de barril en aquel bar que tenía esa salsa de chili especialmente deliciosa. Después de haber sido seleccionado el mejor jugador de la temporada y haber negociado con éxito un salario altísimo, se había acostumbrado a entregar las llaves de su coche a los aparcacoches de los *lounges* de los hoteles de cinco estrellas o de los restaurantes de lujo de Cheongdam-dong. En cinco años se había quitado de encima la etiqueta de novato. ¿Y qué había sido de ella? Había escrito hasta desgastarse las huellas dactilares, pero seguía sin haberse convertido en una verdadera guionista con alguna obra a su nombre. Aun así, ¿por qué le hacía esa pregunta tan grosera? Se quedó aturdida por un momento.

Cuando Yeoreum replicó con un «¿Qué?», su respuesta no se hizo esperar:

—Pregunto que cómo es que todavía sigues de asesora

de guiones. Y eso que dijiste que no podías salir conmigo porque necesitabas centrarte en tu trabajo. xDD

«¿Qué le pasa a este tío? ¿Quiere ponerse a discutir conmigo?» Yeoreum dejó escapar un suspiro, como si estuviera tratando de reunir fuerzas, e intentó responder utilizando sus habilidades de redacción, pero se quedó en blanco. En realidad, no entendía por qué todavía era asesora de guiones y no había conseguido que ni siquiera alguna de sus obras de un acto hubiera ganado algún concurso. ¿No era esa la razón por la que había renunciado a salir con alguien, a su misma juventud, y se había pasado una estación y otra frente a su escritorio mirando la pantalla vacía y el cursor parpadeante del ratón hasta caer rendida? Se preguntó por qué no había logrado aún convertirse en una verdadera autora. No sabía qué responder. Hasta se olvidó de que estaba a punto de dejar su número de teléfono debajo del mensaje de Hajun. No podía permitirse el lujo de pensar en niñerías, así que escribió:

*Las hadas solo aparecen en los cuentos. En la vida real, no podemos agitar una varita mágica y convertir una calabaza en un carruaje. Estas cosas tan maravillosas solo pasan en los cuentos, ¿sabes? En el momento en que nos viéramos nos daríamos cuenta. No vivimos en un cuento de hadas impregnado de una dulce fragancia a pasteles recién horneados, sino en un documental con un punzante olor a salado. Así es la realidad... La vida no es una película de Disney a todo color, sino una historia deslucida en blanco y negro.*

Yeoreum salió de la lavandería con pasos pesados. Quizá Hajun estuviera buscando a su musa, su hada inspiradora... Una parte de ella quiso dar media vuelta, pero ya había llegado al otro extremo de Yeonnam-dong.

Se sentó a una mesa con una sombrilla que había frente a la tienda de conveniencia y abrió una cerveza. Vació el contenido en su boca sintiendo el refrescante burbujeo y el regusto algo amargo de la malta. «Ah, esto es vida. Podría renunciar a todo, pero no a una buena cerveza de vez en cuando.» Al dejar la lata vacía sobre la mesa, alguien colocó cuatro más.

—¿Quieres tomarte otra?

Cuando Yeoreum alzó la mirada vio a Seeung ahí en pie. Ese día también llevaba la misma camiseta sin mangas con la palmera estampada.

—Diles que metan otro par de latas en el refrigerador. Tibias no saben bien.

Quizá porque compartían lavadoras en la Lavandería Gira-Gira, no le resultó raro sentarse con Seeung; había entre ellos una peculiar sensación de camaradería. Además, aunque no le caía especialmente bien, tampoco le importaba charlar un rato con él cuando se veían por el barrio.

—¿Qué hay de malo en que estén tibias?

—Que no saben a nada. Por cierto, ¿no trabajas? Siempre te veo dando vueltas por el barrio como si no tuvieras nada que hacer. ¿Es que te ha tocado la lotería o algo así? —preguntó Yeoreum sentándose frente a Seeung.

—Hace poco me despidieron y también me dejó la novia.

—¡Joder! Lo siento. ¿Qué pasó?

—Pues precisamente me dijo que no quería una relación tibia. También, que estaba harta de tener que hurgar con los palillos el caparazón de cada cangrejo para salir adelante casi sin dinero. Me gustaría mandarlo todo a la mierda y marcharme a Hawái. Cuando estudiaba me pasaba la vida obsesionado con los números: mis notas, mi ranking en clase, mi calificación del TOEIC.... Y luego, la pesadilla me siguió hasta mi puesto de trabajo. Pero aquí estoy, preparándome para conseguir otro empleo. Necesito convertirme otra vez en esclavo de esos números aburridos.

—¿Caparazones de cangrejos?

—Bueno, es que mis padres tienen un restaurante de cangrejos en Daejeon.

—Entiendo. Habrás escuchado cosas así un millón de veces. Ahora me has dado hasta envidia, ja, ja, ja. Soy una devoradora nata de cangrejos en salsa de soja. Pero ¿cuál es tu sueño? ¿Qué es lo que te gustaría en realidad hacer?

—¿Mi sueño?

—Sí, ya sabes —dijo Yeoreum llevándose la lata de cerveza fría a los labios.

—Sueños... ¿No son algo que se tiene mientras duermes?

—¡Te falta romanticismo! Por eso tu ex te dijo que teníais una relación tibia.

Era Seeung quien se había quedado sin novia y sin trabajo, pero fue Yeoreum la que engulló la mayoría de las cervezas que había comprado Seeung. Luego recogió sus cosas, se despidió de él y se dirigió dando tumbos hacia el sendero del parque. Cuando estaba ya a cierta distancia, Yeoreum se giró y le gritó a Seeung, haciéndolo sentir avergonzado:

—¡Oye! Si tienes alguna preocupación, vete a la lavandería. ¡La Gira-Gira de Yeonnam-dong! ¡Hip! Hay un diario verde claro. Todas las respuestas están ahí. ¡Hip!

Esa noche, Seeung fue a la lavandería con una manta vieja. No tenía ropa para lavar, porque todos los días usaba esa camiseta sin mangas con grandes hojas de palmera estampadas como las que se podían ver en las playas de Waikiki. Esta era su personal y solitaria rebelión contra la sociedad. Rebuscó ropa sucia por toda la casa y al final salió de la habitación 201 de Shineville con una manta que olía al perfume de su exnovia.

Encendió la lavadora y abrió ese diario verde claro que antes no le había suscitado ningún interés. Estaba lleno de textos escritos en diferentes caligrafías, como si se tratase de huellas dactilares humanas. ¿Qué narices quería decir con eso de que todas las respuestas estaban ahí? ¿Acaso iban a venir los del programa de televisión *Guru Show* a resolverle los problemas?

Seeung se encontraba exhausto y sin una pizca de motivación, pero cogió el bolígrafo pensando que tampoco tenía mucho que perder.

*Ningún problema por aquí, solo dame los números ganadores de la lotería, por favor.*

Yeoreum frunció el ceño y se dio la vuelta bajo los rayos del sol de mediodía que bañaban su cama. Tenía náuseas. Era como si, en vez de en la cama, estuviera acostada sobre una tabla de surf entre las fuertes olas de la playa de Yang-

yang. Si alguien le mostrase una botella de alcohol en ese instante, pondría su cara en el inodoro, vomitaría y chocaría los cinco con el tipo de la guadaña. La buena noticia entre tantas desgracias era que Kyeonghui le había dado un día más de vacaciones antes del siguiente proyecto. Podía quedarse ahí tumbada, con las extremidades extendidas hasta que el oleaje de la resaca amainase. Yeoreum no abrió los ojos hasta pasadas las once, y en cuanto vio su teléfono le dio una patada a la manta.

«¡Mierda! ¿Y ahora qué pasa?»

Yeoreum miró la pantalla y se frotó los ojos desenfocados. Al mirar de nuevo leyó un mensaje que decía: «Buenos días, hada». Dios, ¿qué se supone que significaba eso? La borrachera de la noche anterior había encendido un fuego en su interior. Animada por las cuatro latas de cerveza, antes de volver había pasado por la lavandería de Yeonnam-dong, había abierto el diario y había anotado con confianza los once números de su teléfono debajo de su último mensaje.

Enseguida comprobó sus fotos de perfil en la aplicación de mensajería. Desde que había comenzado a trabajar como asesora de guiones, Yeoreum había descuidado su apariencia, pero por fortuna tampoco publicaba selfies ni fotos suyas. Su foto de perfil actual era una del lema «Es bueno tomarse un pequeño descanso» del tablón de anuncios de la lavandería, que había sacado en su última visita. Aparte de eso, la mayoría de las fotos que guardaba en su galería eran de los parques de Yeonnam-dong, y la única en la que salía ella era una muy bonita en que aparecía de espaldas y que le había hecho Mijin cuando habían visitado un set de rodaje hacía tiempo.

«Uf.» Yeoreum suspiró, se pasó la mano por el pelo y se lo alborotó. «¡Agh! Qué narices. Después de escribir que las hadas son un espejismo y que desaparecen en el momento en que las ves, ¿en qué estaría pensando cuando apunté ahí mi número de teléfono?»

En ese momento sonó la notificación de otro mensaje. Era de Hajun.

—Hada, tal vez... ¿aún no estás despierta? Levántate rápido. El sol está alto en el cielo. Dicen que las mujeres más hermosas son dormilonas, hada. ¿No será que tú también... eres hermosa? Estoy emocionado.

Yeoreum, que se quedó sin saber qué decir al leer la palabra *hermosa*, se quitó la manta de encima y se sentó en la cama.

—Aquí lo único emocionante es el tiempo que hace hoy.

—Por fin te levantas. He estado esperando todo el rato.

—¿Ah, sí?

—Quería darte las gracias.

—¿Por qué?

—Por darme tu número. Y por ser mi musa.

—Ayer bebí demasiado y terminé apuntando el número en un ataque de ira.

—¿De ira? ¿Estabas muy enfadada?

—No es eso, pero supongo que estaba un poco molesta.

—¿Y eso?

—Hay días en que simplemente me pongo de los nervios. Ayer fue uno de esos días.

—Así que, ¿bebiste mucho y hoy has dormido hasta tarde? Aunque sea sábado es demasiado...

—Creo que voy a coger una manta e ir a tumbarme en alguna parte en Yeontral Park.

—Antes, me gustaría que fuéramos a comer. Yo invito. Luego, si quieres, podemos buscar un buen lugar donde tender la manta.

—¿A comer?

—Me gustaría invitar al hada. Gracias a ti, el número de seguidores ha aumentado un montón. Esa canción que compuse fue un exitazo. ¡Se ha hecho viral!

Yeoreum se frotó los ojos. Cuando se metió en el perfil de YouTube de Hajun vio que, en efecto, tenía un montón de suscriptores más. No importaba cuántas veces lo comprobase, el número era ese: después de subir *Hada*, habían superado los cien mil. Y no solo eso, el vídeo era tan popular que había entrado en el top. «¡Así que no fui yo a la única a la que le gustó esa canción!», pensó. Yeoreum abrió el vídeo. Aunque la voz de Hajun era áspera, su tono bajo y su apariencia tierna, tan diferentes de lo habitual, le proporcionaban un encanto inequívoco. Gracias a eso, había ido escalando puestos hasta situarse entre los vídeos más populares. Yeoreum, que se había quedado ensimismada mientras escuchaba su canción, volvió en sí al oír la notificación de otro mensaje.

—Si no te apetece comer, te invito a beber algo. ¡Hay que celebrarlo!

—No sé en qué estaría pensando ayer, pero... Creo que no deberíamos vernos. Me siento agobiada, lo siento. Lamento haber dejado mi número y haber creado falsas expectativas. Lo siento.

Yeoreum se obligó a enviar ese mensaje tecleando con los dedos con desgana. En el fondo, le habría encantado tomar unas copas con él y explorar qué posibilidades había más allá de eso. Qué demonios, si hasta había pensado qué podría ponerse cuando se lo presentara a sus padres. Sin embargo, en comparación con Hajun, que estaba dando sus primeros pasos para convertirse en un auténtico cantante, ella se sentía insignificante. No había conseguido triunfar. Se sentía tan inútil como esa ropa que sigue en el escaparate sin venderse durante varias temporadas y que nunca está lo bastante de moda como para que alguien la compre. El momento en que Yeoreum dijo: «Yo no soy esa hada» se imaginó la cara de Hajun frente a ella, sin poder fruncir el ceño ni suspirar, completamente desconcertado. Tras un instante de duda, pulsó el botón de enviar. Se quedó mucho tiempo mirando la pantalla, pero no llegó ninguna respuesta.

—Este producto es un dos más uno; si se lleva dos, le regalamos uno.

La voz salió de la máquina registradora cuando Hajun escaneó el código de barras del cono de helado. Las dos estudiantes de secundaria se quedaron mirando fijamente su rostro.

—Traed otro helado, el tercero es gratis.

Una de las chicas sacó su cartera con helados estampados y dijo con cautela:

—Esto... ¿Eres Hajun de YouTube? ¡Es el chico del hada!

—Ah... Sí.

Hajun sonrió con timidez y las dos chicas se echaron a reír.

—Eres muy guapo. ¡Y tu canción es genial! ¡Te seguimos y te damos me gusta todos los días!

—Muchas gracias.

Mirando a Hajun, que sonreía tímidamente, una de las chicas de secundaria le entregó un cono de helado.

—¡Te lo regalo, va!

Cuando aceptó el cono, las dos chicas abandonaron la tienda eufóricas. Hajun se sorprendió y le pareció increíble que lo reconocieran. En ese momento le llegó una notificación por mail. Era una propuesta de una gran agencia. Le pedían que visitase sus oficinas para una reunión. «¿Qué me está pasando? ¿No es increíble?» Cuando el siguiente cliente también lo reconoció, empezó a darse cuenta de la magnitud de lo que estaba ocurriendo.

«Vale, ya está. Lo pillo.»

Había llegado a Seúl y había tocado la guitarra solo en la esquina de una azotea de Yeonnam-dong; había cantado sin público, editado y subido vídeos que veían menos de diez personas; había trabajado en una tienda de conveniencia escaneando códigos de barras todos los días y limpiando las colillas que dejaban frente a la mesa de afuera..., y hasta los vómitos y las botellas de *soju* y los envases de fideos instantáneos que quedaban por ahí tirados. Parecía que ese capítulo de su vida estaba llegando a su fin. Pero no podía quitarse al hada de la cabeza. Quería darle las gracias y también ser el primero en contarle que, gracias a ella, le estaba ocurriendo algo maravilloso.

Yeoreum cayó sobre el teclado con impotencia. Estaba tan alicaída que, en vez de caer, sería más acertado decir que se derrumbó.

—Yeoreum, ¿quieres marcharte por hoy?

Yeoreum se incorporó de nuevo al oír la pregunta que le había hecho Kyeonghui desde el estudio.

—¡Ni hablar! La semana que viene es la primera emisión, ¿cómo me voy a ir? Me tomo un café y vuelvo enseguida.

—Entonces, pásate por la sauna ni que sea un rato. Si quieres, que vayan contigo Boyeong o Eunji. Basta con que regreses antes de que llegue producción. ¿Te acuerdas de la hora de la reunión?

—¿De verdad puedo? —preguntó Yeoreum con los ojos muy abiertos. Sentadas frente a ella, Boyeong y Eunji, la nueva asistente de guiones, miraron a Kyeonghui.

—Toma mi tarjeta, asegúrate de beber *sikhye*. Y sabes que el *ssambap* de cerdo picante del restaurante de la sauna está buenísimo, ¿no? Comed también sopa de algas y huevo cocido —dijo Kyeonghui, sacando la tarjeta de su cartera.

—¡Muchas gracias!

Parecía imposible que esa respuesta en un tono tan agudo hubiera podido salir de las tres asesoras de guiones. Sus voces sonaron más animadas que nunca.

Fueron a aliviar su fatiga en una sauna solo para mujeres que había cerca de la estación de la Universidad de Sogang. Alternaron entre sudar en la sala de vapor, en la que no paraban de añadir combustible al horno, y echarse agua fría en las cabinas que había justo al lado. Luego fueron a comer a esa cafetería famosa por el delicioso *ssambap* de cerdo.

Sobre la hoja de repollo bien hervida, Yeoreum añadió arroz blanco, cerdo frito con salsa de chili rojo y un trozo de ajo cortado. Lo envolvió bien, se lo metió todo en la boca y dio un buen trago de la sopa de algas que daban como acompañamiento. Era el sabor del paraíso. Cerró los ojos con fuerza para saborear esa felicidad.

—Oye, Yeoreum, ¿actualizaste tu número de teléfono en la web de la emisora? —preguntó Boyeong, tomando un bocado de pepino crujiente—. Imagínate que esta vez ganas y no pueden ponerse en contacto contigo.

—Por supuesto que lo cambié. Hasta les dejé un segundo número de teléfono. Si no lo cojo yo, llamarán a mi madre, pero la cuestión no es realmente esa. El problema es si lograré destacar entre más de dos mil guiones —contestó Yeoreum.

—¿Por qué cambiaste de número de repente? —preguntó esta vez Eunji, que tenía un aspecto muy simpático con su flequillo cortado en línea recta.

—Bueno, es que... —Yeoreum no pudo responder al momento.

—Hoy en día, cambiar de número es un verdadero incordio. Hay un montón de cosas que se verifican con el número y todo está vinculado a él. Además, no has cambiado de operador y sigues usando el mismo teléfono —dijo Boyeong, añadiendo fuerza a las palabras de Eunji.

—Es que... ¡consulté el tarot y ese número no pegaba nada conmigo!

—¿También hay tarot para cosas así? —preguntó Eunji con expresión inocente.

—¡Por supuesto que no, no seas ingenua! Solo estaba esperando..., y como no me gusta esperar... decidí cambiarlo —musitó Yeoreum débilmente.

—¿Es por los concursos? Lo entiendo. A veces me gustaría cambiar mi número y empezar de cero —asintió Boyeong, que tenía restos de salsa *ssamjang* en la comisura de los labios.

—Ah, ¡por cierto! ¿Habéis escuchado ya esta canción? No es ninguna broma lo popular que se ha vuelto el cantante en estos días.

Eunji, que estaba mirando su móvil, cambió el tema de conversación y reprodujo una canción.

—¿Hajun? ¿El de *Hada*? Me encanta esa canción. Su voz se derrite como la miel en mis oídos. Además, el tío es bastante guapo —respondió Boyeong.

Cuando la voz que salía del móvil de Eunji llegó hasta Yeoreum, que estaba bebiendo agua, se atragantó y escupió.

—Sí, me encanta. He oído que desde hace poco trabaja para una gran agencia. Ahora mismo es el número uno de los top musicales. Pero lo más increíble es la historia que hay detrás de esta canción.

—¡Es verdad, es verdad! Lo de la lavandería. ¡Por lo visto, había una especie de diario allí, escribió en él pidiendo recomendaciones de canciones y luego se escribieron el uno al otro! Al parecer, esa chica le dijo que era un hada, así que improvisó una canción mientras pensaba en ella, y ahora es todo un éxito. Es increíble, aunque he oído que todavía no ha podido conocerla. Ayer mismo, en una entrevista dijo que le encantaría conocerla como fuera.

—¿Una entrevista? ¿Cuándo la han subido? Todavía no la he visto... —preguntó Eunji a Boyeong con los ojos como platos.

—Fue ayer. Lo subió en su canal. ¿No lo viste? Se titulaba: «De verdad quiero conocerte, hada».

Más allá del atractivo del cantante, todo el mundo sentía una enorme curiosidad por la historia que había detrás de la canción, en especial por la identidad del hada. En internet, algunos fans estaban sugiriendo que se hiciera una lista de todas las lavanderías automáticas de Yeonnam-dong con la esperanza de encontrar la que él frecuentaba.

Hajun ya no tocaba en las calles y Yeoreum ya no iba hasta la estación de Sinchon para coger el metro. Puede que la agencia hubiera empezado a gestionar su canal, porque ya no subía esos videoblogs como solía hacer antes. Por esa razón, causó tanto revuelo ese vídeo en el que decía que quería conocer al hada como fuera. También hizo que Yeoreum sintiera un poco de miedo. Le preocupaba decepcionar a todo el mundo si revelaba que ella era el hada.

—Pero ¿por qué no aparecerá ya esa chica? —preguntó Eunji.

—Por la presión, ¿no? Hoy en día basta con que escribas tu nombre en las redes sociales para que aparezca todo. Con una simple búsqueda en Google sale todo tu pasado vergonzoso, hasta las fotos de la graduación, así que es comprensible que no quiera meterse en líos. ¿Tú qué opinas, Yeoreum?

—Supongo que esa hada no tiene amor propio. Porque ¿qué tiene de vergonzoso un álbum de graduación? Después de todo, es parte de ti. ¿Por qué querrías esconderlo? ¿Es porque no te gustaba cómo eras entonces? A lo mejor lo que pasa es que no se quiere a sí misma en este momento... Quizá ese sea el motivo por el que prefiere seguir en el anonimato.

Eunji y Boyeong asintieron en silencio.

—¡Pero esta historia parece sacada de una telenovela! Me encantaría que terminase apareciendo —dijo Boyeong.

Eunji asintió de nuevo.

—¡Tienes razón! Después de un vídeo como ese creo que aparecerá. El hada... ¡Oh! Alguien ha dejado un comentario. Dice que es el hada y que hoy irá a donde solía tocar Hajun.

Yeoreum se quedó boquiabierta de la sorpresa.

—¿Cómo? ¿Lo ha comentado el hada? ¿Y dice que va a mostrar su identidad?

Emocionada, Boyeong cogió su móvil y entró en el canal de YouTube de Hajun. Eunji siguió comentando la situación en directo:

—¡Sí! ¡Ay, Dios! Esta mujer es increíble. Es así como va a mostrarse en público. Ha dejado otro comentario: *No quiero tener a Hajun esperando más tiempo. Por favor, canta una canción para mí hoy. A las ocho en la calle en la que tocabas cuando nos vimos por primera vez. Tu hada te estará aguardando allí.*

—¿De verdad dice que es el hada, la protagonista de la canción? —insistió Yeoreum en cuanto Eunji terminó de hablar.

—¡Sí! Dice que hoy se mostrará ante todos. ¡Vaya! Tenemos que terminar la reunión de hoy rápido e ir para allá.

Boyeong dijo que Hajun había subido un nuevo vídeo y lo reprodujo. Visiblemente emocionado y sonriente, decía: «Nos vemos hoy, hada mía».

Yeoreum movió la cabeza. «¿Acaso no soy yo el hada? Fui yo quien tuvo esa primera conversación por escrito en la lavandería... ¿A las ocho en la salida 3 de la estación de

Sinchon en donde nos vimos por primera vez? ¿Cómo puede saber esa mujer todos estos detalles?»

Se quedó un rato pensando con la mirada perdida hasta que Boyeong le habló:

—¡Yeoreum! Tenemos que marcharnos ya. La directora de producción está al caer. ¡La estricta Seo!

Solo con oír el nombre de Seo, Boyeong se puso de mal humor. Tenía la misma edad que Yeoreum y solía ignorar a las asesoras de guiones, a veces incluso les pedía que fueran a comprarle un café o a hacerle algún que otro recado. Solo cambiaba de actitud cuando notaba que a Kyeonghui le molestaba.

Las tres se dirigieron rápidamente al vestuario para no llegar tarde a la reunión.

—Yeoreum, ya llevas varios años como asesora de guiones. ¿Ni siquiera puedes organizar una lista de escenas? ¿Es que tengo que trabajar yo el doble? —le soltó la directora Seo tan pronto como entró al estudio. Ya era complicado que alguien de su edad fuera su superior, pero es que además ni siquiera Kyeonghui la trataba con esa arrogancia.

—Es que estos días he tenido mucho...

—¿Y te parece normal? Con esa actitud, no me extraña que sigas así.

Boyeong y Eunji observaban la tensa conversación que se desarrollaba entre las dos conteniendo la respiración.

—Por eso llevas un montón de años como asesora. Mijin llegó después, pero hizo las cosas bien y la eligieron rápido. ¿Y tú? Mírate, ¿cuánto tiempo piensas seguir así a tu edad y sin haber estrenado nada con tu nombre? ¿No te da vergüenza quedarte atrás con respecto a las compañeras que empezaron a trabajar después de ti? Si no tienes talento, renuncia lo antes posible y búscate otro trabajo. He conocido mucha gente en este sector que lo único que ha hecho ha sido envejecer e ir perdiendo los dientes sin lograr nada.

Yeoreum rompió a llorar, y Seo se quedó perpleja. No era propio de Yeoreum echarse a llorar ante las palabras envenenadas. Siempre había tenido una personalidad valiente y aceptaba o se disculpaba por sus errores con facilidad. Al escuchar el llanto de Yeoreum, Kyeonghui salió de su despacho.

—Yeoreum, ¿qué te pasa? ¿Qué está ocurriendo aquí, directora Seo?

—Bueno..., tampoco es que yo haya dicho ninguna mentira. Se ha echado a llorar de repente.

Kyeonghui llevó a Yeoreum a su despacho. Tenía los ojos hinchados por las lágrimas.

—Seo no ha hecho nada malo. Tiene toda la razón. ¿Por qué todavía sigo así?

—Está bien, no pasa nada, Yeoreum. Llora un poco y cuando termines hablamos. Te ha pasado algo estos días, ¿verdad?

Yeoreum se pasó un buen rato llorando; lloró como si las nubes oscuras de su interior hubieran soltado toda la lluvia. Al rato se sintió un poco aliviada y dijo con cautela:

—Kyeonghui, la verdad es que...

Yeoreum se lo contó todo. Desde cuando dejó su primera respuesta en el diario de la Lavandería Gira-Gira hasta ese momento en que se sentía atrapada en una lámpara, sin poder aparecer frente a Hajun mientras él buscaba a su hada. Incluso le contó que acababa de aparecer un hada nueva y que se había citado con él esa noche a las ocho en punto. Kyeonghui escuchó la historia en silencio y le dio unas palmadas en la espalda. Las lágrimas corrieron por las mejillas de Yeoreum.

—Normalmente yo no soy así... Es que me siento tan pequeña... Siento que soy diminuta. Me veo sin atractivo. Ni siquiera sé qué podría mostrarle a ese chico. Por eso me he estado escondiendo de esta manera, pero no está bien. Estoy furiosa conmigo misma por seguir escondiéndome. Me siento tan culpable...

Kyeonghui, que la observaba con atención, habló con calidez:

—¿Tanto te disgusta no ser guionista todavía? ¿Eres la Han Yeoreum que conozco? La Yeoreum que conozco es la persona más apasionada que conozco. Y lo transmite. ¡Eres Han Yeoreum y tú eres esa hada!

Yeoreum no paraba de derramar lágrimas. Se secó la cara con el dorso de la mano.

—¿Dónde se ha visto un hada como yo?

—A las personas como tú se las llama hadas. Eres una de esas personas que te hacen sentir bien en cuanto las ves. Si eso no es un hada, ya me dirás qué es. ¡Rápido, Yeoreum, ve a por él!

Kyeonghui pensó en su propio pasado, en momentos que nunca podrían volver y en el hombre al que había dejado atrás. No quería que, a medida que Yeoreum se hiciera mayor, terminase también obsesionada con la ropa blanca y los ordenadores portátiles impolutos, como le había pasado a ella.

Mientras Yeoreum derramaba más lágrimas ante Kyeonghui, Hajun se estaba preparando para salir a tocar a la calle. Una condición que había defendido enérgicamente al firmar el contrato había sido su libertad para tener citas. No quería que la agencia interfiriera en su vida amorosa. Pidió que confiasen en él, ya que gestionaría su vida privada mejor que nadie y que no montaría ningún escándalo. El CEO no estaba muy de acuerdo, pero aceptó porque al fin y al cabo Hajun no era un *idol* y tenía la intención de promocionarlo como compositor y cantautor.

Hajun siguió pensando en su hada incluso el día en que se trasladó a la oficina que le proporcionaba la empresa en el lujoso Yeoksam-dong. Esa hada cuyo rostro probablemente ya había visto y que era dueña de un número de teléfono que ya no existía. Sintió que, si abandonaba Yeonnam-dong, se alejaría aún más de ella.

El vehículo en el que iba Hajun se detuvo en un aparcamiento público junto a la estación de Sinchon. Las manos le temblaron un poco mientras afinaba la guitarra. Si apareciese... Se sintió agradecido con ella por haber mostrado más coraje del que tenía él. Solo quedaban diez minutos para la hora indicada, las ocho. El corazón le latía con tanta fuerza como la primera vez que sostuvo una guitarra.

Los fans que habían visto el vídeo de Hajun en el que anunciaba que saldría a tocar ya habían acudido en masa y habían llenado la calle de Yonsae en Sinchon. Todos aguardaban a que fueran las ocho en punto en la salida 3 de la estación. El bullicio de sus conversaciones se oía desde el interior del coche. Todavía faltaban cinco minutos, pero Hajun salió del coche porque quería estar allí antes que el hada. La multitud se puso frenética cuando lo vieron aparecer, como de costumbre, con la guitarra al hombro y el amplificador en la mano.

Después de montar hábilmente el equipo, tragó saliva y dijo:

—¡¿Qué hora es, gente?!

—¡Las siete y cincuenta y nueve! —gritaron varias personas, que esperaban con los móviles en alto y ya estaban grabando o sacando fotografías.

—Empezaré a cantar a las ocho.

La multitud que rodeaba a Hajun aplaudió y vitoreó al unísono. Todos esperaban ver al hada. Se preguntaban si de verdad aparecería a las ocho y si sería hermosa y etérea como un hada. Sus murmullos llegaron hasta los oídos de Hajun.

«Aparece, por favor. Pero tampoco pasa nada si no lo haces, mi número sigue siendo el mismo, solo llámame», se repetía Hajun. Y llegaron las ocho en punto. Hajun rasgó las cuerdas de la guitarra suavemente y empezó a cantar la canción que había compuesto pensando en ella. En las inmediaciones se hizo el silencio. Llegó al estribillo y el hada seguía sin aparecer. La gente se puso a mirar a su alrededor, decepcionada, preguntándose si no habría sido todo una broma. En ese momento se acercó una mujer de tez pálida con un vestido blanco y el cabello suelto hasta la cintura. A ojos de cualquiera podría ser un hada.

—¿Me has estado esperando mucho tiempo? Encantada.

Hajun dejó de cantar y la mujer extendió su mano para estrechar la de él, que la miraba atónito. Luego cerró los ojos e inspiró hondo. Soplaba una suave brisa. La mujer volvió a hablar, como si estuviera sorprendida:

—¿No te alegras de verme? Soy yo.

El rostro de Hajun se tensó, y la mujer que había montado esa farsa para hacerse pasar por el hada sonrió aún más para ocultar su nerviosismo. En ese momento empezó a llover, unas gotas apenas, pero enseguida cayó una lluvia tan fuerte que se produjo un caos repentino. La gente corrió a refugiarse a la salida de la estación o en la entrada de una librería, cubriéndose la cabeza con las manos.

En ese instante, una mujer se acercó a Hajun. Su pelo ya de por sí rizado se encrespaba aún más en los días de lluvia, tenía los ojos hinchados y no llevaba ningún tipo de maquillaje. Con los pantalones vaqueros empapados y una camiseta de un gris lúgubre, se detuvo frente a Hajun, que sonrió alegremente e inclinó la cabeza a modo de saludo.

La gente que aún esperaba pese a la lluvia empezó a murmurar al ver el aspecto descuidado de la mujer. Después de haber tomado esa gran decisión y haber corrido hasta allí, Yeoreum volvió a sentirse pequeña. Había pensado que podría presentarse con confianza ante Hajun, pero ahora era incapaz de decir nada. La mujer del vestido blanco se acercó a él de nuevo. Se sacó un pañuelo del bolso y comenzó a secar con delicadeza el cabello de Hajun empapado por la lluvia.

Yeoreum, que estaba frente a él, dio un paso atrás. La lluvia caía con tanta fuerza que ahogaba todos los demás sonidos. No podía escuchar nada a su alrededor. Yeoreum solo quería largarse de allí cuanto antes. «Como era de esperar, no tengo pinta de hada. ¡Debería marcharme antes de que me muera de la vergüenza! ¡Esconderme detrás de mi escritorio! ¡Solo soy Han Yeoreum, asistente de guiones!»

Cuando echó a correr, oyó pasos apresurados a su espalda. Hajun la perseguía a toda velocidad, pisando los charcos que había. En cuanto la alcanzó, se quitó la camisa que llevaba puesta y la extendió por encima de la cabeza de Yeoreum para protegerla de la lluvia. Yeoreum se detuvo y lo miró.

—Estás toda empapada. ¿Qué te parece si vamos a secarnos la ropa? —preguntó Hajun con una sonrisa.

—¿Cómo?

—¿Te gustaría que vayamos juntos a la lavandería de Yeonnam-dong?

—¿Eh? —preguntó de nuevo Yeoreum ante esa propuesta inesperada.

—¿Es que estás sorda, hada?

—Oh, ¿cómo lo has sabido? —preguntó Yeoreum, sorprendida.

—¿Cómo no iba a darme cuenta? Los dos olemos igual. A fragancia de la Lavandería Gira-Gira.

Yeoreum olió su blusa gris y notó el característico aroma a algodón de la lavandería.

—¿Cuándo te diste cuenta?

A Hajun le parecía encantadora la expresión de asombro de Yeoreum.

—Lo sospeché cuando volviste a por los cinco mil wones, pero estuve seguro cuando volviste a darme los diez mil —respondió.

Así que Hajun ya lo sabía. Sabía que el hada era Yeoreum. Cuando cantó *Hada* y le dio los diez mil wones reconoció el inconfundible aroma de la Lavandería Gira-Gira. ¡Solo podía ser ella!

Yeoreum seguía atónita. Al final, cada uno de sus rizos era suyo y le avergonzaba no gustarse a sí misma, odiarse, negarse, tratar de ocultarse. También se sintió avergonzada por negar su pasión por escribir, una pasión que la había llevado a pasarse cinco años delante del escritorio hasta que el cojín de la silla había quedado hundido. Y sintió lástima de sí misma.

—¿No tuviste una decepción al descubrir que era yo? —preguntó intencionadamente Yeoreum, que estaba algo molesta. Creía que era la única que conocía la identidad de Hajun, pero también él conocía la suya.

—¿Cuándo va a dejar de llover? No deberíamos resfriarnos.

—¿Cambias de tema? ¡Reconócelo! ¡Te decepcionó saber que yo era el hada!

Yeoreum le lanzó una mirada remilgada. Hajun se aclaró un par de veces la garganta antes de hablar:

—¿Te gustaría que caminásemos juntos?

Las mejillas de Yeoreum se tiñeron de rojo, como las uñas pintadas con flor de balsamina que, si las conservas hasta que cae la primera nevada, dicen que aseguran el amor verdadero. Con el sonido suave de la lluvia y bajo el mismo cobijo, los dos se alejaron caminando juntos.

—Pero ¿a dónde vamos?

—Pues a la lavandería. Tenemos que secar la ropa. Está empapada.

Hajun miró a Yeoreum y ella le devolvió la mirada con una sonrisa. Pudo distinguir en ese instante al hada de pelo rizado reflejada en las pupilas de Hajun.

# 3

# El paraguas

Bzzz. El móvil que estaba sobre la mesa de la cafetería vibró. La rosa envuelta en plástico transparente que había junto a él también lo hizo. Yeonu observó la pantalla de cristal líquido que parpadeaba. La vibración continuó. Los mensajes llegaban uno tras otro, pero la vibración constante hizo que se preguntase si no le estarían llamando. Como el móvil de Kyeongho siguió sonando y él había ido al baño, la atención de Yeonu se centró en el aparato.

«¿Quién será? ¿Un asunto urgente? Si lo fuera, llamarían... ¿Habrían llamado y no se había dado cuenta? ¿No serían de su escuela de posgrado?» En cuanto los signos de interrogación en su mente empezaron a convertirse en signos de exclamación, la mano que sostenía su café americano con hielo fue directa al móvil. Nada más tocar la pantalla apareció un mensaje pidiéndole que introdujera la contraseña. Rápidamente, Yeonu marcó la fecha de su aniversario. 0505. Entonces apareció una ventana de chat: el remitente de esos incesantes mensajes era Jaeman, un compañero de Kyeongho.

—¿Hoy también estás jugando con la del felpudo?

El corazón le dio un vuelco al ver la burbuja de diálogo

en la ventana de chat. De manera inconsciente, desplazó su pulgar para echar un vistazo a los mensajes anteriores. «La del felpudo», «la guarra», «juguete», «salir de caza», «clubs» y «líos de una noche». Varias historias flotaron en las burbujas de diálogo, algunas incluían reseñas de las citas con Yeonu y su vida sexual. A Yeonu le temblaban las manos. Sintió náuseas y su visión se volvió borrosa. Mientras estaba perdida en sus pensamientos sobre si realmente Kyeongho había podido enviar esos mensajes, oyó su voz:

—¿Te pasa algo, Yeonu?

Yeonu abrazó contra su pecho el móvil que había estado mirando.

—*Oppa*, ¿qué es todo esto?... ¿Yo soy «la del felpudo»?

Con expresión de perplejidad, Kyeongho trató de arrebatarle el teléfono y gritó:

—¡Dámelo! ¡¿Qué haces mirando el teléfono de los demás?!

Yeonu se reclinó hacia atrás en su asiento con los labios temblorosos.

—No lo he hecho a propósito, pensé que podía ser algún mensaje de la escuela de posgrado... Lo he mirado porque podría ser un problema si eran ellos y no recibían respuesta...

—¡Dame mi móvil! ¿Cómo te pones a husmear en las cosas de los demás sin permiso? ¡Tú no eres ese tipo de persona!

Yeonu se sintió intimidada y Kyeongho no tardó en arrebatarle el teléfono. Revisó la ventana del chat, los mensajes y el álbum de fotos y después miró a Yeonu con furia.

—¿Has visto algo más?

Yeonu, que se había quedado con la mirada fija en la rosa que había sobre la mesa, volvió a hablar.

—... Enséñamelo todo.

—¿Que te enseñe qué? ¡Son solo bromas entre colegas!

Kyeongho, que estaba jugueteando con su móvil, esquivó la mirada de Yeonu.

—Yo decidiré si son bromas o no, así que ¡enséñamelo!

Cuando la voz temblorosa de Yeonu aumentó de volumen, Kyeongho bajó la voz avergonzado e intentó calmarla.

—Son cosas que decimos entre tíos. Yo solo le estaba siguiendo el rollo. No significa nada, ¿entiendes? ¿Por qué estás tan rara? No es propio de ti. Sé que confías en mí. No, confiamos el uno en el otro. Por eso llevamos ya un año saliendo, ¿no? Mírame y cálmate. Es solo un malentendido.

¿Un malentendido? Estaba demasiado claro para ser un malentendido. Esos mensajes difícilmente podrían hacerse pasar por amorosos. Literalmente la estaba desnudando. Hablaba del tamaño de sus pechos y de los gemidos que hacía cuando llegaba al orgasmo. Todo lo que debería haberse mantenido en la intimidad de dos personas que se quieren estaba siendo exhibido con otros tres compañeros de la universidad.

Kyeongho, que no había visto a Yeonu tan agitada en todo el año que llevaban saliendo, decidió pasar a la ofensiva:

—Hoy se ha ido todo a la mierda por tu culpa. ¿Por qué tenías que andar mirando mi móvil?

—De verdad que he pensado que sería una llamada urgente de la escuela de posgrado...

Kyeongho frunció el ceño y lanzó un suspiro.

—¿Y te vas a ir a casa sin más? ¿Qué pasa con el hotel?

Ya no podemos cancelarlo. Ya sabes que he hecho una reserva para celebrar nuestro primer aniversario... Debería haber reservado un motel. He tirado el dinero para nada.

Yeonu se levantó y miró a Kyeongho con desdén.

—¿Me estás pidiendo que lo pague yo?

—No, no es eso. Hoy lo estás entendiendo todo del revés...

No había nada más que escuchar. Yeonu se dispuso a marcharse. Cuando abrió la puerta de la cafetería y salió, estaba lloviendo a cántaros. Kyeongho salió detrás de ella sosteniendo la rosa y su gran paraguas negro.

—Toma, llévatelo.

—No me hace falta. Me voy.

Al verla tratando de meterse bajo la lluvia, Kyeongho la agarró del brazo, frustrado.

—¿Por qué hay que exagerarlo todo cuando eres tú la que ha mirado sin permiso el móvil de otra persona? Si no lo hubieras hecho, nada de esto habría sucedido y nos habríamos ido al hotel, habríamos encendido unas velas y habríamos pasado un buen rato.

—¿Sabes en qué estoy pensando ahora mismo?

—¿En qué?

Yeonu cerró sus puños aún temblorosos y habló pronunciando cada palabra con claridad:

—En que ni siquiera conozco a la persona con la que llevo saliendo un año. Es una sensación extraña y aterradora. No creo que seas el *oppa* que creía conocer. Pero ¿y qué? ¿Qué habría pasado si no lo hubiera visto? Bueno, para empezar, nada de esto habría ocurrido si tú no hubieras escrito esos comentarios. Lo de jugar con el felpudo. Lo de que tengo las tetas pequeñas... Kyeongho, dame tu teléfono. Enséñamelo, quiero comprobarlo otra vez, ver todo lo que has dicho.

Cuando la voz de Yeonu atravesó la lluvia, Kyeongho pareció avergonzarse y se tocó el bolsillo del pantalón en el que tenía el teléfono. Con una expresión poco habitual en ella, Yeonu fue directa al bolsillo. Quería verlo todo con sus propios ojos. ¿Qué podría contener esa versión del siglo XXI de la caja de Pandora?

La gente que pasaba se quedaba mirándolos y cuchicheaba. Yeonu no prestó atención a los comentarios que hacían y siguió insistiéndole a Kyeongho.

—Vamos, rápido.

—Joder, qué vergüenza —dijo Kyeongho con gesto tenso, como si le doliera la cabeza.

—Entonces, dámelo ya. Basta con que me des tu teléfono de una vez.

Atónito por su actitud decidida, Kyeongho gritó aún más fuerte:

—¡Te he dicho que pares, Yeonu!

—No voy a parar hasta que me des el móvil... *Oppa*, si tienes tanta confianza como para gritar así, ¿por qué no me lo enseñas?

Yeonu se abalanzó sobre el bolsillo de Kyeongho haciendo que este, sorprendido, se tambalease. Un dolor agudo le atravesó el tobillo cuando casi resbaló en el suelo húmedo y empujó a Yeonu.

—Eh, ¿qué haces? Tranquilízate.

—¿Ahora también me vas a pegar?

—Yo no te he dado, ya has visto que casi me caigo. Déjalo ya y vete a casa. El hotel me da exactamente igual, es dinero tirado por el desagüe. Olvídalo y vete.

Cuando la palabra *hotel* salió de sus labios, un fulgor recorrió la mirada de Yeonu.

—¿De verdad... en lo único en lo que puedes pensar ahora mismo es en el hotel, capullo?

—¿Qué me acabas de decir? *¿Capullo?* Tú no eres de las que sueltan esas palabras, Yeonu. Eres una chica tranquila y discreta. ¿Te acuerdas de cuando no podías beber en las fiestas de la universidad? Yo siempre me he portado como un caballero contigo. ¿Y así me respondes ahora? ¿Hablándome así?

—¡Exacto, *capullo*! ¡Yo soy la mala aquí!

—Vale, lo siento. Ya está. ¡Déjalo ya!, ¿vale?

Al verlo resoplar con la mirada perdida en el espacio, Yeonu intentó otro ataque por sorpresa para sacarle el móvil de su bolsillo, pero sintió de repente que un palo largo y duro le golpeaba el brazo. Era el gran paraguas negro que tenía Kyeongho en la mano.

El paraguas, lo bastante grande para proteger a dos personas de la lluvia, cayó al suelo, y también lo hizo la rosa bellamente envuelta que sostenía Kyeongho. Sus pétalos, que simbolizaban el amor eterno, fueron a parar a la acera, y cuando Kyeongho se fue los pisó dejando tras de sí una estela de pedazos irreconocibles, sucios y mugrientos.

Era el 1 de septiembre. La Administración Meteorológica de Corea había dado una acertada predicción de sensación térmica, un 98 %, debido a la humedad. Las temperaturas se habían disparado a pesar de estar a principios de otoño. Saliendo de su ensimismamiento, Yeonu recogió el paraguas que había caído sobre la acera. El lugar donde la había golpeado estaba dolorido y caliente al tacto. Después caminó hasta la entrada de Shineville, arrastrando el paraguas negro. Ya no servía para protegerse de la lluvia, tan solo era un pedazo de basura que ni siquiera quería tocar.

Abrió la puerta del apartamento 301. El estudio, demasiado estrecho cuando estaba con Kyeongho, ahora parecía vacío y espacioso. Entró empapada por la lluvia y se sentó sobre la alfombra que había frente a la cama. El agua goteaba del paraguas, que había dejado en el recibidor. Yeonu se acurrucó a los pies de la cama. Abrazó sus rodillas y enterró la cabeza en ellas.

Pasó la oscuridad de la noche y llegó el amanecer. Después de pensar durante un buen rato se quedó dormida. Soñó que volvía a estar sentada en la silla de esa cafetería y luego se despertó otra vez. ¿Qué habría cambiado si no hubiera mirado su teléfono? Yeonu volvió a inclinar la cabeza. El chasquido que escuchó cuando recibió el golpe del paraguas no fue el del paraguas al romperse, sino de algo en su interior desgarrándose.

Yeonu cogió su móvil. Comprobó que no tenía llamadas ni mensajes. Vio con angustia que el rostro sonriente de Kyeongho junto al suyo le devolvía la mirada desde la pantalla de inicio. No sabía qué pensar. ¿Cuál era el verdadero rostro de Park Kyeongho?... ¿Qué había hecho ella mal? ¿Lo había hecho enfadar demasiado sin darse cuenta? ¿Era por eso por lo que les había contado esas cosas a sus amigos? De todas formas, no había estado bien que mirase su móvil sin permiso. ¿Debería disculparse por eso? Yeonu tenía la cabeza hecha un lío. Su corazón, que al principio sentía vacío por la traición, empezaba a llenarse poco a poco de pensamientos innecesarios sobre sí misma.

El agua de lluvia también goteaba del vestido negro

abullonado que Yeonu se había comprado para ese día, y en el que se había gastado la mitad del salario que ganaba con su trabajo a tiempo parcial. Sacudió la cabeza y la dejó caer de nuevo. Le pesaba todo, hasta el pelo...

Había comenzado el nuevo semestre. Era solo el primer día y la noticia de su ruptura ya se había extendido como la pólvora por la facultad de Arte. Había tenido tanta repercusión como cuando declararon que eran pareja oficialmente por primera vez. Cuando empezaron a salir, todos se sorprendieron de que la introvertida Yeonu, cuya presencia apenas se notaba en clase, despertara el interés de Kyeongho, que estaba a cargo del consejo estudiantil y también participaba activamente en todas las actividades del campus. Ahora, su ruptura había causado aún más revuelo. La noticia corrió de boca en boca y la curiosidad creció como una masa de levadura, llenando poco a poco el estrecho edificio de la facultad. Yeonu podía percibir hasta el olor agrio de esa masa mientras caminaba por los pasillos.

—¿De verdad Kyeongho la pilló espiando en su móvil? Dicen que han roto por eso...

—Parece que estaba siempre celosa. Pero en plan paranoico, ya sabes. Algunos compañeros dicen que hasta montó una escena y acabó empujando a Kyeongho. Al final, por lo visto también ella recibió un golpe.

Dos compañeras que iban a la clase de Yeonu y con las que normalmente intercambiaba solo saludos se pusieron a cuchichear. ¿Celosa, ella? ¿En plan paranoico? Era consciente de que los verdaderos motivos de la ruptura solo los conocían ellos dos, pero no podía soportar todos esos rumores que estaban propagándose.

—¿Y qué sabes tú de nuestra relación, para hablar de esa forma?

Sus compañeras la miraron con sorpresa, pues si por algo era conocida Yeonu era por ser una chica muy callada. Sin esperar ninguna respuesta, Yeonu cruzó el pasillo con paso firme, sacó los auriculares de su bolso y se los puso. No escuchó ninguna canción. Era una especie de manera de silenciar al mundo.

Trató de no prestarles atención, pero estaba segura de que esos otros «compañeros» que habían mencionado las chicas de su clase eran los amigos que estaban en el mismo chat con Kyeongho. Yeonu era consciente de que ella no tenía ninguna culpa; la razón por la que no pudo contenerse y respondió a sus compañeras fue que había recordado los delgados labios de Kyeongho, esos labios que lo habían contado todo, hasta el desastroso momento de su ruptura después de ese año en el que había sido tan cariñoso y que había quedado teñido por sus propias acciones.

Cuanto más permanecía en silencio Yeonu, más se hinchaba esa masa de levadura de olor agrio. Los rumores flotaban por el campus como un enorme pan *gonggal* vacío por dentro. Tres días después, en la ceremonia de inauguración del semestre que se celebró un viernes, la opinión general era que Kyeongho había golpeado a Yeonu porque se lo merecía. Y todo gracias a esos compañeros que estaban con él en el chat y que, con el aliento apestando a alcohol, se habían dedicado a especular sobre por qué Kyeongho la había pegado con el paraguas. Lo que no intuían el resto de los estudiantes era que habían decidido convertir a Yeonu en una marginada por miedo a que se descubrieran esas mezquinas conversaciones que mantenían, y en las que, entre otras cosas, evaluaban los cuerpos de sus compañeras de la facultad.

Así, los amigos de Yeonu no se centraron en el hecho de que Kyeongho la había golpeado, sino que se preguntaban cómo habían llegado a eso y qué motivos tendría el líder del consejo estudiantil para golpearla. Había muchas teorías circulando, pero al final todos llegaron a la conclusión de que la personalidad introvertida y demasiado sensible de Yeonu habían provocado la ruptura.

Esa noche de sábado sin planes, las gotas de lluvia golpeaban contra la ventana. Las noticias decían que se acercaba un tifón. A partir del día en que había roto con Kyeongho, Yeonu odiaba los días lluviosos. Detestaba incluso los paraguas. Siempre que agarraba uno por el mango y sentía su material particularmente frío, recordaba aquella calle frente a la cafetería: los pétalos de flor que había pisado Kyeongho, las gruesas e implacables gotas de lluvia que caían a mares, y ella cada vez más empapada.

Yeonu entró en la web de la facultad. Después de teclear su número de estudiante y su contraseña, abrió la pestaña para la gestión de su matrícula. De entre las opciones, seleccionó «Solicitar baja temporal». Después de tan solo tres días yendo a la universidad, ya quería pedirla. ¿Dejaría la gente de hablar de ella si se tomaba un año sabático? También era posible que su historia cayese en el olvido en cuanto saltara un nuevo escándalo. Yeonu suspiró profundamente frente a la pantalla de su portátil. La sensación de estar hundiéndose se volvió insoportable; necesitaba un poco de aire.

Se levantó y abrió la ventana. Había dejado de llover, pero el viento soplaba con fuerza. Los árboles del parque de Yeonnam-dong, visibles desde su ventana en la tercera planta, se mecían de un lado a otro. Cuando el aire frío entró en la habitación, se sintió mucho mejor. «Venga, será mejor que salga. Iré a la lavandería y luego a comprar *tteokbokki*. Está claro que si me quedo aquí esas nubes oscuras e invisibles terminarán devorándome.»

Yeonu salió de casa con un cesto de ropa sucia que contenía su vestido negro empapado y que apestaba a humedad.

Algunos letreros de cartón de las cafeterías que había junto al parque cayeron por el viento con un ruido sordo.

—Oye, ¿esa no es Jeong Yeonu?

—Sí, es verdad. Es ella.

Yeonu se giró sin darse cuenta al oír el cuchicheo a sus espaldas. Eran los del chat de Kyeongho. No sabía si saludar o no: como eran estudiantes mayores que ella sentía que debía saludarlos, pero tampoco es que se alegrara de verlos, así que solo inclinó ligeramente la cabeza.

—Yeonu, ¿estás bien? Ayer tampoco viniste a clase. Son solo cosas que hablamos entre nosotros... Tampoco es que digamos nada del otro mundo, solo tonterías —dijo uno de ellos detrás de Yeonu, que ya se había girado y siguió caminando.

Como Yeonu no dijo nada, otro de los que estaba a su lado, con una camiseta gris, añadió:

—Exacto, solo son cosas nuestras. Kyeongho es el primer chico con el que has salido, ¿no? Al principio todos nos equivocamos. Lo mejor es que te emborraches y lo sueltes todo. Nosotros invitamos.

El que primero había reconocido a Yeonu la llamó en voz alta para que se detuviera:

—¡Oye! Cuando te hablan los mayores, al menos deberías fingir que escuchas. Como mínimo deberías responder. Todo esto lo decimos por tu bien.

Yeonu detuvo sus pasos. Una sensación de ardor recorrió sus tensos músculos faciales. El estudiante de la camiseta gris también se detuvo y siguió hablando.

—Kyeongho es un buen tío. No hace falta ponerse así. Sinceramente, tampoco es que te lo dijese a la cara. ¿Por qué te pusiste a husmear en su teléfono? En fin, que vaya bien. Nos vemos.

Yeonu frunció los labios y evitó el contacto visual. Luego vio que Kyeongho caminaba hacia ellos a lo lejos y apresuró el paso hacia la lavandería de Yeonnam-dong. Cuando estaban saliendo, el hecho de que vivieran cerca era una ventaja, pero ahora se había convertido en una pesadilla. Las palabras *coincidencia* y *encuentro* transmitían por sí solas intensas emociones, pero un encuentro fortuito con un ex era como pisar por la calle un escupitajo.

¿Debería tomarse un tiempo sabático y mudarse?... Él seguiría viviendo en el barrio mientras estuviera en el posgrado, y eso significaba que seguirían encontrándose de manera inesperada, ¿no? Quería meter ese vestido negro cuanto antes en la lavadora, estaba impregnado de la temperatura, el olor, la humedad y la traición de aquel día.

En cuanto puso un pie en la lavandería, sintió que esa cólera que la quemaba por dentro se calmaba. A Yeonu siempre le habían interesado los perfumes y los ambientadores, así que supo que el olor que desprendía aquel lugar era una mezcla de ámbar, lavanda y algodón. Le gustaba tanto que había colocado ambientadores con ese mismo aroma en su casa; pero allí se sentía diferente. Cuando visitaba la lavandería se sentía cómoda, y una sensación de calidez la abrazaba; hasta parecía escuchar una voz al oído que le susurraba: «¿Y qué más da si se ha manchado un poco? Lo dejaré todo limpísimo». Era un lugar que te hacía sentir a gusto.

Por suerte, había una lavadora vacía, así que no tuvo que esperar. Abrió la puerta e introdujo el vestido negro empapado de la oscuridad más profunda. Como si sintiera el peso de la traición que impregnaba la prenda, el tambor de la lavadora se movió ligeramente de un lado al otro antes de que comenzase a ascender el agua tibia. En la puerta de la lavadora se reflejó la débil sonrisa dibujada en el rostro de Yeonu. Mientras las innumerables burbujas blancas se alzaban, Yeonu movía los labios:

—Límpialo todo...

Cuando el tambor empezó a dar vueltas, se sentó frente a la mesa que había junto a la ventana. El diario verde claro seguía sobre la mesa también ese día. A veces, mientras lavaba la ropa, le había echado un vistazo y había leído comentarios del tipo: «Me estoy cagando» o «¿Cuándo va a terminar esta lavadora?». Por eso, no tocaba el diario. Tal vez debido a su personalidad tímida, se sentía incómoda leyendo las historias de otras personas sin su permiso, aunque fueran simples garabatos.

Pero ese día era diferente. Su ansiedad amenazaba con desbordarse. Había reprimido sus sentimientos durante demasiado tiempo y estaba desesperada por desahogarse de algún modo. Si no lo hacía, su corazón se pudriría poco a poco y la infección empeoraría hasta hacerlo estallar. Tras poner el vestido ya limpio en la secadora, Yeonu cogió el bolígrafo lentamente. Nadie sabría que había sido ella, así que empezó a escribir con letras pequeñas y rectas en el reverso de una página que parecía usada, pero que desprendía sinceridad y en la que alguien había pedido, con una caligrafía pulcra y un pulso firme, los números ganadores de la lotería. Pero incluso mientras escribía sus preocupaciones le inquietaba que alguien pudiera leer sus palabras y descubrir su identidad.

*Celebrábamos nuestro primer aniversario y yo misma abrí la caja de Pandora. Miré el móvil de mi novio. Por supuesto, no fue intencionado. Aun así, fui yo quien abrió la caja de Pandora. Vi algunos mensajes en los que se me trataba con desprecio y comentarios tan degradantes que me costó creer que fuera mi novio quien había escrito esas cosas. Por eso rompimos. Odio ser objeto de rumores cuando voy a la universidad, y ya no quiero ir. Voy a tomarme un tiempo sabático, pero detesto la idea de tener que mudarme... Me encanta este barrio. Me gusta el olor a hierba y árboles mientras paseo por Yeontral Park, y en primavera me encanta beber chocolate caliente mientras camino sola por ese sendero cuando caen las flores de cerezo. ¿Qué debería hacer? Como soy yo la que abrí la caja de Pandora, ¿significa eso que soy yo la que tiene que huir? Si alguna vez adivinas quién soy, te agradecería que guardaras mi secreto. Por favor. Ya no quiero más rumores.*

Cuando escribió la última palabra, la secadora emitió un pitido. Tras pensarlo un momento, Yeonu cerró cuidadosamente el diario, con la esperanza de que las preocupaciones que acababa de compartir no alimentasen más chismes.

Sacó el vestido de la secadora. El aroma característico de la Lavandería Gira-Gira flotaba sobre la cálida tela. La acercó a su nariz un momento y luego abrió la puerta de cristal con una leve sonrisa y salió. Pero, como si la lluvia la hubiera estado esperando, una cortina de agua se desplomó de repente sobre su cabeza. Sorprendida, Yeonu dio media vuelta y regresó a la lavandería sin pensárselo. Un gato blanco cubierto de motas amarillas se deslizó sigiloso detrás de ella y entró también aprovechando el momento.

—Miau, miau.

El gato ronroneó y frotó sus mejillas contra el tobillo de Yeonu, que llevaba puestas unas zapatillas Converse de color beige. El suave pelaje de ese gato poco más grande que la palma de su mano la hizo sentir mejor.

—¿Tú también te estás refugiando de la lluvia? ¿Dónde está tu mamá?

—Miau, miau.

Los aullidos del gato eran leves y suaves como el llanto de un bebé, pero claros y agudos como los abalorios de vidrio al chocar. Cuando Yeonu se sentó y le acarició la cabeza, el gato hizo un ronroneo que sonó como una frecuencia de radio y enseguida se subió a su regazo.

—¿No tendrás hambre?

Yeonu, que había leído en un anuncio que la comida y la leche para cachorros de gato era especial, empezó a preocuparse.

—Ven con tu hermanita. Oh, no sé si eres un niño o una niña, pero vente conmigo.

—Miau, miau.

—Hummm... Todavía no sé tu género, ¿qué tal si te llamo Maeari? Mae sería tu apellido, y tu nombre, Ari. ¿Qué te parece? Es porque el tifón Maeari te trajo hasta aquí.

El gato maulló y sus ojos negros brillaron como si hubiera entendido lo que le decía. Yeonu lo envolvió rápidamente en el vestido, que seguía caliente de la secadora. Al gato parecía gustarle el calor y ronroneó más fuerte. La que tenía un problema era Yeonu. No tenía ningún paraguas con el que protegerse de la lluvia, cada vez más intensa. ¿Debería arriesgarse a pesar de todo? Pensó que si corría llegaría en un momento... «Uno, dos, ¡tres!» Abrió la puerta con Ari en brazos. Justo en el momento en que Yeonu esperaba sentir la lluvia fría cayendo sobre su cabeza, un paraguas blanco se abrió sobre ella.

—La lluvia es fría. Ya estamos en septiembre y podrías coger un resfriado...

Yeonu miró a la persona que sostenía el paraguas blanco. Era una mujer en la treintena que llevaba una blusa beige y unos pantalones de vestir. Su tono tranquilo le daba un aura de nobleza.

—Oh, gracias.

—Llévatelo. Mi estudio está aquí al lado, así que puedo llegar enseguida si deja de llover.

La mujer le dio el paraguas.

—No, se lo agradezco mucho, pero... yo también vivo aquí, en Shineville, justo al lado.

—¿De verdad? ¿En Shineville? ¿En qué número? Encantada de conocerte, soy la casera de ese edificio. Por lo general me reúno con todos cuando firmamos el contrato, pero a veces le pido al agente inmobiliario que se ocupe directamente de esas gestiones si no tengo tiempo. Me imagino que no te he visto porque en ese momento estábamos emitiendo una serie.

—Ah, usted es la guionista de series... Buenas tardes, yo soy Jeong Yeonu, del 301.

—Encantada, yo soy O Kyeonghui. No me gustaría que una de nuestras inquilinas enfermase. Además, veo que sois dos. Llévatelo, no quiero que cojáis un resfriado.

Kyeonghui le hizo un gesto a Ari, que estaba en brazos de Yeonu, y le dio el paraguas. Quizá fuera porque el paraguas era blanco, pero no se sentía agobiada con él encima de su cabeza. Yeonu lo agarró por el mango. Estaba templado. Se despidió inclinando la cabeza.

—Muchas gracias. Iré a casa y volveré con un paraguas. Usted tampoco debería salir ahora, no vaya a coger frío por mi culpa.

—No te preocupes, voy a sentarme aquí durante un rato. Veré caer la lluvia mientras me bebo una taza de café gratis y espero a que se lave la ropa. Venga, vete ya. El gatito se va a resfriar. Considera el paraguas como un regalo —dijo Kyeonghui alzando la comisura de los labios con una sonrisa.

—No sé si puedo aceptarlo... Pero muchísimas gracias, se lo agradezco.

Kyeonghui entró en la lavandería con una leve sonrisa

y Yeonu se giró. El calor que Kyeonghui había dejado en el mango del paraguas seguía allí, pasando a su mano. Mientras caminaba, se detuvo para volver la vista hacia atrás, a la lavandería, y una sonrisa se dibujó en su rostro. Esa mujer era una buena persona. Una persona cálida. ¿Qué tipo de guiones escribiría? Pensó que debería probar a buscar su nombre en internet.

A pesar de su apacible nombre, el tifón Maeari estuvo acompañado de rayos y fuertes truenos durante toda la noche y fue haciéndose más intenso a medida que atravesaba la península coreana. Por la mañana, no daba señales aún de remitir. A Yeonu le daba miedo salir de casa, pero tenía que ir al veterinario a hacerle un chequeo a Ari, porque no sabía cuánto tiempo había pasado en la calle.

—¿Nos vamos? —preguntó Yeonu a Ari, que seguía en la cama.

Yeonu había hecho el pedido de un transportín para gatos de color púrpura la noche antes, pero gracias al envío urgente, había llegado a su puerta esa misma mañana. Junto a los agricultores que hacían posible que se alimentase de comida deliciosa cada día, Yeonu estaba eternamente agradecida a los repartidores. Estas cosas solo pasaban en Corea, ¡una superpotencia en reparto a domicilio!

Cuando abrió la puerta del transportín, Ari entró silenciosamente con la cola estirada.

—¿Sabes a dónde vamos, Ari? Ven con tu hermanita. Ah, por cierto, ¡vamos a descubrir si tú eres una niña o un niño!

El gatito exploraba el transportín con curiosidad, pero

cuando Yeonu cerró la compuerta lanzó breves maullidos ansiosos. Con el fin de calmar a Ari y que no pudiera ver el exterior, Yeonu cubrió el transportín con una manta para bebés. Se había pasado la noche entera viendo vídeos sobre cómo cuidar a los gatitos y había aprendido este truco para mitigar su ansiedad. Por primera vez desde la ruptura, Kyeongho había desaparecido por completo de su mente. Se sentía agradecida en muchos sentidos. Un gatito peludo y poco más grande que la palma de su mano de repente ocupaba la totalidad de sus pensamientos...

Sujetó el transportín con una mano y el paraguas que le había regalado Kyeonghui el día anterior con la otra. El mango todavía estaba cálido. Quizá gracias a la manta, Ari no se movió durante el trayecto en taxi y pudieron llegar con facilidad a la clínica. Yeonu se bajó frente a la estación de Sinchon y abrió la puerta de una clínica veterinaria por primera vez en su vida. Yeonu, que a pesar de tener veintitrés años nunca había tenido ninguna mascota, se quedó perpleja cuando vio la ficha que le abrió la enfermera en el mostrador. Raza, género, edad, hábitos alimentarios, fecha del último chequeo, número de limpiezas de sarro... Tenía que detallarlo todo minuciosamente. Yeonu no sabía nada sobre Ari, así que se lo dijo a la enfermera.

—Me lo encontré ayer en la calle. No tengo ni idea de su edad o género. Solamente le puse nombre. ¿Podría escribir solo eso en el formulario?

—Claro, entonces has adoptado un gato callejero, ¿no? Lo registraremos así ahora y el doctor podrá asesorarte mejor. Por favor, siéntate y espera un momento.

Cuando Yeonu se sentó en la sala de espera, Ari empezó a maullar, tal vez por la ansiedad ante el hecho de encontrarse en un lugar desconocido.

—Miau, miau.

—No pasa nada, Ari. Solo vamos a comprobar que estás bien. Este es un sitio seguro. Aquí cuidarán de ti.

Los maullidos se calmaron un poco cuando dio unas palmaditas en la parte superior del transportín. Mientras esperaban, la puerta de la clínica se abrió y apareció un anciano con su perro jindo blanco. La enfermera los saludó con una sonrisa.

—Aquí está el dueño de Jindeol. ¿Le toca revisión hoy?

—Buenos días. Sí, tenemos cita.

El anciano sacó un pañuelo del bolsillo que tenía en la parte izquierda de su camisa de cuadros y se secó las gotas de lluvia del pelo.

—Está lloviendo a mares, ¿ha venido caminando?

—No, por suerte el inquilino que vive arriba nos trajo en coche. Gracias a él hemos podido venir cómodamente. Pero con el viento soplando tan fuerte, uno termina empapándose en cuestión de segundos bajo la lluvia.

—Qué persona más amable —dijo la enfermera, con su voz dulce—. Registraré a Jindeol ahora mismo. Por favor, siéntese y espere un momento. —Y se puso a teclear al ordenador.

El anciano se sentó en el mismo lado de la sala de espera en el que estaba Yeonu. Jindeol se tumbó junto a sus piernas, aguardando pacientemente su turno. Yeonu se quedó contemplando a Jindeol y, cuando su mirada se cruzó con la del viejo Jang, este la saludó con los ojos.

—Miau.

Ari hizo un pequeño ruido dentro del transportín, como si contestase por ella.

—Vaya, ¿es un gatito?

El viejo Jang dibujó una amplia sonrisa, como si estuviera mirando a su nieto.

—Sí... Me lo encontré ayer en la calle —respondió con cautela Yeonu, que no estaba acostumbrada a hablar con desconocidos.

—Dicen que son los gatos los que eligen a sus dueños. ¡Parece que su majestad te eligió ayer!

—¿Su majestad?

—Hoy en día los jóvenes que adoptan gatos callejeros utilizan mucho esas expresiones.

Yeonu se sintió aún más emocionada y contenta ante la perspectiva de que esa bolita de algodón que era Ari la hubiera elegido a ella como su dueña. Sus labios dibujaron una ligera sonrisa.

—En los viejos tiempos, a los perros y a los gatos se los llamaba mascotas. Implicaba que eran criados para el deleite de las personas, pero si usase ahora esa palabra en Corea me llamarían vejestorio ignorante. Los perros y los gatos son animales de compañía. Los caracteres que componen esta expresión son *jjak*, *ban* y *ryeo*. El primero significa «compañero», el segundo «acompañante» y el tercero «amigo»... Digamos que es alguien con quien se establece una relación de interdependencia mutua. Seguro que seréis buenos amigos.

¿Buenos amigos? Yeonu nunca había tenido un amigo propiamente dicho hasta ese momento, así que la expresión le sonó rara, pero le gustó. La enfermera la llamó mientras acariciaba a Ari y pensaba en lo fascinante que era esa relación.

—La dueña de Ari a la sala número uno.

El veterinario, vestido con una bata azul, estaba sentado en la sala para hacerle un examen. Su cabello cuidadosamente peinado hacia atrás combinaba bien con su rostro pálido.

—Buenos días. He oído que te lo encontraste ayer en la calle. ¿Qué tal si comenzamos echándole un vistazo a Ari?

Hablaba en un tono bajo, pero dulce y amable. Gracias a ese veterinario que le inspiraba confianza, Yeonu enseguida se sintió a gusto y consiguió relajarse. Se quedó observándolo mientras este examinaba los dientes y las orejas de Ari, y le decía de vez en cuando «no pasa nada», como consolando a un bebé.

Le informó de que Ari era macho y que tendría unos dos meses de edad. También, que era posible que hubiera perdido a su madre o que quizá esta lo había abandonado por ser el más débil de la camada. El veterinario se aseguró de que sus orejas, sus dientes y su piel estuvieran en buen estado, y de que la enfermera le diera instrucciones sobre la comida y la leche que necesitaba.

Cuando terminaron con el chequeo y salieron a la sala de espera, Jindeol y el viejo Jang ya no estaban. Solo había los dueños de un bichón blanco esponjoso y de un welsh corgi de orejas puntiagudas. Yeonu se lamentó de no haber podido despedirse del anciano de forma apropiada. Hubiera deseado que Ari y ella se convirtieran en buenos amigos, y ni siquiera le había podido dar las gracias. Le gustaría poder tener la oportunidad de volver a encontrárselo la próxima vez. La enfermera llamó a Yeonu, que estaba intentando recordar la cara de Jindeol y preguntándose si un perro y un gato podían ser amigos. La enfermera le dijo qué tipo de comida y leche para cachorros de gato tenía que darle, y le pasó la factura. La gente solía decir que una mascota nacía del corazón y era criada con la cartera, pero ¿sería tan caro como dicen? Nerviosa, Yeonu abrió los ojos sorprendida al ver que los gastos de la consulta eran menores de lo que esperaba.

—¿Está segura de que no hay ningún error?

—Sí, nuestro director dice que cuando alguien trae un perro o un gato abandonado debemos ofrecer la primera revisión gratis. Por lo general, son personas que se han encontrado con animales de repente y están tratando de convertirse en buenos dueños, así que no queremos que se asusten. Pero debes cuidarlo bien, porque cuando se enferman sí que sale caro.

La enfermera sonrió y, tras pasar la tarjeta de crédito, se la devolvió a Yeonu.

Cuando Yeonu llegó a casa y abrió el transportín, Ari salió inmediatamente dando un brinco. Luego estiró sus dos patas delanteras y sacudió varias veces la cabeza, como desperezándose. Ya podía seguir explorando la casa de Yeonu, así que, avanzando sigiloso, olfateó su cama, la alfombra y frotó sus mejillas contra la pierna de Yeonu.

—Miau, miau.

—¿Te encuentras mejor? ¿Estás más tranquilo? Tu hermanita te va a dar leche. Ahora sé que eres chico, ¿eh?

Ari sacaba su lengua rosada de apenas el tamaño de una uña y lamía con avidez mientras Yeonu echaba leche en el cuenco. No podía desaprovechar un momento así:

deprisa, sacó un bloc de dibujo de su escritorio, cogió un lapicero 4B que estaba entre un lápiz de ojos y unos pinceles y comenzó a dibujar con trazos rápidos. Empezó con una sola línea curva, añadió algunas más y enseguida tuvo un dibujo de Ari bebiendo leche. Yeonu sonrió alegremente con expresión triunfante mientras observaba a Ari.

—Este eres tú, Ari. ¿Te gusta?

Yeonu sacó cinta adhesiva de color naranja de un cajón y pegó la foto de Ari en la pared de la estantería.

—Es como una foto. Se parece mucho a ti, ¿verdad?

A Ari pareció gustarle y se revolcó jugueteando. Era un dibujo bastante detallado que incluía los pequeños bigotes de debajo de su nariz y hasta la pelusilla que le crecía bajo la barbilla. Yeonu pensó que no había duda de que lo suyo era el arte. A pesar de que había dejado las clases y llevaba tres días sin ir a la universidad, seguía con ganas de coger los lápices. En realidad, echaba de menos aquellas horas en el estudio, envuelta en el aroma de los óleos, cuando recorría el lienzo con su pincel y remataba el cuadro con una capa de yeso mientras veía el atardecer.

Quería volver a oler las pinturas. Yeonu se quedó perdida en sus pensamientos mientras miraba por la ventana, por la que entraba una suave brisa. Lo peor de la tormenta ya había pasado. ¿Habría leído alguien las preocupaciones sobre las que había escrito en la Lavandería Gira-Gira? Para ser sincera, a ella tampoco le interesaban mucho las historias de los demás. ¿Por qué iba nadie a leer la suya? Aun así, no podía evitar preguntarse si alguien lo habría hecho... Y también pensó que debería haber prestado más atención a lo que decían los demás.

Yeonu salió de casa tras comprobar que Ari dormía

profundamente con su diminuto cuerpo apoyado en el cabecero de la cama. Ahora que había dejado de llover, en lugar de un paraguas, Yeonu llevaba una bolsa con gelatinas de mango que le habían traído sus padres de un viaje a Vietnam. Había atravesado las mismas calles dos días antes, pero hoy se sentía diferente. Tampoco llevaba el vestido negro empapado en las manos. La bolsa de plástico de las gelatinas tenía impreso el dibujo de un mango que solo con verlo se te hacía la boca agua. Y en la parte superior había un *post-it* con un mensaje escrito a mano por Yeonu. Pensó que sería genial que alguien hubiera leído su historia, le diera una respuesta apropiada a su problema y terminase así ese interludio que se le estaba haciendo eterno. Yeonu apretó el paso. Sentía que si iba a la lavandería encontraría la clave para resolver todos sus problemas.

Cuando llegó a la Lavandería Gira-Gira caminando con energía como si quisiera estampar sus huellas sobre el suelo, Seeung estaba allí con su camiseta de la palmera y echando de menos Hawái un día más mientras comprobaba los números ganadores de la lotería con la cara llena de expectación. Alguien había escrito un número debajo del comentario en el que preguntaba por la combinación ganadora. Seeung había comprado un boleto con ese número, pensando que, total, no perdía nada; se lo había guardado en el bolsillo y se había olvidado por completo de él hasta ese día, en que se lo había vuelto a encontrar justo antes de meter la ropa en la lavadora. Por alguna razón, tenía un buen presentimiento. Su corazón latía ansioso, como si anticipara el golpe de suerte que estaba a punto de sobrevenirle. Puede que esa fuese su oportunidad para no tener que volver a pisar una oficina y liberarse para siempre de esos trabajos que no encajaban con él, y en los que se veía obligado a seguir una vertiginosa sucesión de números durante todo el día con el cuello en constante tensión. Esos seis números podían cambiarle la vida... ¿Sería un cable que le lanzaban los dioses?

¡Los seis números coincidían! ¡Había ganado! Sintió que su corazón, antes tan frenético, se detenía durante unos segundos. Pensó primero en llamar a sus padres, que tenían ese restaurante de cangrejos en Daejeon, pero enseguida le vino alguien más a la mente. Se hizo una foto con los números y se la envió a Soyong, su exnovia. Cuando había roto con él, le había contado la historia del hermano de un compañero de trabajo que se había tirado por la ventana tras perder dos millones de wones en una estafa telefónica de suplantación de identidad, y añadió que, si seguía saliendo con alguien como él, que siempre andaba obsesionado con los números, podía acabar igual. Después de aquello, Seeung pasó muchas noches investigando las distintas estrategias que los estafadores utilizaban en este tipo de fraudes.

—A tu *oppa* le ha tocado la lotería. Hasta podría comprarme una casa. ¡Nada de viajes en tren, vente conmigo a Hawái!

Después de pulsar el botón de enviar, Seeung estaba que no cabía en sí de la alegría. Hasta sus ojos se llenaron de lágrimas. Quería compartir el dinero con su madre, que se había pasado la vida limpiando caparazones de cangrejo, rasgándose las manos y pinchándose con sus bordes afilados hasta llegar incluso a sangrar a veces. Mientras seguía saltando de alegría, recibió una respuesta de Soyong.

—Mira bien la fecha. Creo que es el número ganador del sorteo anterior.

¡Boom! El avión a Hawái que había en su interior se estrelló antes siquiera de alzar el vuelo. Soyong tenía razón, los números ganadores eran diferentes de los que él tenía. Esa cifra que ya se le antojaba repugnante se volvió aún más fea. También se sintió molesto consigo mismo por pensar que esos seis números habían sido una oportunidad que le brindaban los dioses. Todos sus problemas con los números (puntuaciones de evaluaciones de desempeño, salario anual, préstamos...) pasaron por su mente. Seeung rompió el billete de lotería. ¡Malditos números! Estaba harto de ellos.

«Supongo que esa es la respuesta: librarse de los números. ¡A partir de hoy se acabaron las preocupaciones! ¡Voy a dormir a pierna suelta! ¡Pienso irme a Hawái a bailar el hula! Ah, no sé», pensó.

A lo lejos, del otro lado de la ventana de la lavandería, un hombre observaba a Seeung mientras se secaba las lágrimas y hacía un cómico baile hula. El hombre tenía una larga cicatriz en la mejilla izquierda que parecía un corte de cuchillo. Aunque llevaba sombrero, la cicatriz era tan profunda que saltaba a la vista.

Cuando Yeonu entró en la lavandería no había nadie dentro. Quizá se debiera a que estaba abierta las veinticuatro horas, pero la gente parecía usar mucho ese lugar incluso desde primera hora de la mañana. A Yeonu normalmente le daba miedo la noche y nunca había acudido a la lavandería tan tarde, pero sintió que a partir de ese momento le gustaría ir a menudo a esas horas. Colocó las gelatinas de mango que llevaba junto a la máquina de café de la pared.

*Son unas gelatinas mágicas que te hacen sentir mejor con solo probar una.*

*Un regalo de parte del gatito Ari*

El dibujo de Ari guiñando un ojo en el *post-it* blanco era de lo más tierno. Las suaves curvas dibujadas con un bolígrafo negro y el color del pelaje teñido de amarillo por aquí y por allá con lápices de colores captaban con exactitud el aspecto de Ari, un gato callejero coreano. Yeonu miró con cara de orgullo la nota con el dibujo y respiró hondo. «Ahora, veamos. No te sientas decepcionada si nadie ha escrito nada. Bueno, ¡vamos a ver!»

Se sentó frente a la mesa y abrió el diario verde claro que estaba bien colocado sobre ella. De nuevo lanzó un gran suspiro. Cada vez que pasaba una página notaba una mezcla de entusiasmo y preocupación. Después de pasar unas cuantas, llegó a la hoja en la que había escrito acerca de sus problemas. Un mensaje escrito en letras largas llenas de consideración continuaba hasta la página siguiente. Yeonu arrugó la nariz ante la sinceridad que desprendía. Se sintió muy agradecida de que alguien hubiera leído su historia y hubiera respondido. Necesitaba además esa sinceridad, porque últimamente solo se había sentido rodeada de chismes maliciosos.

La letra, escrita con trazos finos como si se hubiera utilizado una pluma estilográfica personalizada, transmitía una sensación de madurez. La caligrafía de estilo anticuado con la parte superior de las vocales doblada parecía pertenecer a una persona aún más mayor que la generación de sus padres.

*¿Leerás este comentario antes de que pase este invitado otoñal no deseado que es el tifón? Si es así, alza la vista y mira por la ventana. ¿Puedes ver los árboles oscilando por el fuerte viento? Hasta los árboles que tienen más de cien años lo hacen. Solo de esa forma logran sobrevivir sin partirse ni doblarse. Quizá sea esa la sabiduría que adquieren los árboles después de resistir el viento y la lluvia durante mucho tiempo.*

*En mi pueblo natal había un álamo enorme. Los álamos son conocidos por tener muchas ramas y hojas. Era tan grande y denso que parecía intimidar al resto de los árboles con su presencia. Sin embargo, cuando azota un tifón los álamos son los primeros en caer. Son un tipo de árbol que no echa raíces profundas; las despliega hacia los lados, pero son muy finas y no alcanzan mucha profundidad. En mi pueblo también había un castaño que crecía muy despacio y tardó mucho en dar una buena sombra. La gente pensaba que, si caían los álamos, menos aún resistirían los castaños, pero estaban completamente equivocados. El castaño había echado raíces profundas, así que cuando pasó el tifón solo se bamboleó con el viento, y permaneció en el mismo sitio, protegiendo el pueblo durante mucho tiempo.*

*Solíamos descansar bajo el castaño, y los chicos íbamos allí a llorar cuando experimentábamos nuestro primer desengaño amoroso. De vez en cuando, a alguien le caía una castaña aún sin madurar en la cabeza, como si el árbol dijera: «Eh, tú, espabila y ponte a estudiar», y alguno hasta tuvo que ir al hospital después del castañazo. Puede que los castaños crezcan despacio, pero sobreviven a los tifones y superan muchas estaciones.*

*En tu mensaje dijiste que te preocupaba que se conocieran tus secretos, así que te contaré también uno de los míos. Una vez lloré durante mucho tiempo bajo aquel castaño. Como era el hijo mayor de una familia pobre y con muchos hermanos, mis padres solo pudieron comprarme un lapicero. Llegaba todos los días tarde a la escuela porque me daba mucha vergüenza que se oyera el ruido metálico de mi único lapicero moviéndose en el interior del estuche vacío en la mochila. Como siempre llegaba tarde, me apodaron «El último tren», y los profesores me regañaban todos los días. Aun así, no podía evitarlo. El traqueteo que hacía cada vez que daba un paso de camino al colegio me avergonzaba tanto que se me ponía la cara más roja que una de esas manzanas que cuelgan de los árboles. En aquel entonces, me avergonzaba tanto ser pobre que muchas veces lloraba bajo el castaño. Mientras leía sobre tus preocupaciones, recordé ese árbol que guardaba nuestros secretos e incluso nos regalaba dulzura con sus castañas en otoño; ese castaño que parecía frágil y al que habían subestimado, pero que acabó echando las raíces más profundas y al final resistió mejor que cualquier otro. Ahora que escribo esto, me viene a la mente la imagen de mí mismo llorando bajo su sombra.*

*Algún día, tú también recordarás este viento pasajero. Si te gusta este barrio, no dudes en echar raíces aquí. ¡Serás el árbol con el tronco más robusto y las ramas más rectas de Yeonnam-dong! Recuerda: no importa si se trata de un tifón o de una ligera brisa, si aguantas, pasará sin más.*

Se sintió como si toda la niebla que le cubría la mente se hubiera disipado. Yeonu pasó la mano por el papel, todo él arropado por esas letras tan elaboradas. Se sentía muy agradecida. Le había tocado el corazón. Le hubiera gustado regalarle a esa persona mangos de verdad en vez de unas simples gelatinas.

Cuando alzó la vista y miró por la ventana, vio los árboles meciéndose aquí y allá con el viento. Se sintió tonta, un poco como si el viento la tuviera a ella también sujeta por el pelo y la estuviera bamboleando, pero decidió considerarlo como una parte del proceso de echar raíces, tal como había escrito esa persona en el diario. Se sintió como si esas emociones desconocidas que la asolaban hubiesen disminuido su intensidad. A lo mejor solo tenía que encarar las cosas de otra manera.

Yeonu se dijo que su visión borrosa se había esclarecido mientras observaba un árbol mecerse con el viento. «¿Has echado raíces profundas o todavía estás en proceso? Tiene razón, de todas formas, solo son vientos que terminan pasando si una aguanta. Resistamos hoy también.»

Su voz empezó a sonar más alta y nítida. Luego pasó la página. La siguiente había sido garabateada de manera informal, pero también parecía el tipo de letra de alguien que ha escrito mucho. El espacio entre caracteres era el doble de amplio que el que dejaban otras personas y la escritura con trazos rectos y suaves atrajo la atención de Yeonu.

*No es culpa tuya para nada. Y tampoco es ninguna caja de Pandora, eso que has abierto; más bien parece un cubo de basura. Sí, eso, has volcado un cubo de basura maloliente. Piensa que es como si metieras los buenos y malos recuerdos que tenéis juntos en una de las lavadoras que hay aquí. Lávalo todo. Si te resulta abrumador, simplemente olvida una cosa cada vez que pases por aquí. ¡Algún día me encantaría invitarte a una taza de chocolate caliente!*

—Gracias, muchas gracias a los dos —susurró.

Nunca hubiera imaginado que unas palabras anónimas pudieran resultar tan reconfortantes. De haberlo sabido, no habría tardado tanto en escribir en el diario de la Lavandería Gira-Gira. Habría dejado plasmadas antes sus preocupaciones, palabra por palabra. Si algo en su corazón había quedado destrozado por completo después de lo sucedido con Kyeongho, sentía como si ahora estuviera brotando carne nueva en esa herida. Tenía la certeza de que esa carne iría creciendo poco a poco y de que algo en su interior iba a florecer para llenar el vacío. ¿Habría más gente así de buena dando consejos? ¿Cuándo había empezado todo eso? ¿Quizá con el propietario de ese diario? No tenía ni idea de cómo ese diario verde habría echado raíces en aquel lugar, pero se sintió afortunada de poder anotar en él sus problemas.

Era una Yeonu diferente a cuando llegó. De alguna manera se había convertido en una persona nueva, como si hubiera entrado y salido de una de las lavadoras. La Yeonu desanimada del vestido negro que se aferraba a esas sensaciones innecesarias de traición y culpabilidad había desaparecido. Tampoco sentía esas náuseas. Quería llegar lo antes posible a casa y acariciar el pelaje de Ari, el mejor regalo que le había dado la lavandería.

De pie frente al portal de Shineville, Yeonu marcó la contraseña en el interfono azul del vestíbulo y la puerta automática se abrió. Luego se dirigió al ascensor y pulsó el botón del tercer piso. «Ari, ya casi he llegado.» Estaba impaciente por oír sus felices ronroneos y sentir su suave pelaje rozándole la pierna.

La puerta del ascensor se abrió. Descubrió entonces que no la esperaba Ari, sino Kyeongho, que estaba frente a su apartamento y que sostenía un gran paraguas negro.

—Oye, Yeonu...

—¿Qué haces aquí?

—No podemos terminar así. ¿Tan mal me he portado contigo? No me lo creo. Hemos roto por un malentendido.

Su cuerpo pareció quedarse pegado al suelo, inmóvil frente a la puerta del 301 en donde Ari la estaba esperando. Los músculos faciales de Yeonu se tensaron y no le salió bien la voz.

—A-apestas... a alcohol.

—Yeonu, te echaba tanto de menos que me tomé una copa. ¿De verdad tenemos que acabar así? Vayamos dentro y lo hablamos.

Cuando Kyeongho lo tocó, el panel numérico de la cerradura electrónica se encendió.

—¡No abras! —gritó rápidamente Yeonu, sorprendida.

—Ahora mismo me cuesta hasta tenerme en pie. He bebido mucho por tu culpa porque no puedo olvidarte. Así que vayamos dentro a hablar.

Cuando Kyeongho empezó a introducir la contraseña, Yeonu gritó con más fuerza:

—¡Te he dicho que no abras!

A pesar del tono elevado de Yeonu, fue su cuerpo tembloroso y sus ojos firmemente cerrados lo que hizo que Kyeongho adoptara una expresión sombría.

—¿Qué pasa? ¿Hay alguien dentro? ¿Acaso estás ya con otro?

Las palabras que brotaban de su garganta y su boca eran tan ofensivas que Yeonu sacudió la cabeza.

—Vaya..., Yeonu, ¿hemos roto hace nada y ya te has traído a otro a casa? Venga, abre la puerta.

—Vete, por favor.

Por debajo de la débil voz de Yeonu podían escucharse los maullidos de Ari al otro lado de la puerta.

—Miau, miau.

Los maullidos se hicieron más fuertes e insistentes, como si Ari supiera que Yeonu estaba allí. De hecho, parecía que el gatito estuviera maullando justo delante de la puerta. Yeonu tenía que entrar rápido y consolarlo. Kyeongho pulsó entonces el código en el panel, sin ninguna consideración.

Yeonu se apresuró a sujetarle la mano y apartarla. En ese momento, alguien llegó por la escalera.

—Vivo debajo, en el 201. ¿Pasa algo?

Era Seeung, que llevaba puesta su camiseta sin mangas con grandes hojas de palmera estampadas. Yeonu recordaba haberlo saludado cuando se cruzaban por el barrio. Justo entonces la puerta del 301 se abrió y Ari se coló por el pequeño resquicio. En cuanto lo vio, Kyeongho pegó un grito de sorpresa.

—¡Ahhh! ¡¿Qué es esto?! ¡¿Una rata?!

Asustado por sus gritos histéricos, Ari corrió de un lado para otro tratando de esquivar sus pisotones. Yeonu se agachó, para coger al gatito, pero este se le escapó de las manos y corrió escaleras abajo huyendo de Kyeongho, que no paraba de pisotear el suelo haciendo mucho ruido.

—¡Ari!

Todo había sucedido tan deprisa que Yeonu no fue capaz de recordar aquel vídeo de YouTube en el que aprendió que los gatos, con los ruidos fuertes, pueden asustarse y sobresaltarse, y que es mejor acercarse a ellos con calma. Lo que hizo fue gritar cuando vio a Ari corriendo escaleras abajo. Seeung, que estaba de pie en la escalera con una expresión entre la sospecha y la preocupación, tampoco consiguió atrapar a Ari, que se escabulló velozmente mientras buscaba un agujero en el que ocultarse.

Yeonu lo siguió escaleras abajo, pero Ari era más rápido. Cuando se quedó sin salida y Yeonu logró acercarse a su cuerpo tembloroso en el portal, la puerta automática detectó el movimiento y se abrió.

Ari aprovechó para salir disparado. Yeonu corrió tras él, pero el asustado gatito flexionó sus diminutos cuartos traseros y de un salto atravesó el muro que daba al aparcamiento, y después siguió correteando hasta el edificio de al lado. Yeonu continuó persiguiéndolo, pero terminó perdiéndole la pista. Tras cruzar los dos callejones que había frente al parque, Ari había desaparecido.

—¡Ari, Ari! Soy tu hermanita. Ari, sal. Te daré algo rico. ¡Ari!

El sol se había puesto por completo y todo estaba a oscuras. Yeonu seguía llamándolo con voz ronca, pero no respondía. El tiempo era desapacible y las temperaturas habían bajado drásticamente. «Todavía es un cachorro, ¿y si se resfría?», pensó. O aún peor, ¿y si nunca lograba encontrarlo?

Se dirigió al hueco del edificio en donde lo había visto por última vez y lo llamó. «Ari, por favor. Haz algún ruido.» Yeonu fue revisando una a una todas las grietas cercanas en las que un gatito podría haberse ocultado, y, en poco tiempo, el agua de lluvia sucia que había quedado estancada durante varios días tras el tifón le dejó una mancha oscura en la ropa. Eran más de las doce. Su estómago gruñía, pero la comida era lo último en lo que pensaba en ese momento. En realidad, no podía pensar en nada. ¿Dónde narices estaría Ari? Soltó un suspiro profundo y pesado. Lo había perdido por culpa de Kyeongho. Todo le daba vueltas. Ni por un segundo se le había pasado por la cabeza aceptar sus disculpas. Al principio había creído que ella era la que había echado a perder su primer aniversario, y que también era culpa suya haber mirado el móvil de Kyeongho, pero ahora cada vez estaba más enfadada. Pensó que, en lugar de meterlos en la lavadora, los recuerdos de esa relación debían ir directamente al cubo de la basura.

Yeonu regresó a su casa y lo primero que hizo fue cambiar la contraseña de la puerta. Aferrándose con desesperación a la esperanza de que Ari regresara a casa por su cuenta, Yeonu introdujo la fecha en que lo había encontrado como nueva contraseña. Al pensarlo se le puso la piel de gallina. Frunció el ceño y se preguntó en qué habría estado pensando para seguir utilizando la misma contraseña que conocía su exnovio, en ese lugar donde vivía sola y al que llamaba «hogar».

«Pero mira que eres tonta, Jeong Yeonu.» Movió la cabeza y se acostó en la cama, vestida aún con esa ropa sucia, y pensó en Ari acurrucado en la almohada.

—Por favor, tienes que volver esta noche, Ari —deseó Yeonu con todo su corazón, cerrando los ojos.

Cuando los abrió, su mirada se dirigió al recibidor. Sentía que faltaba algo. El gran paraguas negro roto no estaba allí. Su móvil vibró. Era un mensaje de Kyeongho:

—Mientras estaba aquí, he aprovechado para llevarme mis cosas: el paraguas, la maquinilla de afeitar y la freidora de aire. ¿Recuerdas que un día dijiste que no podías comer pizza porque no tenías freidora y te llevaste prestada la de mi casa? En fin, olvidémonos el uno del otro y disfrutemos la vida. Oí que te ibas a tomar un tiempo sin ir a la universidad, espero que te vaya bien.

¿Qué quería decir con eso? ¿Acaso no había sido él quien le había llevado esa freidora diciéndole generosamente que se la quedara? Ni siquiera era nueva: llevaba usándola más de un año, así que había tenido que limpiarla a fondo para quitar toda la grasa incrustada..., y ahora se la había vuelto a llevar. Yeonu negó con la cabeza. Por más que lo pensaba, era un hombre incapaz de dejar tras de sí buenos recuerdos.

Yeonu chasqueó la lengua. Durante el año que habían estado saliendo nunca llegó a imaginarse que podría resultar tan patético. Empezó a entender por qué los adultos siempre dicen que es importante terminar bien con los demás. Con esa frustración, se hizo miembro de un foro sobre gatos con más de setecientos mil usuarios. Se preguntó si alguien habría visto a Ari. Sin embargo, no había mensajes nuevos ese día. Yeonu comprobó el tablón de animales perdidos con atención, pero no encontró ni rastro de Ari. Quería subir un mensaje, pero no tenía ninguna foto de él, así que le tomó una al dibujo que había hecho apresuradamente y la subió.

Perdí a mi gatito de color crema de dos meses
Nombre: Ari (normalmente lo llamo así)
Género: macho
Raza: común, blanco con rayas crema
Características: cariñoso, ronronea a menudo
Lugar donde se perdió: zona de Yeontral Park, en dirección al centro comunitario de Yeonnam-dong.
Por favor, póngase en contacto conmigo si ha visto o recogido a Ari.
Gracias.
Número de contacto: 010-****-****

Publicó el mensaje y enseguida continuó buscando información en un portal sobre cómo encontrar gatos perdidos. Descubrió por casualidad la existencia de profesionales que se dedican a localizar gatos perdidos: los detectives de felinos. Decidió que contrataría uno si nadie contestaba a su mensaje en tres días.

Alguien había subido un mensaje a la página principal del portal con el título: «Descubierta la identidad del hombre que maltrató a un gato callejero y lo colgó de una pared». Su corazón latía con tanta fuerza que fue incapaz de hacer clic en la foto pixelada. De repente, una ola de ansiedad la invadió. Esa noticia del maltrato a un gato se desplegó como una película en su cabeza, y pronto esa ola de ansiedad se convirtió en un maremoto del tamaño de una casa que azotó a Yeonu. Llamó al veterinario, sintiendo que estaba buscando una aguja en un pajar.

—¿Hola? Buenas noches, soy la dueña de Ari...

—Ah, sí. Buenas noches.

Por suerte, el veterinario tenía un servicio de emergencias abierto las veinticuatro horas, así que la respuesta fue rápida a pesar de que llamaba de madrugada.

—Esto... ¿Podría hablar con el veterinario que examinó a Ari?

—Un momento. Por favor, repítame su nombre y el de la mascota —pidió la enfermera en un tono más frío y formal que cuando vio a Ari por primera vez.

—Es un gato, se llama Ari. Mi nombre es Jeong Yeonu.

Podía escuchar el ruido del teclado mientras escribía desde el otro lado de la línea. Enseguida oyó varios clics del ratón y después la enfermera habló de nuevo.

—Sí, el doctor Lim Jaeyun fue quien lo examinó... El historial médico no menciona nada reseñable. ¿Ha pedido cita con urgencias?

—No, no es eso.... Me gustaría pedirle ayuda.

—¿Qué tipo de ayuda? —preguntó la enfermera.

—Ari... se ha perdido —alcanzó a decir Yeonu conteniendo las lágrimas.

—Espere un momento. Resulta que hoy está de turno, así que le pasaré la llamada.

—Muchas gracias.

Esta vez, la enfermera respondió con un tono de preocupación. Dejó a Yeonu en espera, con *Humoreske* de Schumann sonando de fondo. Yeonu repasó mentalmente lo que quería decirle al veterinario.

—Sí, soy Lim Jaeyun. Eres la dueña de Ari, ¿verdad?

Aunque Yeonu solo había ido una vez a esa clínica para el chequeo, en ese momento el veterinario era la persona en quien más podía confiar. Las palabras le salieron solas: se le contó todo, desde el día en que perdió a Ari hasta que publicó su mensaje en el tablón del foro online, sin omitir nada. Cuando Yeonu terminó, durante unos instantes se hizo el silencio.

—Vaya, entiendo. Supongo que estás muy asustada. Ari solo tiene dos meses, así que no tiene muy desarrolladas sus habilidades de supervivencia. La prioridad es encontrarlo lo antes posible...

—Sí, lamento haber llamado a estas horas. Es que quiero encontrarlo rápido y necesito ayuda.

—No hace falta que te disculpes. En primer lugar, es raro que los gatos vuelvan a casa. Sin embargo, no cambian de territorio con facilidad ni pueden recorrer largas distancias como lo haría un perro. Así que lo más probable es que siga cerca de donde lo perdiste o donde lo descubriste por primera vez. Es donde probablemente se sentirá más seguro.

—¿Cerca del lugar donde se perdió o donde me lo encontré?

—Sí, las personas que pierden a sus gatos por lo general suelen encontrarlos por los alrededores.

—Entonces, supongo que debería buscarlo cerca de mi casa o de la lavandería.

—¿La lavandería?

—Ahí es donde lo vi la primera vez.

—Entonces da prioridad a esa zona. También publicaste en ese foro sobre gatos, ¿verdad?

—Sí, pero como no tenía ninguna foto de Ari, subí un dibujo que hice.

—Muy bien. Si lo envías al correo electrónico de nuestra clínica, lo pondremos también en nuestro tablón de anuncios. A Ari le gustas y confía mucho en ti, así que estoy seguro de que volverás a verlo. No te preocupes demasiado. Tampoco te decepciones ni te desanimes si no logras localizarlo de inmediato. Estoy seguro de que acabarás encontrándolo. Y cuando lo hagas, por favor, avísame.

—Gracias. Se lo agradezco de verdad. Estaba muy frustrada y asustada sin nadie a quien preguntar...

La voz amistosa del veterinario la tranquilizó. Pensó en ir de inmediato a buscarlo, pero al ver sus pies arañados e hinchados, después de tantas horas dando vueltas con las chanclas de goma, decidió salir al día siguiente con unas zapatillas.

Envió el mensaje con la foto de Ari al correo electrónico que aparecía en la web de la clínica veterinaria. Pensó que también debería colocar un cartel en la Lavandería Gira-Gira por si Ari aparecía por allí. Yeonu se incorporó con dificultad y se sentó frente al escritorio. Encendió el portátil, abrió el Photoshop y creó un cartel que comenzaba con la frase: SE BUSCA GATO. Como no tenía fotos, volvió a utilizar el dibujo que le había hecho. Mientras diseñaba el cartel, pensó que lo primero que haría al encontrar a Ari sería sacarle una foto. Una muy nítida que pudiera servirle de identificación.

Decidió hacer cincuenta copias. Quería hacer cien, pero

no estaba segura de tener suficiente tinta. Pronto se oyó un chirrido y comenzó la impresión.

Yeonu se despertó después de dormir unas seis horas. Había sudado y tenía el cuello y la espalda húmedos. Se levantó pesadamente de la cama; poco después ya estaba guardando los carteles que había impreso la noche anterior y la cinta adhesiva en la mochila.

—Tal como dijo el veterinario, no me decepcionaré demasiado ni me desanimaré. ¡Algún día volveré a encontrarlo! —gritó Yeonu para sí, como si estuviera recitando un hechizo.

Se ató bien los cordones de las zapatillas delante de la puerta de casa y salió.

En primer lugar, pegó uno de los carteles en el ascensor de su edificio. Después otro en el vestíbulo, en la pared a la que se había subido Ari y en el edificio de al lado. No se olvidó de escribir en la parte inferior: «En cuanto encuentre a Ari, quitaré los carteles yo misma. Muchas gracias por su comprensión». Fue colocando dos en cada poste eléctrico del camino que llevaba hasta el parque de Yeonnam-dong.

Todavía tenía un largo trecho hasta la Lavandería Gira-Gira, pero solo le quedaban tres carteles. ¿Había pegado demasiados? Su intención era ponerlos únicamente por donde hubiera podido pasar Ari. Se preguntó si debería ir a la copistería que estaba frente a la estación de Hongdae para imprimir algunos carteles más, aunque, pensándolo bien, estaba demasiado cerca de su universidad y no quería toparse con caras desagradables. Decidió ir solo hasta la lavandería y después buscar otra copistería por la zona.

—Ari, soy yo, tu hermanita. Ari, ven que te dé una golosina.

Esas eran las únicas cosas que podía decirle, porque todavía no conocía nada más sobre sus gustos. Creía que podrían ser buenos amigos, y, desde el primer momento en que lo vio, se había convertido en un ser precioso que solo le traía buenos recuerdos. Yeonu siguió llamando a Ari con su voz más dulce, y en un momento dado el móvil que llevaba en el bolsillo trasero de los vaqueros vibró. Era un número desconocido. Lo cogió deprisa, sin pensar, porque cabía la posibilidad de que alguien lo hubiera encontrado.

—¿Hola?

—Llamo porque he visto uno de los carteles, pero se te olvidó escribir algo importante.

Escuchó la voz de una chica joven al otro lado de la línea. Su tono era duro, pero no le importó.

—¿Está Ari contigo? ¿Lo has encontrado? ¿Lo has visto?

—Bueno, todavía no. Pero... ¿cuánto ofreces? No escribiste de cuánto es la recompensa.

Se puso nerviosa al saber que no había visto a Ari ni estaba con él, pero la palabra *recompensa* la incomodó todavía más.

—Ah..., la recompensa. Todavía no lo he pensado...

—Dice que no hay recompensa.

Mientras la chica hablaba con la persona que tenía al lado, pudo oír vagamente a un hombre murmurándole que colgara.

—¡Pero si lo encontráis os daré una recom...!

Bip-bip. Colgaron la llamada antes de que Yeonu pudiera terminar la frase.

Después de eso deambuló por el césped que había frente a las secuoyas que bordeaban los márgenes del sendero que atravesaba el parque de Yeonnam-dong. Mientras seguía llamando a Ari y escudriñaba entre las espesas colas de zorro, recibió otras tres llamadas como la anterior. La recompensa... La recompensa era el problema. ¿Debería añadir cuánto daba, aunque fuera tarde? Sin embargo, Yeonu no podía disponer de una cantidad de dinero en ese instante que fuera suficiente como para ser considerada una recompensa. Estaba exhausta, pero decidió llamar a Ari un poco más.

—¡Ari!, ¿dónde está mi Ari?

Lo llamó con la voz más dulce que pudo. Se sentía fatal, porque si no hubiera gritado su nombre justo antes de que se abriera la puerta automática, seguramente estaría ahora en la cama jugando con alguno de sus juguetes. Se prometió que mantendría la calma en todo momento. Cuando Yeonu cerró los ojos tratando de consolarse, oyó un débil sonido.

—Miau, miau.

Era débil como un eco, pero esa elevación característica del final... ¡Estaba claro que era Ari!

—Ari, ¿dónde estás? Tu hermanita está aquí. ¿Podrías volver a maullar, por favor?

Yeonu se introdujo entre las flores, las colas de zorro y las malas hierbas llamándolo una y otra vez, pero no volvió a escuchar los maullidos. Justo entonces, oyó un ruido sordo y también el sonido de un gato llorando. Era un sonido que nunca había oído de Ari.

—¿Eres tú, Ari? ¡Ari!

Yeonu escudriñaba la maleza con la mirada fija, pero al levantar la vista vio a un hombre tirando piedras contra la broza a unos diez pasos de distancia. Un escalofrío le recorrió la espalda. Esperaba que Ari no estuviera ahí... Ni Ari ni ningún otro gato...

Se acercó al hombre con el corazón a mil. Se preguntó si estaría allí Ari o si se trataba de algún otro gato. La gente que pasaba junto al hombre fruncía el ceño y apretaba el paso. Yeonu volvió por el camino por el que había llegado y anduvo por el margen derecho. No estaba lejos, pero el trayecto se le hizo eterno. ¿Qué haría si estaba Ari ahí? Y de nuevo, otro desgarrador maullido. Yeonu gritó:

—¡Ari!

El hombre ni se inmutó al ver a Yeonu con los ojos fuertemente cerrados. Llevaba una camiseta negra de manga corta con un estampado extraño y una gargantilla fina también negra. Estaba delgado y sus mangas cortas ondeaban con el viento. Yeonu miró al hombre, que también llevaba un gorro de pescador en la cabeza. Las dos franjas horizontales de sus ojos eran muy finas y sus pupilas tan pequeñas que era imposible saber a dónde estaba enfocando la mirada.

—Je, je. ¿Te llamas Ari? Hum...

Yeonu se sintió mareada y con náuseas. Vio a Ari temblando y escondiéndose en el borde del macizo de flores para evitar las piedras que lanzaba el hombre.

—Ari, ven aquí.

Yeonu entró con cuidado en el macizo de flores y levantó despacio a Ari en sus brazos. Tocó sus patas delanteras y traseras, pero afortunadamente no emitió ninguna queja de dolor, por lo que parecía que no le había alcanzado ninguna piedra. Sentía que le ardían las mejillas. Solo en ese momento pudo respirar un poco mejor.

—¿Sabes cuánto tiempo te ha estado buscando tu hermanita?

—Así que se llama Ari —dijo el hombre al ver a Yeonu hundir su rostro en Ari, que temblaba en sus brazos.

Una sensación terrorífica la invadió e hizo que se le pusiera la piel de gallina. No parecía una persona corriente, sino que el hombre transmitía una siniestra sensación de frialdad. Sintió una desazón parecida a la que provoca ver cenizas elevándose despacio en el aire después de que el fuego lo haya consumido todo.

—¿Por qué le tiras piedras a un gato?

El hombre guardó silencio unos instantes, luego inclinó la cabeza y miró a Yeonu:

—Porque el tiempo no pasa.

—¿Cómo?

—Je, je. Son muy.... cof, cof... repugnantes. Tendrían que venir como los perros cuando los llamas, pero ni se inmutan. ¿Qué tienen de mono estos bichos para que la gente les vaya dejando platos de comida por todas partes? Agh —continuó hablando hasta el final, reprimiendo una desagradable tos.

Yeonu se quedó boquiabierta. Un escalofrío le recorrió la espalda. El hombre, que estaba agachado, se incorporó y la miró. Aunque era muy delgado y de estatura más bien baja, seguía siendo más alto que Yeonu. Sus pequeñas pupilas gélidas seguían desenfocadas. Yeonu abrazó con fuerza a Ari para protegerlo y se alejó del hombre.

Pero sentía que debía decirle algo. Aunque le flaqueaban las piernas, creía que debía hacerlo. Al fin y al cabo, había amenazado a su amigo Ari y no podía dejarlo pasar. Justo cuando estaba a punto de abrir la boca, el hombre alzó la mano. Yeonu se acordó entonces del paraguas con el que le había golpeado Kyeongho frente a la cafetería en su primer aniversario. El largo paraguas negro. Yeonu cerró los ojos con fuerza mientras el hombre extendía la mano. Cuando volvió a abrirlos, vio que estaba simplemente despidiéndose de Ari.

—Hasta otra, Ari. Je, je, je.

El hombre volvió a reír mientras tosía. Sus dientes tenían un tono amarillento, seguro que por la nicotina incrustada.

Yeonu sintió palpitaciones en la cabeza. Se sentía aliviada por haber encontrado a Ari, pero las piernas le flaqueaban. Apenas logró mantenerse en pie mientras se alejaba en dirección opuesta al hombre. Caminó mirando hacia atrás de vez en cuando, por si los seguía. Le daba miedo dirigirse directamente a casa. Sobre todo porque el hombre había dado a entender que volvería a ver a Ari, y no quería que supiese dónde vivían. En cualquier caso, necesitaba un lugar seguro en el que estar con Ari. «Creo que lo mejor será ir ahí.» Yeonu caminó con rapidez, abrazando a su gatito. El hombre continuaba allí de pie, mirándolos. Bajo la luz del sol, sus pupilas estaban inusualmente dilatadas.

—Miau, miau —maulló Ari, frotando su cuerpo contra ella. Ya estaba más tranquilo con Yeonu.

—Ari, ya hemos llegado. Vamos a quedarnos aquí un rato y luego volvemos.

Desde el otro lado de la ventana se veían varias lavadoras en funcionamiento. Era una suerte. En ese preciso momento no había nadie, pero la gente volvería a recoger su colada, así que aunque el hombre pretendiese perseguirla no estaría sola. También estaba con Ari. Yeonu lo colocó en la mesa que había frente a la ventana. El animal soltó un ronroneo que parecía una frecuencia de radio. ¿De dónde narices provendría ese ruido? Decían que no era nasal ni de las cuerdas vocales o la cabeza. Pensó que quizá los gatos fueran en realidad formas de vida extraterrestres, como había leído por internet. Se imaginó que a lo mejor era verdad que robaban los corazones de los humanos y enviaban comunicaciones a otras razas en planetas alienígenas utilizando esos sonidos de radiofrecuencia.

—No volvamos a separarnos nunca.

—Miau, miau.

Como si pudiera entender el significado de sus palabras, Ari frotó su cabecita contra el dorso de la mano de Yeonu. Se sentía bien cada vez que la tocaba. Ari se acurrucó, haciéndose una bola sobre la mesa. Sintió que el día había sido interminable, pero solo era pasada la hora del almuerzo. Tal vez fuera por la tensión, pero no tenía nada de hambre.

Yeonu alargó la mano y acercó el diario verde pálido que estaba junto a la ventana. Había aprendido que, cuando alguien necesitaba consuelo, el simple hecho de que se escuchara su historia podía ser reconfortante. Además, había ganado confianza a través de la escritura y había descubierto que ella también podía ofrecer palabras de consuelo a otros. Yeonu se puso a leer el diario con atención desde la primera página.

Ni siquiera había pistas sobre el dueño de ese diario en los espacios que había en la parte posterior para escribir el nombre, el número de teléfono, la dirección o cualquier otro dato personal. «¿Por un mundo en el que todos podamos dormir a pierna suelta sin preocupaciones?» ¿Qué significaba eso? Después de pasar algunas páginas, se topó con el retrato de un hombre con los ojos largos y estrechos y los labios finos. ¿Era esa persona el dueño del diario? Yeonu ladeó la cabeza pensativa. ¿No era esa la cara del hombre que le había estado tirando piedras a Ari hacía un momento?

Se oyó un tintineo y se abrió la puerta de la lavandería. Yeonu se puso rígida al oír el sonido de pasos largos acercándose. Alzó la mirada y vio al anciano que había conocido en la clínica veterinaria, seguido de su perro. Como Yeonu temía que el hombre la hubiera seguido, tardó en reaccionar. Mientras tanto, la mirada del viejo Jang se posó en el retrato que estaba observando Yeonu en el diario:

—¡Ah, sí! Es ese tipo. ¡Ahora me acuerdo de él!

Justo cuando Yeonu se disponía a saludar al viejo Jang, la puerta de la lavandería se abrió de nuevo y un hombre entró apresuradamente con la respiración entrecortada. Desde su frente, cubierta con una gorra negra, grandes gotas de sudor recorrían sus mejillas. En el lado izquierdo podía verse una larga cicatriz, que parecía una marca de cuchillo. El hombre rebuscó en la caja de objetos perdidos, donde se amontonaban desde tarjetas de crédito hasta gomas para el pelo. Al final, tiró la caja al suelo y vació todo su contenido. Miró a su alrededor para ver si daba con lo que estaba buscando. No parecía importarle que otras personas estuviesen allí. Yeonu y el viejo Jang contuvieron la respiración mientras lo miraban.

El hombre se acercó a Yeonu con una expresión indescifrable en el rostro. Sorprendida, ella abrazó a Ari. Podía sentir al gatito temblando en sus brazos. Pero el hombre los ignoró y cogió el diario verde que estaba abierto frente a ella, exclamando:

—¡Por fin te encuentro!

# 4

# La caja de objetos perdidos

Era un día inusualmente agradable. De alguna manera sintió que Yuyeol, su hermano pequeño, podía estar saludándole desde el cielo. El viento soplaba con suavidad y, por alguna razón, la cálida luz solar entraba por la ventana de la sala de estar, que rara vez recibía sus rayos. Jaeyeol miró en silencio por la ventana y luego giró la cabeza. Por su mente pasaron recuerdos difíciles de afrontar. La vibración del móvil rompió el silencio en la casa vacía; en la pantalla pudo leer las palabras «Agencia Nacional de Policía». Era una llamada que llevaba mucho tiempo esperando. A Jaeyeol le latía el corazón con fuerza. Respiró hondo y presionó el botón de respuesta con calma.

—Buenos días, ¿hablo con Gu Jaeyeol? Es la Policía Metropolitana de Seúl. ¿Me escucha?

—Sí, ¿qué sucede?

—Soy el inspector general de la policía Lee Sewon. Ha hecho el examen de acceso para funcionario de la policía en la última convocatoria, ¿verdad? Estamos llevando a cabo comprobaciones sobre su situación crediticia mientras revisamos la documentación. Por supuesto, esto no se hace con todos los aspirantes a la función pública, sino solo con los agentes de policía de departamentos concretos. Hemos descubierto que una cuenta bancaria a su nombre se está utilizando para estafas de suplantación de identidad. ¿Estaba al tanto de este hecho?

«Así que sois vosotros», pensó. Estaba claro cómo se acercaban a los aspirantes al cuerpo de policía. Necesitaba averiguar de dónde habían filtrado la información personal de Yuyeol antes de que muriese, y les había lanzado un buen cebo. Jaeyeol, que se había estado preparando el examen de policía, se pasaba el día entre la academia, su casa y la sala de lectura. Así que había dejado su número de teléfono en la academia y la sala de lectura, justo igual que su hermano Yuyeol.

También le había dejado su contacto a un agente de seguros que se había acercado a él en un puesto ambulante en el barrio ofreciéndole supuestamente regalos sin compromisos. La arrocera que había recibido Yuyeol como regalo por asistir a una charla sobre seguros de vida unos días antes de que lo estafaran seguía tirada como un trasto en un rincón de la cocina. Llevaba varios meses sin funcionar bien. Le habían dado una arrocera que no costaba ni cincuenta mil wones y no se había dado cuenta de que les estaba vendiendo su información personal a ese precio.

Un montón de pensamientos se arremolinaron en la mente de Jaeyeol. Estaba claro que el *modus operandi* era el mismo, pero la que sonaba no era la voz del tipo que había llamado a Yuyeol, que cada vez que hablaba se aclaraba la garganta como si se estuviera atragantando y luego terminaba las frases con un «hum». Gracias a la función de grabación automática del móvil, Yuyeol había podido escuchar la voz de ese tipo hasta el punto de sentirse completamente asqueado. Había una primera grabación de la llamada que le hicieron en el momento de la suplantación de voz, y otra después de que les llegara la transferencia bancaria para burlarse de él:

«Je, je. ¿Qué coño le pasa a la policía? Te acaban de suplantar la identidad, menudo pringado. Si un idiota como tú termina en la policía, este país se va a la mierda, hum. Tómatelo como dos millones de wones que has pagado por esta lección vital. El mundo no es una nube de algodón, chaval. Te falta calle».

Durante muchos días, Jaeyeol escuchó los profundos suspiros de su hermano, que fue incapaz de responder nada. Era como si esa voz taladrase su cabeza y los suspiros de Yuyeol hubieran quedado grabados en su corazón. Por eso, supo de inmediato que se trataba de él cuando se lo encontró en Yeonnam-dong ese día en que hubo la alerta por intensas nevadas. Lo identificó gracias a esa tos característica, que sonaba como si tuviera las cuerdas vocales pegadas.

Jaeyeol trató de hacer un análisis minucioso de la forma en que habían suplantado la identidad de Yuyeol. Descubrió que utilizaban un sistema de entregas para mover el dinero en efectivo. Se puso a buscar lugares en su centro de actividad en los alrededores de Mapo-gu que pudieran emplear para algo así. Los mejores eran Hongdae, que siempre estaba lleno de gente, y en menor medida el parque de Yeonnam-dong. Así que comenzó a deambular por ambas zonas todos los días y al final logró cruzarse con aquel tipo. Lo escuchó decir que había recibido un dinero y que lo llevaría a Chinatown. Interrumpía sus frases cortas varias veces debido a sus frecuentes ataques de tos.

«Eres tú el hijo de puta que mató a mi hermano.» En cuanto lo vio quiso acabar con él, pero se contuvo, apretando tan fuerte los puños que las uñas se le quedaron marcadas en las palmas de las manos. Lo hizo porque sabía que Yuyeol, que soñaba con convertirse en policía, no hubiera querido que las cosas terminasen de esa manera.

Por eso, estaba preparándolo todo con minuciosidad para que fuera juzgado por las autoridades. El día que nevó tanto se había metido en la Lavandería Gira-Gira de Yeonnam-dong para evitar que se percatase de su presencia y allí dibujó un boceto de su cara. Aunque al final se había olvidado el diario...

—¿Sigue ahí?

—Sí, le escucho. Es solo que estoy muy sorprendido —respondió Jaeyeol tras aclararse varias veces la garganta.

—Sí, bueno, no se alarme, solo ha de seguir nuestras instrucciones a partir de ahora. De lo contrario, quedará suspendido antes del examen práctico. Se le excluirá del proceso en la siguiente fase, la de aportación de documentos, y también podrían quedarle antecedentes penales...

Malditos cobardes. Así era cómo habían asustado a su hermano para engañarlo. Jaeyeol reprimió la ira que crecía en su interior y actuó como si no supiera nada.

—¿Qué tengo que hacer? ¿De verdad podría terminar en la cárcel?

La persona que estaba en el otro lado de la otra línea incluso dejó escapar una risita despreocupada y trató de tranquilizar a Jaeyeol.

—Ja, ja, no se preocupe. Solo tiene que seguir nuestras instrucciones.

—Entiendo.

—Creemos que piratearon su móvil para abrir la cuenta falsa a través de la aplicación del banco. Lo único que debe hacer es descargar la aplicación que hemos creado en la Agencia Nacional de Policía y eliminar cualquier código malicioso que pudiera haber en el terminal. Le enviaremos ahora mismo un mensaje con el enlace para que pueda descargar la aplicación.

—¿Basta con que elimine el *malware*?

—Hum, ¿cuánto dinero tiene ahora mismo en la cuenta?

—Unos diez millones de wones.

—En ese caso, al mismo tiempo que elimina el *malware*, le sugiero que transfiera su dinero a la cuenta de la Agencia Nacional de Policía que le envío. De lo contrario, sus fondos podrían ser requisados por estar relacionados con una cuenta fraudulenta o esos criminales podrían robarlos.

—De acuerdo, así lo haré.

—No cuelgue. Acabo de enviarle un mensaje de texto, ¿lo ha recibido?

—Sí, pero últimamente se ven muchos casos de suplantación de voz y cosas por el estilo en las noticias. ¿Es seguro transferir mi dinero a esta cuenta? —preguntó Jaeyeol, pensando que podría resultar sospechoso que siguiera las instrucciones sin más.

—Ja, ja. Se nota que es usted aspirante a policía, hace bien en sospechar de un posible fraude. Si lo prefiere, en lugar de hacer una transferencia podría llevar el efectivo a la Agencia Nacional de Policía. ¿Quiere que procedamos así?

—¿Puedo llevar el dinero en persona?

—Sí, puede traer el efectivo, su cartilla bancaria, una

copia de su documento de identidad y su sello. ¿Prefiere hacerlo de esa manera?

En ese momento, el hombre empezó a hacer ruido, como si tecleara, como si de verdad estuviera sentado en una comisaría intentando proteger a los ciudadanos de los fraudes; pero transmitía también cierta impaciencia, como si diera a entender que había que ser idiota para dudar de ellos y que todo aquello era un incordio.

—¿Dónde está la sede de la Policía Metropolitana de Seúl?

—Usted vive en Yeogdeungpo-gu, ¿verdad?

—Sí.

—En ese caso, hay una oficina de correos que está conectada con nuestro departamento de investigación contra el fraude. ¿Podría desplazarse hasta la oficina de correos de Mangwon-dong en Mapo-gu? Puede ir allí y entregárselo todo al personal de seguridad. Por favor, asegúrese de estar ahí a la una en punto.

Jaeyeol, que había estado escuchándolo, frunció el ceño. Había una nueva variable. Un método que permitía entregar el dinero en una oficina de correos. ¿Qué era eso del personal de seguridad? ¿Se trataba de una nueva estafa? ¿Y por qué tenía que ser exactamente a la una? Tenía que revisar su organigrama. Los métodos que empleaban y que el hombre había detallado al milímetro se enredaron en su mente y se volvieron ilegibles como un mapa esbozado sin ningún orden.

—¿La oficina de correos de Mangwon-dong?

—Eso es. Recuerde, por favor, que ha de traer todos los documentos que le he mencionado. Ah, y no se lo diga a otros miembros de la familia. Como su teléfono está infectado, no sabemos hasta qué punto el virus podría transmitirse a los terminales de aquellos a los que llame o con los que contacte. Estoy seguro de que no quiere implicar a otros miembros de su familia.

—Sí, claro, lo comprendo. Saldré para allá ahora mismo.

—Asegúrese también de apagar el móvil después de nuestra llamada. Los estafadores pueden rastrear su ubicación y seguirlo. Como están usando su cuenta de manera fraudulenta, es posible que ingresen otras grandes cantidades de dinero. Ese es un problema que podría llevar a la gente a pensar que es usted, Gu Jaeyeol, quien está robando dinero... Venga lo antes posible. Solo tiene que comunicarse con el personal de seguridad de correos. Dese prisa.

Jaeyeol asintió, haciéndole creer que realmente tenía prisa.

—Por su seguridad, apague el teléfono a partir de ahora. Puede volver a encenderlo cuando esté con el personal de seguridad... Veo que todavía no ha descargado la aplicación...

—Pensaba hacerlo en cuanto dejara de hablar con usted.

—Le recomiendo que la descargue de forma segura ahora que estoy al teléfono.

Jaeyeol, fingiendo que confiaba en él, abrió el enlace URL que le había enviado y que contenía distintos virus y mensajes de *phishing*, y luego se descargó la aplicación. Solo entonces su interlocutor pareció aliviado y se despidió de Jaeyeol:

—Muy bien, ahora está a salvo. Acuérdese de apagar el móvil en cuanto terminemos de hablar.

Después de colgar, Jaeyeol miró la pantalla. Habían estado hablando algo más de quince minutos. Estaba tan nervioso que, una vez que desapareció la tensión, le pareció que todo a su alrededor daba vueltas y su visión se volvió borrosa. Jaeyeol cerró los ojos. Se acordó de la sonrisa más radiante que le había visto nunca a Yuyeol justo el día antes de su muerte.

—¡Jaeyeol, mira lo que tengo! Ya era hora de cambiar la arrocera, ¿verdad?

Yuyeol le sonrió sosteniendo aquella arrocera eléctrica con el logo de una pequeña empresa que no conocía nadie.

—Pero si ni siquiera cocinas en casa. Siempre andas comiendo fideos instantáneos y cosas así. ¿Para qué quieres una arrocera?... Venga, déjala en la cocina. Hay que lavarla bien antes de usarla. Como vuelvas a suspender, esta vez te vas directo a Yangsan a ayudar a papá a recoger manzanas. Faltan manos, dice que últimamente es difícil encontrar trabajadores extranjeros.

Jaeyeol había respondido en el tono brusco típico de cualquier hermano mayor, aunque en realidad no se sentía así.

—¡El último examen fue de calentamiento! Ya te dije que dejaras de hablar de suspensos. Esta vez voy a por todas. Luego, cuando tu hermano sea policía, no andes pidiendo favores, ¿eh?

—¿Y qué favores iba a pedir un ciudadano ejemplar como yo? Pago mis impuestos, conduzco con precaución, ¿sabes cuántos puntos tengo en el T-map?*

* Aplicación GPS que ofrece valoraciones sobre la conducción de los usuarios. *(N. del t.)*

—Qué sabré yo. Trabajas en una buena empresa que te paga el sueldo con puntualidad y tienes de okupa en tu bonita casa de alquiler a tu hermano aspirante a funcionario. Pero te digo una cosa, ¡no te desharás de mí hasta que te cases!

Después de decir eso, Yuyeol se metió en su habitación dando un portazo. Jaeyeol se giró soltando una risita y abrió la arrocera que estaba sobre la mesa de la cocina. ¿En dónde le habrían timado esa vez? ¿Qué habría hecho para que le regalasen esa arrocera que no valía ni cincuenta mil wones? En la vida no hay nada gratis. Seguía siendo tan inocente...

No tenía ni idea de si el problema había comenzado el día en que recibieron esa arrocera o si venía de antes. Lo que estaba claro es que algo ocurrió. A Yuyeol lo habían estafado usando suplantación de voz. No es que fuera mucho dinero, pero había estado estudiando como un zombi en Noryangjin, ahorrando hasta el último won de su paga, y esos dos millones que había logrado ahorrar habían desaparecido de la noche a la mañana. Había conseguido esa suma con dificultad, guardando lo que le enviaban sus padres desde su plantación de manzanas en Yangsan y lo que le daba Jaeyeol para que comprase libros. En cualquier caso, esos dos millones significaban mucho para Yuyeol. Jaeyeol lo sabía, pero no pudo evitar ponerse furioso. Un aspirante a agente de policía que caía en una estafa de suplantación de voz... Más que el dinero perdido, lo que le había disgustado de verdad era que su hermano hubiera sido víctima de esa estafa tan común, y sentía lástima por todos los esfuerzos que había hecho para ahorrar esa suma.

Se sentía frustrado con Yuyeol, que se pasaba el día con su diario frente al escritorio sin ir a la academia ni a la sala de estudio. Tenía que superarlo cuanto antes y ponerse a estudiar. Jaeyeol chasqueó la lengua.

Cuando ese día Jaeyeol regresó a casa después del trabajo, lo primero que le llamó la atención fueron las zapatillas tiradas de cualquier manera junto a la puerta de Yuyeol. Antes del incidente, Yuyeol se había preparado diligentemente para la prueba de aptitud física, corriendo por el barrio hasta que se le gastaron las suelas. Pero ahora parecía hundido y no tenía ánimos ni para salir de casa. Jaeyeol sintió que su ira iba en aumento. ¿Cuántas clases pensaba saltarse? Enojado, irrumpió en su habitación:

—¡¿Cómo quieres ser policía si eres así de blandengue?!

Yuyeol ni siquiera reaccionó cuando oyó la voz punzante de su hermano. Siguió mirando fijo el diario sobre su escritorio.

Se hizo un largo silencio, que de nuevo rompió Jaeyeol.

—¿No ves que si vas a ser policía no puedes seguir comportándote así? Venga, yo te doy los dos millones de wones, pero espabila y ponte a estudiar cuanto antes. ¿Cuánto tiempo piensas seguir así con el examen a la vuelta de la esquina?

Yuyeol frunció el ceño, volvió la cabeza y miró a Jaeyeol:

—Ese dinero... quería dártelo a ti... cuando aprobase el examen. Siento mucho que por mi culpa ni siquiera puedas poner la tele en tu propia casa con tranquilidad. Y que hasta vayas al baño de puntillas por la noche para no hacer ruido. Y que tengas que venir a buscarme hasta Noryangjin en tu tiempo libre y los fines de semana, en vez de salir con alguien. Como me dijiste que querías cambiar de coche, quería darte una sorpresa y devolverte todo ese dinero. ¡Aunque no llegara para el coche, quería pagar al menos un par de neumáticos!

Yuyeol soltó esas palabras como si las hubiera tenido atascadas, oprimiéndole el pecho.

—¿Quién te ha pedido dinero? ¿Te he pedido que me compraras un coche? La mejor forma de ayudarme es sacándote cuanto antes la plaza de policía para que te asignen un destino y puedas salir de esta casa. Venga, levanta. ¡Levántate y sal de casa! ¡Ve a la academia o a la sala de estudio, y, si estás frustrado, ve a correr al parque! Mira que eres tonto. ¡Te han estafado por idiota e ignorante!

—Pues sí, soy un idiota y un ignorante. ¿Y quiero ser policía? Me rindo. ¿Cómo iba un tonto como yo a proteger a los ciudadanos para que puedan dormir a pier...?

¡Paf! Antes de que pudiera terminar, Jaeyeol le dio una colleja. Para ser más exactos, le propinó un golpe con su gran mano abierta que le alcanzó en la cabeza, las sienes y las mejillas. En cuanto retiró la mano, la zona se enrojeció.

—Déjalo ya si no quieres que te dé otra.

Jaeyeol abandonó la habitación dando un portazo con un ardor en el pecho. Fue al baño y abrió el grifo del lavabo completamente. Se lavó la cara con el agua lo más fría posible. Si quería cuidar de ese debilucho, también él necesitaba volver en sí...

Ese día, Yuyeol no salió de su habitación. Tal vez fue Jaeyeol quien cerró la puerta primero, pero estaba claro que Yuyeol había cerrado su corazón. Jaeyeol se acostó y tras dar muchas vueltas en la cama por fin se quedó dormido. Un poco más tarde, se sobresaltó a causa de una pesadilla. Era probable que solo hubiera dormido una hora, pero en ese tiempo había entrado y salido de al menos cinco sueños diferentes. En uno perseguía a alguien, luego lo perseguían a él, lo amenazaban con un arma punzante, y, justo cuando estaba a punto de huir, se daba cuenta de que tenía los pies atados y de que por mucho que intentase correr, no podía moverse.

Un sudor frío recorrió la espalda de Jaeyeol mientras permanecía sentado apoyado en el cabecero de la cama. Entonces oyó unos crujidos. Sonó como si Yuyeol estuviera buscando un paquete de fideos instantáneos en la cocina. Claro, el hambre no perdona. ¿Cómo iba a resistirse tanto un comedor empedernido del ramyeon, que es capaz de comerlos cinco veces por semana? Jaeyeol soltó una risita. Él también se había saltado la cena y su estómago empezó a rugir. Parecía querer decirle: «¡Creo que también deberías zamparte unos fideos!». Pero era demasiado orgulloso para unirse a su hermano en la cocina. De ninguna manera, tendría que disculparse primero... Pero la verdad es que no le salían las palabras, a pesar de que en la empresa tenía que disculparse a menudo... Por otro lado, también le preocupaba que, si pedía disculpas, su hermano no encontrase después la fuerza de voluntad para salir de esa rutina en la que se había instalado. Jaeyeol usó su fortaleza mental para ignorar el hambre y se volvió a dormir. Se consoló pensando que al día siguiente todo iría mejor. El aire frío de septiembre se colaba a través de la vieja ventana que daba al balcón, y Jaeyeol tiró de la manta, subiéndosela hasta los hombros.

Una hora después, sonó la alarma. Jaeyeol se incorporó de golpe. Aquella noche había tenido varias pesadillas y se la había pasado dando vueltas en la cama, pero al final consiguió dormir tranquilo, después de oír a su hermano hervir los fideos. Tenía que ducharse, afeitarse e ir a trabajar. Cuando salió de la habitación, vio a Yuyeol en pie frente a la ventana medio abierta del salón.

—¿Qué haces ahí?

Yuyeol se giró y lo miró a los ojos. Su cara pálida como una hoja de papel parecía llena de miedo, terror y resignación.

—Estaba esperando para verte una última vez... Lo siento, Jaeyeol. Ya me voy de casa.

Antes de que Jaeyeol pudiera decir nada, su hermano saltó con todas sus fuerzas por la ventana.

Segundos después se oyó un ruido sordo. ¿Qué acababa de pasar delante de sus ojos? Ni siquiera pudo soltar un grito ahogado de sorpresa. Todo ocurrió en un instante. Cuando saltó, Yuyeol se estrelló contra el cristal de la ventana y los fragmentos de vidrio volaron por todas partes, y uno le hizo a Jaeyeol un corte largo y profundo en la mejilla izquierda. Sintió una repentina punzada de calor, pero extrañamente no le dolió; era como si estuviera anestesiado. Por el contrario, tenía la cabeza aturdida. Pisó los trozos de cristal que había esparcidos por el suelo con sus pies desnudos y se acercó al lugar en donde había estado Yuyeol. Cerró los ojos con fuerza frente a la ventana medio rota. No tenía el valor para mirar abajo. Jaeyeol fue incapaz de abrir los ojos hasta que escuchó la sirena de la ambulancia.

Yuyeol murió allí mismo. Lo último que hizo fue dejar preparado para su hermano uno de esos cuencos de fideos instantáneos que tanto le gustaban. La foto de carné que se había hecho para el examen de policía terminó convirtiéndose en el retrato utilizado en su funeral. Jaeyeol rumió las palabras que le había escupido a su hermano la noche anterior. Por más que se esforzara en no pensar en ello, cada vez que estaba solo en casa le venía todo a la mente de forma automática. Idiota. Ignorante. También recordó la marca que vio en la mejilla de Yuyeol cuando abrió los ojos.

Jaeyeol se dio un tortazo. Se abofeteó una y otra vez. Maldito loco. Patético. ¿Cómo un desgraciado como él había terminado matando a su hermano? Le resultaba imposible deshacerse de la culpa. Le operaron para extraer todos los fragmentos de vidrio incrustados en sus pies y pasó algún tiempo antes de que la carne creciera de nuevo y le pudieran quitar los puntos. Pero no sintió dolor, ni siquiera cuando le arrancaron los hilos adheridos a la carne. Era como si el mismo vacío por el que Yuyeol se había arrojado se hubiera abierto también en su interior, dejándolo incapaz de sentir.

El corte del cristal en su mejilla izquierda le había dejado una larga línea roja imborrable que se extendía desde un lado de su nariz hasta casi la oreja. El médico le recomendó varias veces que se hiciera un tratamiento con láser, pero Jaeyeol se negaba. Sentía que era una cicatriz con la que tendría que convivir de ahora en adelante, igual que con aquella voz resonando sin cesar en sus oídos: esas palabras que apuñalaron a Yuyeol y que ahora corrían por su sangre, viajando por sus venas, y que le perforarían el cerebro, los oídos y el corazón durante el resto de sus días.

Cuando terminó de hablar con el estafador que había llevado a su hermano al suicidio, Jaeyeol respiró lenta y profundamente. Tenía que mantener la calma, pero su corazón seguía latiendo con fuerza. Por fin podría atrapar a ese tipo. Pronto sería el primer aniversario de la muerte de Yuyeol, y esperaba haber cumplido con su misión antes de esa fecha. O quizá poder contárselo él mismo si se reencontraban en el más allá: decirle que su hermano había logrado atrapar a ese cabrón. Solo entonces creía que sería capaz de visitar su tumba por primera vez. Para eso necesitaba el diario de Yuyeol. En él estaba dibujada la cara del tipo que parecía estar actuando como cobrador de deudas, y además había un esquema de su organización en el que describía sus métodos. Todos los detalles estaban ya impresos en su mente, pero anhelaba la calidez que le proporcionarían los trazos de Yuyeol. La última voluntad de su hermano también estaba escrita ahí.

«Por un mundo en el que todos podamos dormir a pierna suelta sin preocupaciones.»

Quería recuperar esas palabras que habían salido del puño de Yuyeol. Necesitaba coraje. Jaeyeol salió de casa con una gorra negra. Se dirigió hacia la Lavandería Gira-Gira. Sabía que ese era el lugar en donde había olvidado el diario, así que había ido a buscarlo varias veces, pero siempre había sentido que estaba bien allí. Como pertenecía a su hermano, quería tenerlo en casa, pero también había observado que la gente escribía en él y compartía sus estados de ánimo. Una vez oyó a un hombre al borde de las lágrimas gritar: «¡A partir de hoy dormiré a pierna suelta!». Al oír esa frase de su hermano, dio media vuelta y regresó a casa con las manos vacías.

No podía llevarse el diario, porque de algún modo sentía como si la gente que escribía en él fueran amigos de Yuyeol. No quería que su hermano siguiera sintiéndose solo. Yuyeol había sido un chico sociable y sin malicia que disfrutaba de la compañía de sus amigos, pero durante el tiempo que estuvo preparándose para el examen de policía en la academia de Noryangjin, se vio obligado a encerrarse todo el día en aquella estrecha sala de lectura. Le dolía pensar en cómo había pasado sus últimos días angustiado en su habitación. Esperaba que, en algún lugar del cielo, Yuyeol habría logrado liberarse del silencio asfixiante de la sala de estudio y estaría por fin disfrutando, rodeado de risas.

En la lavandería, Jaeyeol vació la cesta de los objetos perdidos. Solo cayeron tarjetas de crédito y gomas para el pelo que la gente se había dejado olvidadas. Entonces vio el diario verde claro sobre la mesa. Jaeyeol se acercó a zancadas y lo cogió.

—¡Por fin te encuentro!

Cuando estaba a punto de abandonar el lugar, entraron Hajun y Yeoreum, emocionados como si estuvieran teniendo una cita. Poco después entraron Nahee y Mira, que sostenía un conejo de peluche. Y justo antes de que se cerrara la puerta de la Lavandería Gira-Gira entró Seeung, que llevaba su ordenador portátil y un montón de ropa de verano arrugada.

Todos miraron a Jaeyeol, que sostenía el diario en sus manos. Pero al ver la larga y roja cicatriz en su rostro, apartaron la vista con incomodidad. Las miradas, al flotar en el aire, terminaron cruzándose entre ellas. El viejo Jang, que sostenía la correa de Jindeol, se levantó como si se hubiera dado cuenta de que Jaeyeol estaba a punto de marcharse a toda prisa.

—Disculpe, ¿ese diario es suyo? Se ha convertido en un tesoro para nuestra lavandería...

Todos sentían lo mismo que el viejo Jang. No había nadie de los que estaban allí que no hubiera recibido ayuda del diario.

—¿Eh? Este diario... no es mío, sino de mi hermano —respondió Jaeyeol perplejo.

—Entonces, ¿se lo llevarás a tu hermano ahora? Como lleva mucho tiempo aquí, pensé que alguien lo había dejado a propósito. Es una verdadera lástima. ¿La cara que está dibujada en el diario es la de su hermano?

A Jaeyeol le conmovió el aire sabio y benevolente que transmitía el viejo Jang, con su voz templada y su pelo canoso. Sin saber por qué, le entró el impulso de contárselo todo y apoyarse en él. Era extraño. Se preguntó si sería esa la razón por la que la gente iba a la lavandería y escribía allí.

—¿Mi hermano? No, la verdad es que él...

Todos en la lavandería, hasta el gatito Ari y Jindeol, lo miraban con gran expectación.

Jaeyeol acabó contando toda su historia. La gente escuchó en silencio, parpadeando despacio. Seeung sollozó y se le llenaron los ojos de lágrimas.

Tras escucharlo todo, el viejo Jang habló con expresión triste:

—Ese tipo del que hablas también vino a nuestra farmacia. Yo trabajaba en una farmacia cerca del barrio. Ese día, compró pastillas para la tos y quiso pagar en efectivo, pero yo no tenía suficiente cambio. Hoy en día es raro que la gente pague en efectivo. Así que, cuando le pregunté si no podía pagar con tarjeta, se puso a maldecir de inmediato, me gritó que no tenía y hasta le dio una patada al mostrador... Cuando le dije que iba a llamar a la policía, se marchó sin más. Incluso ahora se me pone la piel de gallina cada vez que lo recuerdo. Su mirada era tan penetrante...

—¿Cuándo lo vio? ¿Recuerda la fecha exacta? Ha pasado tanto tiempo que no sé qué aspecto tendrá ahora —preguntó Jaeyeol, apremiante.

—Yo... ¡Lo he visto hace un momento! —replicó Yeonu, que tenía a Ari en brazos—. Era él, sin duda. Estaba tirándole piedras a mi gato justo antes de que viniéramos aquí. ¡Está en Yeonnam-dong!

—¿Estás segura? —preguntó Jaeyeol, nervioso.

—¡Totalmente! En la universidad mi especialidad es la pintura, así que recuerdo los rostros de la gente mejor que nadie. ¡Era él!

—¡Entonces, vayamos a atraparlo! —propuso Seeung, que había dejado de sollozar, aunque su voz seguía sonando aguda y tensa.

—Ahora mismo... no podemos. Hay que atraparlo con las manos en la masa para que termine esposado —respondió Jaeyeol sacudiendo la cabeza—. Por eso, voy a utilizar esta llamada de suplantación de identidad que me acaba de hacer para dar con el cobrador.

—No sé si puedo ser de mucha ayuda, pero quiero ayudarte. ¡Atrapémoslo juntos! —dijo el viejo Jang.

—Yo también quiero ayudar. ¿Puedo contribuir de alguna forma? —preguntó Mira, que hasta entonces había escuchado en silencio, con un hilo de voz.

Nahee, que estaba sentada a su lado, levantó la mano derecha y dio un salto.

—¡Yo también! ¡Quiero ayudar a atrapar a los malos!

El sentimiento en la lavandería era unánime. Sentados a un extremo de la mesa, Yeoreum y Hajun también asintieron sin dudar un segundo.

—Gracias a este diario aprendí a quererme a mí misma. Y, por supuesto, también me enamoré de este hombre... —dijo Yeoreum sonriendo con timidez.

Yeonu frunció los labios, mostrando también su determinación a participar.

—Os lo agradezco a todos...

Jaeyeol, incapaz de seguir hablando, se quitó la gorra negra e hizo una larga reverencia.

Seeung había ido a la lavandería para lavar la ropa de verano que pensaba llevarse a Hawái, y aprovechó para abrir el portátil que había llevado con la idea de ver algo en Netflix. Hacía mucho que no sentía esa chispa de emoción. Se había pasado días interminables tecleando números y mirando la pantalla en la empresa de valores en la que trabajaba, pero ahora sus dedos bailaban sobre el teclado con ligereza. Se sentía como si estuviera cumpliendo aquel sueño de la infancia que una vez escribió en la ficha escolar: ser policía. Todo esto le parecía de lo más emocionante.

—Entonces, lo primero es ir a encontrarse con él en la oficina de correos. ¿Deberíamos trazar un plan para lo que venga después? —preguntó Seeung, animado por primera vez en mucho tiempo.

—Eso es. Me preocupaba perderle la pista si trabajaba solo. Una vez que entregue el dinero al mensajero disfrazado de agente de seguridad, estoy seguro de que se lo pasará a él. Debemos aprovechar esa oportunidad para atraparlo.

Todos escuchaban a Jaeyeol con atención.

—Entonces hagamos lo siguiente: como el mensajero encubierto y el agente de seguridad conocen la identidad de Jaeyeol, deberíamos seguirlo nosotros después del encuentro. ¿Qué os parece?

—Yo lo haré —respondió el viejo Jang—. Soy un anciano, así que no tendrá motivos para sospechar de mí. Además, aunque haya pasado mucho tiempo, he visto su cara, por lo que podré reconocerlo mejor que el resto.

—¡Yo también voy! —replicó Yeonu—. Yo acabo de encontrarme con él, así que tampoco tendré problemas en reconocerlo. Además, hoy he salido de casa con los cordones bien atados.

—Bien, entonces vosotros dos estaréis a cargo del equipo de seguimiento. Yeoreum y Hajun...

—Mi hada y yo nos quedaremos aquí y haremos la misión que nos encomiendes. Hoy hay mucha gente en el parque y si me reconocen las cosas podrían complicarse.

Cuando Hajun llamó a Yeoreum «mi hada», Seeung casi rompió a reír, pero se contuvo.

—Vale, entonces quedaos conmigo aquí en la sala de operaciones...

Yeoreum, que había notado el amago de risita de Seeung, le lanzó una mirada furiosa, pero este evitó el contacto visual con ella. Fue un acto reflejo: tras seis años en una relación, sabía que, si habías ofendido a una chica, lo peor que podías hacer era mirarla a los ojos. Si no lo hacías, había bastantes probabilidades de que las cosas no fueran a más.

—Yo también... quiero ir con vosotros —añadió Mira, que dirigió la mirada hacia Nahee con cara de preocupación.

—¡Y yo! —replicó Nahee.

—Tú no puedes, los mayores caminamos más rápido y te resultaría difícil seguirnos.

—Pero yo también quiero ayudar...

Entendiendo la preocupación de Mira, Yeonu puso a Ari en el regazo de Nahee.

—Nahee, este gatito se llama Ari. ¿Cuidarás de él mientras perseguimos a los malos?

—Miau.

Nahee sonrió alegremente al ver a Ari frotar su suave pelaje en su brazo.

—¡Vale! Yo cuidaré de Ari.

Su madre miró a Yeonu agradecida.

—Entonces ¿qué puedo hacer yo?

—¿Te gustaría unirte a Yeonu en el equipo de rastreo?

Mira asintió a la sugerencia de Seeung.

—Cuando vaya a la oficina de correos...

—¿Cómo piensas ir hasta allí? Si además hay que seguirle la pista al de seguridad, necesitarás un vehículo.

Jaeyeol y Seeung hablaron al mismo tiempo.

Por desgracia, ninguno de los que estaban en la lavandería podía llevarle hasta la oficina de correos. Aunque los había con carné de conducir, ninguno tenía coche. Seeung se rascó la cabeza ante esa circunstancia imprevista. Pero justo entonces la puerta de la lavandería se abrió. El padre de Mira entró con un cojín desgastado de tantos viajes en el taxi.

—¡Papá! ¿Qué haces aquí? —preguntó Mira sorprendida.

—Oh, todavía estás aquí. Como dijiste que venías a la lavandería, me acerqué para lavar esto también. Si lo lavo en casa, no hay quien le quite el olor. Oh, ¿usted también ha venido?

El padre de Mira saludó al viejo Jang y este correspondió inclinando ligeramente la cabeza. Como vio el taxi con la señal de ocupado encendida al otro lado de la ventana, tuvo una idea.

—¿Y si nos echa una mano?

Mientras tanto, Seeung ya estaba preparándose para dirigir la misión con la lavandería como centro de operaciones. Yeonu dibujó rápidamente un retrato del hombre al que había visto antes. Incluyó hasta el último detalle: ojos desenfocados bajo la capucha, el pelo rapado, la camiseta negra con formas geométricas y la gargantilla. El resto le hicieron fotos al retrato de Yeonu con las cámaras de sus teléfonos y lo observaron detenidamente, como si quisieran grabarlo en sus retinas. Seeung creó también una sala virtual en una aplicación de videollamada para que todos pudieran estar en contacto simultáneamente y les dio la contraseña. Un total de ocho personas formaban el equipo: Seeung dirigiría la operación desde la lavandería mientras el viejo Jang, junto con Jindeol, Yeonu y Mira formaban el equipo de rastreo; Yeoreum y Hajun permanecerían a la espera; el padre de Mira se ocupaba del transporte y Jaeyeol lideraba la acción. Yeonu y Mira se pusieron sus auriculares.

—Oh, señor Jang. ¿Usted no tiene...? Tome, use los míos. Yo no los necesitaré porque me quedaré aquí.

Seeung le dio a Jang los auriculares inalámbricos que tenía junto al portátil. Sin embargo, el viejo Jang sonrió y se sacó algo del bolsillo.

—Yo también tengo unos AirPod, unos AirPod Pro que cancelan el ruido de forma increíble.

El viejo Jang dibujó una amplia sonrisa mientras le mostraba a Seeung sus auriculares, que eran de una versión superior a los que él tenía. Una vez todos se hubieron colocado los suyos y Jaeyeol comprobó que el servidor no se desconectaba y que podían comunicarse sin problemas, los cuatro, a excepción de Seeung y el padre de Mira, salieron por la puerta de la Lavandería Gira-Gira. En ese momento dio comienzo la Operación Lavado.

El padre de Mira apagó la luz roja de OCUPADO del taxi y encendió el motor. En el asiento trasero, Jaeyeol parecía sombrío, pero su rostro transmitía determinación. Tenía esperanzas de capturar al estafador. Si alguna vez se encontraba con Yuyeol en sus sueños, quería poder contarle esta historia con una sonrisa.

—¡Lavadora 1 en marcha!

De los altavoces del portátil brotó el vozarrón del padre de Mira. Segundos después, el taxi emprendió la marcha. Los que seguían en el interior de la lavandería cruzaron los dedos. Jaeyeol miraba por la ventanilla desde el asiento trasero del taxi, y, dejando la Lavandería Gira-Gira atrás, pensó que, de todos los lugares del mundo, era una suerte que Yuyeol se hubiera dejado allí el diario. Sus hombros encogidos se enderezaron sin que se diera cuenta. Hacía mucho tiempo que no sentía que no estaba completamente solo en el mundo. Una calidez suave le recorrió el estómago, como si acabara de comer algo casero y reconfortante.

El padre de Mira, por su parte, parecía emocionado y lleno de energía. Observó a Jaeyeol por el retrovisor. Podía percibir su tensión por la postura rígida con la que estaba sentado. Pensó en decirle algo, pero decidió no hacerlo. Jaeyeol apretó y relajó los puños a la vez que movía su cuello agarrotado de un lado a otro. ¿Por qué se arriesgarían a recibir el dinero en efectivo? Sería mucho más sencillo hacerlo por transferencia bancaria. Para que el plan no saliera mal, tenían que entender bien sus acciones. Gracias a la experta conducción del padre de Mira, enseguida se plantaron en la oficina de correos de Mangwon-dong. Como estaba situada junto a una gran intersección, era bastante grande. Frente al edificio había un paso de cebra y varios semáforos, ya que daba a una calle principal. Jaeyeol se dio cuenta entonces. ¡Ese era el motivo por el que le había citado allí! Si utilizaba con inteligencia las señales de giro a la izquierda y seguir recto, podía robar el dinero desde una moto. Entonces ¿no planeaba cobrar las deudas ese día? Un montón de ideas cruzaron la mente de Jaeyeol. ¿Por qué le pediría que entregase el dinero en efectivo a alguien disfrazado de guardia de seguridad? ¿Para qué correr el riesgo de reunirse con su víctima en persona? En ese momento, vio una gran valla publicitaria que descendía desde el tejado de la oficina de correos y que decía: ¡BLOQUEE SUS CUENTAS SI SOSPECHA QUE ES VÍCTIMA DE UNA ESTAFA! CON RETIROS RETRASADOS DE TREINTA MINUTOS, ¡COMBATIREMOS JUNTOS EL FRAUDE! ¡Tenía que ser eso! Con esas medidas adicionales contra el fraude, habían logrado que no se pudieran retirar de inmediato las cantidades transferidas, y por eso se veían obligados a tratar con dinero en efectivo. Las comisuras de los labios de Jaeyeol se alzaron mostrando una leve sonrisa.

—¿Te bajarás en cuanto lleguemos?

—Sí, ahora mismo me bajo.

Todavía no era la hora acordada, pero Jaeyeol decidió echar antes un vistazo por la oficina de correos.

—Aparcaré un poco más adelante y me quedaré a la espera. Ven cuando hayas entregado el dinero. Justo después lo seguiremos.

—De acuerdo. Vuelvo enseguida.

El padre de Mira sacó una bolsa de la compra de la guantera del asiento del pasajero. Era una bolsa naranja con estampado floral.

—Mete el dinero aquí.

—¿Ahí?

—Así salta más a la vista y será más fácil seguirlo. Si se lo das en un sobre, puede que se lo guarde en un bolsillo o lo meta en un bolso, pero de esta forma será casi imposible perderle el rastro.

Jaeyeol cogió la bolsa y salió del taxi. Subió los cinco escalones que había hasta la entrada y la puerta automática se abrió. Sintió una bocanada fría del aire acondicionado que desprendía un olor a papel. Era ligeramente diferente al olor de los bancos. Echó un vistazo a su alrededor hasta dar con el guardia de seguridad. Resultaba difícil no ser presa de los estafadores cuando vestían incluso uniformes de agente. Esos cabrones se estaban volviendo cada vez más atrevidos.

Cuando el reloj dio la una, el guardia de seguridad salió del edificio. Enseguida entró un tipo con mascarilla que vestía el mismo uniforme. Los estafadores debían de estar aprovechándose del cambio de turno de los guardias de verdad para actuar. Mientras Jaeyeol se dirigía al cajero automático, el hombre se le acercó.

—¿Es usted el señor Gu Jaeyeol? Me dieron sus datos en comisaría.

—Sí, soy yo.

—Cuando retire todo el efectivo, lo entregaré de forma segura en comisaría. Puede que lo esté siguiendo alguien, así que debería mantenerse alerta hasta llegar a casa. De todas maneras, una vez que vean que entrega el dinero a la policía, sabrán que todo ha terminado y dejarán de seguirlo.

—Entiendo.

Era el colmo que los estafadores actuasen como si estuvieran protegiendo a las víctimas, pero Jaeyeol sacó el dinero fingiendo perplejidad. Llenó la bolsa naranja con diez millones de wones. Eligió billetes de diez mil en lugar de cincuenta mil a propósito, para que la bolsa se viera más abultada. Se la entregó al hombre que aguardaba detrás.

—¿Cuándo me devolverán el dinero?

—En cuanto hayamos comprobado que no se trata de fondos de procedencia ilegal. No se preocupe, está en buenas manos. Puede irse a casa y esperar la llamada de la policía. Iré a entregarlo a comisaría de inmediato.

El hombre se marchó andando despacio y haciendo ruido con los tacones de sus zapatos como si tuviera todo el tiempo del mundo. Un guion ejecutado a la perfección de principio a fin.

—¿Has entregado el dinero? —preguntó el padre de Mira, Hyeonsik, en cuanto Jaeyeol se metió en el coche.

—Sí. Como a ese cabrón se le ocurra aparecer para recogerlo...

Hyeonsik pisó el acelerador.

—Lavadora 1, entrega completada. ¡Atrapemos a ese desgraciado! —dijo Hyeonsik hablándole a su teléfono móvil, que descansaba sobre el soporte a modo de walkie-talkie.

—Aquí Gu Jaeyeol. Dinero entregado. Salimos ahora tras el falso agente de seguridad —añadió Jaeyeol con voz temblorosa.

En la lavandería, los dedos de Seeung se movían a toda velocidad sobre el teclado mientras escribía en el chat y hablaba al mismo tiempo.

—Efectivo retirado. Entrega completa. Hyeonsik y Jaeyeol en persecución del falso agente. Equipo de rastreo, manteneos a la espera. Ese bastardo podría aparecer en cualquier momento para recoger el dinero. Insisto...

Seeung lo repitió todo y además agregó los datos a la ventana de chat.

«Parece todo un especialista en ciberdelincuencia. Está en su elemento», pensó Yeoreum para sí misma.

Tras escuchar el mensaje por segunda vez, pasaron a la acción. El viejo Jang, Yeonu y Mira se dirigieron al parque con Jindeol. Jaeyeol les había revelado sus sospechas de que los estafadores utilizaban el espacio público para camuflarse entre la gente, así que decidieron empezar su búsqueda allí.

—Iré hacia Hongjaecheon con Jindeol, creo que podré reconocerlo —dijo el viejo Jang.

Jindeol caminó junto a él con gesto imponente, como si fuera un auténtico perro de policía. Mientras tanto, Yeonu y Mira fueron en dirección opuesta, hacia la torre Aekyeong.

Como era viernes por la noche, el parque estaba tan concurrido que parecía la ajetreada estación de Sindorim en hora punta. Sobre todo estaba repleto de jóvenes y de turistas, pero Jindeol caminaba entre sus piernas sorteándolos con habilidad.

En el taxi seguían persiguiendo al falso agente. La clave de la misión consistía en evitar que se dieran cuenta, así que Hyeonsik fue cambiando de carril con frecuencia, como lo haría un taxi en circunstancias normales. Lo primero que advirtieron es que el hombre se subía a una moto, con toda probabilidad robada. Luego circuló a toda velocidad sin detenerse desde Mangwon-dong hasta la estación de la Universidad Hongik. Sin embargo, mientras esperaba para girar a la izquierda hacia el parque de Yeonnam-dong, dio un giro brusco y se metió entre los coches para desviarse hacia la derecha, hacia la estación de Hapjeong. Era imposible seguirlo.

—Va en dirección a Hapjeong...

—¡Ja! ¡Justo por eso me he metido por el carril del centro! De acuerdo, vamos hacia la derecha.

En cuanto Hyeonsik puso el intermitente, el hombrecito verde del semáforo se iluminó y los transeúntes comenzaron a cruzar el paso de cebra. Siguieron con la mirada al falso guardia de seguridad. Había colgado la bolsa naranja del manillar y, en efecto, destacaba con facilidad. Jaeyeol también mantuvo la vista fija en la bolsa. Cuando el semáforo se puso rojo, Hyeonsik pisó el acelerador y giró hacia la derecha. Por suerte, había mucho tráfico en la carretera que iba a Hapjeong, así que el estafador no había llegado muy lejos; de hecho, se había detenido en el siguiente semáforo. En el cruce del banco Woori, la moto giró de nuevo a la derecha y, tras zigzaguear por varios callejones, se dirigió al parque de Yeonnam-dong.

¡Así que estaba en lo cierto! Jaeyeol tragó saliva. ¡Pero ahora se les podía escapar en el barrio! Cada vez les resultaba más difícil perseguir la moto por los estrechos callejones con el taxi. Cuando llegaron al centro comunitario de Yeonnam-dong, Jaeyeol se bajó del vehículo y decidió continuar a pie.

Echó a correr mientras le informaba a Seeung de la situación.

—Aquí Gu Jaeyeol. Los callejones son demasiado estrechos. Me he bajado en el centro comunitario. ¡Estoy persiguiendo la moto! Hay demasiada gente y no sé si podré mantener el ritmo. ¡Haré todo lo posible!

La moto giró en una esquina y descendió por una calle en la que las viviendas habían sido transformadas en cafeterías. Por suerte, la multitud proporcionaba cobertura a Jaeyeol, y el hombre no se había dado cuenta de que lo estaban siguiendo. Sin embargo, esa misma multitud hizo que al final terminara perdiéndolo de vista.

—Creo que lo he perdido. No lo veo...

Todos lanzaron un suspiro en la videollamada.

—Se lo ha tragado la tierra.

Jaeyeol era el que sentía más impotencia. Sin embargo, no todo estaba perdido. ¡Contaban con el experto en ciberseguridad Seeung!

—Está bien, no te preocupes. Pensad que el falso guardia no es nuestro objetivo. El cabrón al que queremos atrapar vendrá a por el dinero. He echado un vistazo a la zona con el visor del GPS. Hay unos cuantos lugares en construcción en los alrededores. Creo que alguno podría ser el punto de entrega, porque por ahí no hay cámaras de vigilancia. Cerca del centro comunitario hay dos obras. Deberíamos comprobar esas primero. ¡Y enciende tu móvil! Ahora que les has entregado el dinero, podrías despertar sospechas si lo mantienes apagado.

«Me lo suponía. Este tío debe de ser un verdadero fanático de *CSI*», pensó otra vez Yeoreum.

Jaeyeol encendió el teléfono. Echó un vistazo a las direcciones que le había enviado Seeung por mensaje de texto y corrió hacia una de las obras. Nada le llamó la atención y se apresuró hacia la siguiente. El cemento parecía nuevo y daba la impresión de que habían interrumpido las obras para que se asentase. ¿Sabrían eso los estafadores? ¿Por eso habían elegido ese lugar como punto de entrega? Caminó sobre el cemento fresco. Sus zapatos emitieron un chapoteo al entrar en contacto con la superficie húmeda. Volvió la vista para ver sus huellas impresas y se dio cuenta de que las suyas eran las únicas que había. ¡Tampoco podía ser aquel lugar!

Se estaba quedando sin aliento, pero tenía que seguir adelante como fuese. Se mordió el labio con fuerza. El sabor metálico de la sangre se extendió en su boca y descendió por su esófago al tragar saliva. Justo cuando estaba a punto de echar a correr de nuevo, vio la bolsa de la compra naranja con estampado floral tirada detrás de un bidón que había junto a la obra. La abrió rápidamente, pero no había nada en el interior. Estaba claro que aquel tipo se había llevado el dinero. El cabrón con el que había hablado por teléfono había pasado por allí. Aunque se había perdido el momento de la entrega, ese nuevo hallazgo le dio fuerzas para continuar y echó a correr de nuevo. Informó de la situación en la sala de chat.

El viejo Jang, Yeonu y Mira, que esperaban cerca de la carretera que daba al parque, se pusieron en movimiento al mismo tiempo como si ahora fuera su turno.

—¡Vamos, Jindeol!

El viejo Jang se secó las gotas de sudor de la frente con un pañuelo que se sacó del bolsillo de la camisa. Caminaba por un callejón de pendiente pronunciada. Jindeol iba junto a él con una mirada penetrante en sus ojos negros.

—La gargantilla es la clave; normalmente los chicos no llevan —dijo Yeonu, mientras le mostraba el retrato que había dibujado a Mira.

—Ese tipo de gargantillas las suelen usar los famosos, ¿no? Esa línea negra... ¿se parece al collar de un perro?

—¡Exacto! Llevaba una así cuando lo vi. No recuerdo el estampado de su camiseta, pero intenta buscar la gargantilla. Será fácil identificarle.

Mientras se dirigían hacia la torre Aekyeong, intentaron fijar su atención en esa multitud de rostros, pero había demasiada gente y no resultaba fácil verles el cuello. Tampoco ayudaba que muchos fuesen vestidos de negro. Yeonu miraba a su alrededor con angustia a la vez que informaba en el chat de la situación.

—Hay demasiada gente. Quizá estén celebrando algún festival en la universidad. Es imposible comprobar todas las caras.

En la lavandería hubo un destello en los ojos de Seeung, que lanzó una mirada elocuente a Yeoreum y Hajun.

—¡Tocaré en la calle! Si empiezo un directo en YouTube, podré reunir a mucha gente en un mismo lugar.

—¡Te acompaño! Puede que así venga incluso más gente —asintió Yeoreum.

Hajun y Yeoreum anunciaron que él tocaría en Yeonnam-dong en el canal de YouTube. En cuanto comenzó la transmisión, empezaron a entrar suscriptores de inmediato. El número de usuarios conectados fue creciendo. Hajun salió de la lavandería, encendió la cámara del móvil y la dirigió hacia el parque mientras caminaba. Anunciaron la actuación a través del directo.

Se detuvieron a la entrada del parque, justo en frente del paso de peatones desde el que se veía la torre Aekyeong. Durante el camino, muchos transeúntes reconocieron a Hajun, que al no tener un altavoz se colocó las manos a ambos lados de la boca y gritó:

—¡Hola a todos! ¿Podéis oírme? Soy el cantante Hajun. Voy a empezar una actuación improvisada en la calle. ¡Por favor, ayudadnos a reunir más público!

En un abrir y cerrar de ojos, se congregó una multitud alrededor de Hajun y Yeoreum. Fueron formando varias filas en círculo una tras otra, como abejas en busca de miel. De repente, se hizo el silencio en el camino que daba al parque.

Yeonu examinó con atención las caras de las personas que no se habían unido a la actuación con su mirada crítica de artista. Ojos desenfocados, constitución delgada, gargantilla y gorro negro... Mientras repasaba mentalmente esas características, Yeonu vio su espalda. ¡Era él! La única diferencia era que ahora llevaba una riñonera negra a la cintura.

—¡Ahí está! ¡Lo tenemos! —exclamó. Conteniéndose, bajó el tono de voz mientras le daba un codazo a Mira—. ¡Fíjate! Lleva esa gargantilla que parece un collar de perro.

Sin dilación, Mira envió un mensaje al chat.

—Está en frente de un estudio de fotografías instantáneas en dirección a la torre Aekyeong. Va a pie hacia Hongjaecheon. Creo que lleva el dinero encima, porque lleva puesta una riñonera.

Siguieron al tipo, que vestía exactamente la misma ropa que cuando había estado tirándole piedras a Ari en el macizo de flores. El viejo Jang, que también iba hacia Hongjaecheon, indicó que se uniría a ellas. Jaeyeol respondió lo mismo con voz entrecortada. Yeonu trató de no levantar ninguna sospecha, pero el hombre no dejaba de mirar por encima del hombro y le dio la impresión de que la había visto.

Mira se secó el sudor frío del cuello. Pensaba que lo único más aterrador en el mundo que criar a un niño era no tener dinero, pero ahora sintió que había algo aún más sobrecogedor: en esos ojos desenfocados distinguió un brillo asesino.

Como si presintiera algo, el hombre cambió de dirección varias veces de forma deliberada. Salió del camino del parque y se metió por un callejón. Era como si quisiera atraer a Mira y a Yeonu a ese lugar sin tiendas. Por suerte, las dos conocían bien el terreno. Yeonu llevaba un par de años viviendo en el barrio y Mira residía allí desde joven. Sin embargo, se iban alejando cada vez más de la lavandería a medida que el hombre tomaba callejones poco transitados.

Al percatarse de que se había dado cuenta de que lo estaban siguiendo, Mira y Yeonu fingieron con mucha naturalidad una conversación:

—¿Qué te apetece cenar hoy? ¿Qué tal si preparo un *dakgalbi* picante? Hace un montón que no vienes a verme.

Mira cerró los ojos con suavidad.

—Perfecto. Y después, de postre, hagamos una tarta, que hoy estamos de celebración.

—Ja, ja, ja. Cof, cof.

El hombre había estado espiando su conversación y rompió a reír, aunque enseguida sufrió otro de sus ataques de tos. Esa tos áspera y seca como si se le desgarrasen las cuerdas vocales hizo que un escalofrío le recorriera la espina dorsal a Yeonu. En ese momento, el hombre se detuvo y miró hacia atrás. Dibujó una ligera curva con la comisura de sus labios en señal de desprecio y siguió caminando. Ahora que había visto quién le seguía, parecía que sus pasos se habían vuelto aún más despreocupados.

El viejo Jang apareció entonces, siguiendo las indicaciones que había ido dejando Mira en la sala de chat. Estaba exhausto, con el cuello de la camisa empapado de sudor. Se puso tras ellas, como si no las conociera de nada, fingiendo ser un simple vecino que sacaba a su perro, pero justo cuando pasaron junto a una tienda de regalos que tenía en el escaparate un enorme atrapasueños de plumas de color rosa, el hombre echó a correr.

—Atrapadme si podéis. Cof, cof —dijo, sacándoles la lengua en un gesto de provocación antes de desaparecer.

Yeonu y Mira corrieron tras él. El viejo Jang echó a correr también con Jindeol, pero le fue imposible mantener el ritmo y se detuvo al cabo de varios pasos. Jindeol, que siempre caminaba junto al viejo Jang, había tomado la iniciativa y sus patas delanteras se agitaban en el aire mientras tiraba de la correa que llevaba atada a su pecho.

—¡Aquí Jaeyeol, voy tras él! No os acerquéis demasiado, podría ser peligroso. Esperad a que llegue.

Al escuchar la voz preocupada de Jaeyeol por el altavoz del portátil, Seeung detuvo las manos sobre el teclado. Yeonu y Mira podrían estar en peligro. ¿Qué ocurriría si el hombre iba armado o si intentaban detenerlo por la fuerza?

«Calma, calma. Tengo que pensar algo...», se dijo Seeung, que exhaló hondo con una mezcla de miedo y ansiedad.

—Mira, ¿podrías encender la cámara y mostrarme qué hay a tu alrededor? ¡O si no, dime si ves el nombre de alguna calle!

Mira envió un vídeo. Se veía borroso por el movimiento, pero después de compararlo rápidamente con la vista de calle del GPS, Seeung logró dar con su localización.

—Jaeyeol, ¡te envío la dirección! ¡Tenemos que atraparlo antes de que transfiera el dinero! ¡Es la prueba que necesitamos!

Imaginarse a ese malnacido con las esposas puestas le dio fuerzas a Jaeyeol. Apretó los dientes y corrió con todas sus fuerzas. Le sonó el móvil y cogió la llamada.

—¿Diga?

—Cof, Cof. ¿Eres tú, no? El hermano mayor de aquel aspirante a poli que se suicidó, Gu Yuyeol; debí imaginármelo. Lo vi en las noticias. Cof. Normalmente no veo la tele, pero debo decir que fue muy entretenido. Ah, esos gilipollas no tienen ni dos neuronas; no me puedo creer que con toda la gente que hay tuvieran que ir a estafarte a ti.

—Entrégate. Te daré una oportunidad. No, olvídalo, mejor te atrapamos y te entregamos nosotros mismos.

—Oye, dime una cosa. ¿Ya te has comprado el coche? Tu hermano no paraba de lloriquear porque quería usar el dinero para comprarte uno. Me suplicó que se lo devolviera y me juró que no me delataría. Je, je. Cof, cof. Era tan patético que hasta me lo llegué a plantear. De todas formas, solo eran dos millones de wones. ¿Quién coño iba a imaginarse que se mataría por una cantidad así?

Jaeyeol pensó que sus provocaciones harían que le hirviera la sangre, pero no fue así. En vez de eso, sintió como si el agua helada le recorriera las venas, calmándolo y enfriándole la mente al mismo tiempo. Apretó los puños. Solo podía pensar en atraparlo a toda costa. Esa tos volvió a romper el silencio.

—Cof, cof. Por cierto, no sabía que también tuvieras una hermanita mayor. Qué interesante. El viejo y la chica no han podido seguir mi ritmo, pero esa otra no veas cómo corre.

El hombre estaba delante de una pared gris con tantas grietas y hendiduras que parecía que un coche se hubiera embestido contra ella varias veces. Estaba en un callejón sin salida. Miraba a un lado y a otro con una sonrisa en los labios. Mientras seguía hablando con Jaeyeol, le dedicó una siniestra mirada a Mira.

Se llamaba Go Hwapyeong. A los veintidós años lo habían despedido de una tienda de teléfonos móviles después de que lo descubrieran robando los datos personales de un cliente para dar de alta otra línea de teléfono y usarla para hacer pagos. Alegó que tan solo habían sido quinientos mil wones y que los había usado para comprar accesorios para un videojuego, pero el dueño de la tienda lo despidió de todas formas.

Hwapyeong se había pasado la vida rumiando las palabras *Hell Joseon* y quejándose de lo penosa que era la situación en Corea. Era imposible encontrar un trabajo, pero aunque lo encontrase sabía que nunca podría ganar lo suficiente para pagar la entrada de un piso. Sin casa propia, tampoco podría pensar en tener una pareja estable y casarse. Odiaba el hecho de que, si uno no lograba esas tres cosas, fuera relegado al escalón más bajo de la sociedad y marginado como un paria. Soñaba con largarse del país.

Se había ido a China con la excusa de aprender cosas nuevas, y aunque en realidad se pasaba el día en los casinos, a sus padres les daba igual. Preferían mantenerse al margen. En un abrir y cerrar de ojos, el dinero que había ahorrado Go Hwapyeong con su duro trabajo se esfumó en las mesas de apuestas. En lugar de conseguir una fortuna, terminó con una deuda que ascendía a más de diez millones de wones. Así que, cuando le ofrecieron esa oportunidad de trabajar tan solo un mes para saldarla, terminó uniéndose a un grupo de estafadores que suplantaban la identidad. Al principio, le daba miedo. Aunque no tenía más que leer un guion, le picaba la garganta y no paraba de toser. Pero a medida que la gente fue cayendo en sus mentiras, se sintió como si estuviera subiendo de nivel en un videojuego. Cuando alguna víctima se negaba a transferir el dinero se enfadaba, y su instinto competitivo parecía despertarse. Se lo tomaba como un insulto personal y le invadía un complejo de inferioridad. Se obsesionó con instigar el terror en cada una de sus víctimas y disfrutaba asfixiándolas: ya fueran uno o diez millones, sentía la necesidad de hacerlos caer en sus redes. Acabó saldando todas sus deudas, pero no quería regresar a Corea.

El trabajo no era duro, e incluso le divertía. Sin embargo, su tos persistente fue empeorando con el tiempo. Le diagnosticaron estenosis esofágica y el médico le dijo que tendría que tomar medicación durante el resto de su vida.

Como podía perder la voz si no recibía un tratamiento adecuado, no tuvo más remedio que coger un avión hacia Incheon. Desde entonces, casi nunca hacía las llamadas él mismo; en su lugar, ejercía de intermediario y recogía el dinero, lo blanqueaba en los negocios de intercambio de divisas de Chinatown y lo enviaba a China. Sin embargo, las cosas habían dado un giro ahora que habían ido a por Jaeyeol y se sentía acorralado.

El móvil de Mira sonó. Ruborizada, lo sacó despacio de su bolsillo mientras mantenía el contacto visual con el hombre.

—¿Ha ocurrido algo? Comparte tu ubicación. ¡Rápido!

—Ahora mismo.

Mira finalizó la llamada y abrió la aplicación para compartir su ubicación en directo. Hwapyeong entrecerró los ojos. Justo cuando iba a enviar su localización, la pantalla de su móvil se quedó en blanco. Su viejo teléfono tenía más de cinco años y había estado fallando últimamente, pero no podía creer que fuera a dejarla tirada en un momento así.

—¡Mierda!

—Je, je, je. Cof, cof. Atrápame si puedes.

Tras ver el ceño fruncido de Mira, Hwapyeong colgó la llamada que mantenía con Jaeyeol.

Mientras tanto, Seeung, que esperaba con impaciencia la llamada de Mira en la lavandería, trató de telefonearla en vano. Solo recibía un desesperanzador: «El móvil al que llama está apagado o fuera de cobertura».

—¡Joder!

Jaeyeol les dijo que su identidad había quedado al descubierto. El viejo Jang y Yeonu se sintieron como si hubieran perdido toda su energía. Jindeol también jadeaba pesadamente, con la lengua fuera. Ambos dijeron que buscarían a Mira por la zona. En la lavandería, Seeung también respiraba de forma entrecortada, como si hubiera estado corriendo por los callejones junto a ellos. Por si acaso, llamó deprisa a la policía para que enviase a los agentes que estuvieran patrullando por las inmediaciones.

Mira se encontraba cara a cara con Hwapyeong, pero no tenía miedo. Imprimió fuerza a sus piernas y se mantuvo firme. Había una razón para su valentía. Justo en el callejón donde se habían detenido se encontraba el edificio Wonjin Villa, donde ella vivía antes, ese callejón apartado y sin salida en el que los autobuses escolares no podían entrar. Su territorio. Aun así, le asaltaron las dudas. ¿Qué posibilidades tendría de ganar si peleaba con él? ¿Qué ocurriría si llevaba un arma en esa riñonera, junto al dinero? Un sudor frío le recorrió la espalda. La cara de Nahee mientras jugaba con el gato en la lavandería cruzó su mente. Al ver que su rostro se ensombrecía, Hwapyeong se rio como si le resultase divertido. Rio como el Jóker que salía en la película *El caballero oscuro* y luego murmuró entre risas:

—¿Ahora tienes miedo, *ajjuma*? Pues lárgate.

—... Pues sí, ¿qué pasa? Soy una *ajjuma* y a nosotras no nos da miedo nada. Y menos tú, con esas piernas que tienes, más escuálidas que mis antebrazos. Lo que más miedo da en este mundo es el dinero.

—Ah, así que a ti también te gusta el dinero. Je, je. Bueno, si trabajaras para mí, podría darte todo el que quisieras. O incluso algo mejor, je, je. Cof, cof.

Ambos se miraron fijamente. Hwapyeong inclinó el torso hacia delante, preparado para huir en cualquier momento. Mira mantuvo la posición, decidida a no dejar pasar ni un alfiler.

—¿Estás mal de la cabeza? Si trabajase para ti, terminaría pudriéndome en la cárcel y sin poder ver a mi familia.

—¿A qué vienen esos balbuceos? ¿No será que sí tienes miedo?

Mira elevó el tono de forma deliberada y fingió estar tranquila:

—¿Sabes qué es lo que realmente da miedo? Es ese momento en que te das cuenta de que has tocado fondo. Por eso estás temblando ahora. Pero no te asustes, a veces es necesario tocar fondo para encontrar la manera de levantarse de nuevo.

Hwapyeong rebuscó algo en su riñonera y sacó un cuchillo pequeño. Por un instante, su hoja brilló bajo la luz. A pesar de su tamaño, estaba lo bastante afilada como para poder infligir bastante daño.

Mira se quedó paralizada, pero estaba decidida a no huir hasta que llegase alguien en su ayuda.

—Je, je. Cállate de una vez. Una palabra más y te rajo la boca con esto.

Justo cuando estaba a punto de abalanzarse sobre Mira, la puerta de cristal del viejo edificio de apartamentos se abrió y salieron dos hombres cargando con la vieja lavadora que antes había sido suya. Al ver el cuchillo en la mano de Hwapyeong y el miedo en los ojos de Mira, dejaron el aparato grande y pesado en el suelo para cortarle el paso.

—¡Joder! ¡Apartaos de mi camino ahora mismo!

Justo entonces llegó trotando Jindeol. Cuando vio a Mira, movió la cola y ladró con fuerza como para hacerle saber que estaba allí. Poco después llegaron el viejo Jang, Yeonu y Jaeyeol. Aprovechando ese momento de confusión, Hwapyeong saltó por encima de la lavadora, pero Jaeyeol no tenía intención de dejarlo escapar. Corrió hacia él y lo agarró del hombro con todas sus fuerzas. Hwapyeong blandió el cuchillo y rajó a Jaeyeol en la mejilla izquierda; la sangre comenzó a brotar, pero no lo soltó. Hwapyeong atacó de nuevo con el cuchillo, que pasó a tan solo unos centímetros de su cara. Al echarse hacia atrás para esquivarlo, soltó el hombro de Hwapyeong, pero estiró con rapidez el brazo y asió la riñonera con el dinero.

—¡Suéltame! ¡Te devolveré tu dinero! ¡Suéltame de una vez!

—El dinero no me sirve, tenemos otras cuentas pendientes.

Jaeyeol tiró de la riñonera con todas sus fuerzas e hizo que Hwapyeong cayera al suelo. Sin pensarlo, se abalanzó sobre él mientras intentaba levantarse y huir. En ese momento, un coche patrulla de la policía se detuvo a la entrada del callejón. Enseguida lo redujeron y esposaron. Jaeyeol respiró hondo y comunicó la noticia en la sala de videoconferencia.

—¡Lo logramos, está detenido! Muchas... gracias a todos.

Todos sintieron relajarse la presión que tenían sobre los hombros y respiraron tranquilos: Seeung en la lavandería; el viejo Jang, Mira y Yeonu en el callejón; Hajun y Yeoreum, que acababan de terminar la actuación, y Hyeonsik, que estaba en el taxi a la espera por si surgía algún imprevisto.

Hwapyeong fijó la mirada en Yeonu mientras lo escoltaban al coche patrulla.

—Cof, cof. Ah, tú eres la dueña del gato, ¿no? Que sepas que tengo tu número de teléfono por el cartel que pusiste, je, je.

Sorprendida, Yeonu desvió la mirada rápidamente, pero un instante después lo miró fijo y le sacó el dedo corazón. Ya no era la misma de antes. Sabía que tenía que ser fuerte para proteger a sus seres queridos.

Jaeyeol todavía sangraba. Se llevó una mano temblorosa a la mejilla mientras se le acumulaban las lágrimas en los ojos. Por fin, podría mirar de nuevo a la cara a su hermano. Había atrapado a ese malnacido. El 25 de noviembre era el aniversario de su fallecimiento. Yuyeol debía de tener muchas ganas de comerse unos fideos instantáneos. Le llevaría algunos cuando fuese a visitar su tumba. «Tu hermano va de camino. Por fin puedo ir a verte», pensó.

El viejo Jang se acercó. Presionó con suavidad su pañuelo sobre la mejilla izquierda de Jaeyeol para detener la hemorragia.

—Mi hijo es cirujano plástico. Trabaja en un hospital universitario cerca de aquí. Puede que no sea la persona más empática del mundo, pero es muy bueno en su trabajo. Creo que ya es hora de que pases página, trates la herida y borres esa cicatriz. Vamos, te acompañaré.

Solo entonces Jaeyeol sonrió, mostrando sus dientes blancos por primera vez en meses. Alzó la mirada al cielo, de un azul espléndido. Una brisa acarició la punta de su nariz. Aquel era el día perfecto para lavar toda esa negatividad que se había ido acumulando en su corazón. Tan solo con que Yuyeol hubiera sabido de ese lugar, quizá no hubiera...

Jaeyeol notó la brisa que le acariciaba suavemente, como si se tratase de un abrazo de su querido hermano. Cerró los ojos. Le invadió un sutil aroma, el de la calidez humana que había experimentado la primera vez que entró en la Lavandería Gira-Gira.

# 5

# Té de azufaifo

Daeju estaba esperando una llamada de Suchan, que estaba al otro lado del planeta y de quien le separaba una diferencia horaria de diecisiete horas. Eran las 5.06 de la madrugada en Corea. Pronto sería hora de levantarse e ir a trabajar al hospital. Sin embargo, su cuerpo no reaccionaba. Se sentía desanimado por la inesperada ola de frío que parecía haberle calado hasta los huesos. «Ya debe de ser pasada la hora del almuerzo allí. ¿Por qué no llaman?», se dijo. Daeju volvió a comprobar el móvil. Su esposa había insistido en que Suchan solo podía llamar a su padre una vez al día, y que ese era el único momento del día en el que podía hablar en coreano. Habían seguido a rajatabla esa regla durante los últimos meses, y, según su esposa, gracias a eso la pronunciación del inglés de Suchan estaba mejorando.

Dado que era profesor de un hospital universitario en el departamento de cirugía plástica, nada menos que el más solicitado, a ojos de los demás Daeju tenía sin duda una vida envidiable; pero últimamente se había dado cuenta de que en realidad no era tan diferente. Por supuesto, era un afortunado, ya que entre sus colegas había muchos que no habían podido tener hijos debido a problemas de fertilidad, y ellos habían tenido a Suchan, un niño sano e inteligente, durante su segundo año de matrimonio. Incluso habían detectado en él rasgos de niño superdotado. Pero ahora estaba en el condado de Orange, en la lejana California, luchando con su inglés y contra un repentino complejo de inferioridad al encontrarse rodeado de niños provenientes de entornos aún más privilegiados.

La llamada no se produjo hasta que el sol salió de entre las nubes. Justo cuando empezaba a preocuparse porque el teléfono no sonaba, le llegó un mensaje de texto.

—Cariño, perdona. Creo que hoy no podremos llamar. Suchan está muy ocupado preparándose para el campamento de equitación.

Se levantó de la cama. Si quería sobrevivir a todas las cirugías que tenía programadas para hoy, lo mejor sería que desayunase bien. Ahora que se acercaba a los cuarenta años, le costaba aguantar si se saltaba el desayuno. En la mesa había varios recipientes de plástico con comida que había comprado por diez mil wones en una tienda que había en su complejo de apartamentos. Tenía guiso de ternera, *kimchi* frito y anchoas con azufaifo seco. Se había acostumbrado a comer solo, pero en ese momento frunció el ceño.

Cuando la noche anterior había llegado a la tienda, después del trabajo, ya apenas les quedaba nada en el refrigerador. Se llevó lo que había sin darse cuenta de que uno de los platos tenía azufaifo. Qué fastidio.

Se llamaba Jang Daeju, pero desde pequeño la gente se había burlado de él llamándolo «Jang Daechu», que significaba *Jang el Azufaifo*. Por esa razón, había desarrollado un intenso rechazo hacia ese fruto que lo había acompañado hasta la edad adulta. Incluso ahora seguía sin gustarle y nunca lo comía. Lo soportaba solo cuando lo colocaba con otros alimentos en la mesa de ofrendas para los rituales por el aniversario del fallecimiento de su madre, pero le molestaba encontrárselo ahora en esas anchoas salteadas.

Pip, pip, pip.

El arroz precocinado que había metido en el microondas estaba listo. Cuando había empezado a comer solo, solía sacarlo y se lo servía en un cuenco, pero a partir de cierto momento concluyó que era demasiado lujo y que tampoco valía la pena si estaba solo. Ni siquiera tenía tiempo para algo tan simple. Las primeras veces que comió directamente del recipiente le disgustó el olor a plástico; sin embargo, ahora había aceptado el hecho de que sus comidas se habían convertido en un puro trámite, en algo que había que hacer sí o sí, como recargar la batería de un robot.

—Buenos días, profesor.

Los médicos residentes y en prácticas que harían con él sus rondas ya estaban esperándolo cuando salió del despacho. Tenían pinta de llevar varios días sin dormir como era debido, pero aun así se los veía relativamente despejados. «En otra época, yo también era así...», pensó. Se fijó en la bata blanca bien planchada de uno de los médicos en prácticas, que transmitía el orgullo que sentía por la profesión. Eso le provocó una punzada de envidia. «Supongo que ya me estoy haciendo viejo y que hasta me da envidia la juventud...», se dijo. Los saludó brevemente y comenzaron las rondas. Como de costumbre, dio instrucciones para que suministrasen inyecciones con analgésicos y antibióticos más potentes a los pacientes que se quejaban de dolor, y de que desalojasen las camas aquellos que no iban a seguir gastando dinero en otros tratamientos.

Gran parte de los pacientes de cirugía plástica del hospital eran mujeres que consultaban para una reconstrucción mamaria después de haber pasado por el quirófano para tratar el cáncer de pecho, y sus hijas solían acompañarlas. Ahora entendía el proverbio que decía que de mayor se debía tener al menos una hija, pero no podía permitirse tener un segundo hijo después de Suchan.

Daeju había vuelto al despacho y estaba tomándose un descanso cuando vibró su móvil. Era su esposa.

—¿Suchan ya ha preparado lo del campamento?

—Cariño, siento que estuvieras esperando la llamada por la mañana. Perdona. Ha sido muy complicado conseguirlo todo para el campamento. Como Suchan es el único niño que no ha estado haciendo clases de equitación, hemos tenido que alquilar todo el equipo.

—¿El único?

—Sí.

La voz de su esposa sonaba mitad triste y mitad nerviosa.

—¿Tiene que hacer esas clases? Si no aprendió equitación en Corea...

—Bueno, en Corea ya es suficiente con que vayan a golf y jueguen al hockey sobre hielo, pero aquí todos los niños montan a caballo, así que no podemos dejar que sea el único que no lo hace, ¿verdad? Todo esto se verá reflejado más adelante en sus calificaciones cuando vaya a la universidad. Por cierto, ¿tu padre sigue sin intención de ceder con lo de la casa?

—¿Os falta dinero? ¿Cuánto? Aunque ahora por más que rebusque me es imposible enviar más.

—No, pero Suchan es el único que lo alquila todo... El resto de los niños hasta tienen su propio caballo. Aunque no lleguemos a ese punto, tengo que conseguir que se vea presentable. Me da vergüenza que tenga que ir por ahí con ropa alquilada. Esta vez he puesto de excusa que había encargado el equipo y que todavía no había llegado, pero creo que pronto se darán cuenta. Las madres aquí están a otro nivel, no son como las de nuestro barrio. Algunas familias hasta se han traído a sus niñeras de Corea...

Daeju, abrumado, sintió el impulso de terminar la llamada antes de que su mujer continuase hablando. Golpeó varias veces sobre el escritorio fingiendo que se trataba de un paciente que llamaba a la puerta y colgó apresuradamente. Abrió la aplicación del banco y comprobó el saldo disponible. No había forma de que pudiera enviar más dinero. Si hubiera podido convencer a su padre, o si este no se hubiera desmayado antes de que pudiera hacerle entender su punto de vista, podría haber usado el alquiler de la propiedad de Yeonnam-dong para que Suchan diera la talla entre sus compañeros de clase.

Había estado pensando en solicitar un año sabático el próximo año; sin embargo, ahora ni se lo planteaba. Le hubiera gustado pasar sus buenos ratos con Suchan, pero eso significaría retrasar su ascenso y no tendría dinero suficiente para cubrir los gastos de vivir en Estados Unidos. Tampoco sería factible vivir de su sueldo si consiguiera trabajo en una granja del condado de Orange. Su hijo lo era todo para él, y todo lo hacía «por nuestro Suchan».

El teléfono volvió a sonar. Esta vez no era su esposa, sino un amigo que había abierto una clínica de cirugía plástica en Apgujeong-dong y al que le estaba yendo muy bien.

Le preguntó si podría ir los fines de semana a encargarse de algunas operaciones. Daeju dudó. En su contrato se decía explícitamente que no se le permitía ejercer en otros hospitales o clínicas privadas. Saltarse la norma era motivo suficiente para que lo despidieran, pero cuando su amigo mencionó los honorarios, un millón de wones al día, un caballo marrón de crin lustrosa cruzó su mente a galope. Si trabajaba los fines de semana, dispondría de otros ocho millones de wones al mes. Esta vez se imaginó a Suchan cabalgando por los prados y el caballo le guiñó un ojo. «Bueno, qué diablos, voy a hacerlo. De todas formas, ¿quién se enterará? Estaré todo el tiempo en el quirófano.» Daeju le dijo que empezaría ese fin de semana.

Esa noche, mientras conducía de regreso a casa cruzando el río Han desde Sinchon hasta Banpo, le temblaba el cuerpo de forma involuntaria. Después de escuchar que Suchan era el único que alquilaba la ropa de equitación, empezó a notarse la garganta seca, una señal de que quizá había enfermado por estar operando todo el tiempo sin comer adecuadamente.

Se detuvo en una tienda abierta las veinticuatro horas que había junto a su apartamento para comprar medicinas. Resultaba ridículo que un profesor de un hospital universitario no tuviera ni siquiera las medicinas más básicas en casa, pero como Suchan se había ido a Estados Unidos, no le había dado importancia hasta ese momento. «Con que me tome una ducha caliente y duerma bien esta noche, ya está. Mañana será otro día», se dijo.

Cuando abrió la puerta de su casa, le sacudió una corriente de aire frío. También sintió el suelo gélido al descalzarse y entrar. Daeju comprobó la caldera. Los números azules en el panel parpadeaban. Presionó el botón de encendido del termostato, pero apareció el mensaje «Código de error 08». Entró en el baño y abrió el agua caliente, pero solo salía agua helada.

Llamó a la oficina de mantenimiento y le informaron de que tras esa inesperada ola de frío, los sistemas de calefacción habían empezado a dar problemas en al menos diez viviendas del complejo. Le aconsejaron que llamase directamente a una empresa de reparaciones. Buscó una por internet, pero no le podían dar cita hasta una semana más tarde. «Mierda. ¿Dónde se supone que voy a quedarme hasta entonces? No puedo dormir aquí con este frío», pensó.

Podía ir a la casa de Yeonnam-dong, pero eso significaría tener que aguantar a su padre, que le incordiaría todo el rato diciéndole que vivir en ese apartamento tan caro en Gangnam era un lujo absurdo. De todas formas, no tenía alternativa. Decidió llamar antes de que se hiciera demasiado tarde.

—¿Qué ha pasado? ¿Por qué llamas a estas horas?

—Papá, tengo que...

—Deja de farfullar y habla claro. Tengo que salir a pasear a Jindeol.

—La calefacción de mi apartamento se ha estropeado, así que necesito quedarme contigo unos días.

—Ay, Dios. Ese apartamento tan caro... Bueno, ven para acá. No puedes quedarte ahí con ese frío. Además, desde aquí llegarás antes al trabajo. Solo tráete la ropa —dijo el viejo Jang antes de colgar.

Daeju lanzó un profundo suspiro. Vio el vaho blanco de su respiración en el aire. «No tengo fuerzas ni para conducir... ¿Cómo se supone que voy a aguantar sus reprimendas durante toda una semana?», se dijo. Puso su ropa en una bolsa, lo metió en el maletero del coche y se fue a casa de su padre. Siempre era un fastidio conducir por los callejones de Yeonnam-dong, y ahora que se acercaba el fin de año había fiestas por todas partes en la calle y borrachos que caminaban haciendo eses, así que condujo despacio y con cuidado, con miedo a que alguien arañase ese precioso Porsche que acababa de empezar a pagar, o que chocase con alguien y estallase una pelea.

Después de pasar por varios callejones vio la puerta azul. Había crecido en esa casa y solo se había mudado después de casarse, pero se preguntó a partir de qué momento aquel lugar se había convertido en un lugar extraño, incómodo e incluso molesto en ocasiones. Los faros del coche iluminaron la figura de su padre, que caminaba calle abajo con Jindeol.

En cuanto entraron en la casa, el viejo Jang chasqueó la lengua en tono de reprobación.

—Así que la calefacción también se estropea en esos pisos caros de Gangnam. Entonces ¿qué tienen de bueno para que te esforzaras tanto por vivir ahí?...

Daeju suspiró mientras arrastraba su equipaje. Cuando llegaron al salón, vio en una vitrina el Premio al Ciudadano Valiente que le habían concedido a su padre. Quiso soltarle una reprimenda por lanzarse nada menos que a la caza de un estafador cuando no había pasado mucho tiempo desde su cirugía, pero se contuvo.

El viejo Jang señaló el dormitorio principal.

—Puedes dormir ahí. Jindeol y yo estamos más a gusto en el salón.

—De acuerdo.

Daeju no discutió. Estaba totalmente exhausto. El efecto de la pastilla para el resfriado se había extendido hasta la punta de sus dedos. Tenía el cuerpo entero agarrotado y los párpados pesados. Tan solo quería tomar una buena ducha y tumbarse lo antes posible. Se quedó un buen rato bajo el chorro de agua caliente, dejando que fluyera sobre su piel antes de acostarse. Aquella era la cama que sus padres habían compartido antes de que su madre, la señora Kim Kilae, falleciese. Daeju se sintió extraño: dormiría en el que había sido el dormitorio de sus padres durante más de treinta años. Justo cuando se esforzaba por evocar el rostro de su madre, del que ya solo tenía un vago recuerdo, se oyeron varios golpes del piso de arriba, seguidos de repentinas carcajadas. Debía de ser la familia que había ayudado a su padre cuando se desmayó. ¿De qué se estarían riendo a esas horas?

Cada vez que estaba a punto de quedarse dormido, las risas lo despertaban de su sueño ligero. ¿Estaría riendo de esa forma también su hijo en California? Daeju echaba de menos a su esposa y a Suchan. Se abrazó a la manta, pero se sintió como si tuviera algún agujero en el cuerpo por el que constantemente se colaba un aire gélido. Tenía frío. ¿Por qué ese día hacía tanto frío en todas partes?

—¿Has dormido bien? —saludó Daeju sentándose frente a su anciano padre, que estaba añadiendo sal al caldo blanco del *gomtang*. Jindeol estaba acostado a sus pies con la cabeza descansando sobre las patas.

—Venga, come. Con el hospital mucho más cerca, imagino que podrás permitirte un poco más de tiempo.

El vapor de la sopa caliente se elevó entre padre e hijo, visiblemente incómodos con la situación. Durante un rato, lo único que se oyó en la mesa fueron los ruidos metálicos de las cucharas en la porcelana.

Tap, tap. El ruido de pasos en el piso de arriba rompió el silencio.

—Se oyen mucho los ruidos —dijo Daeju, dejando la cuchara y frunciendo el ceño—. ¿Es porque la renovación se hizo de forma apresurada?... ¿Siempre hacen tanto ruido los de arriba? Anoche los oí.

—Tienen una hija muy activa. También se ríe muy fuerte. Me gusta escucharlos, hace que la casa se sienta con vida. Si no fuera por esa familia, ya me habría marchado... En fin, ¿te encuentras mejor hoy?

Aunque sabía que la gente podía cambiar de opinión en un abrir y cerrar de ojos, Daeju se preguntó si aquello no era demasiado. Por mucho que se sintiera agradecido de que Mira hubiera encontrado con rapidez a su padre y lo hubiera llevado al hospital, ahora tenía la impresión de que su padre y él estaban en deuda permanente con ellos. No le gustaba que su padre se hubiera compadecido de aquella familia hasta el punto de permitir que se instalara en el piso de arriba, sin tan siquiera un contrato de alquiler en condiciones y cobrándoles una miseria. En aquellos días, en los que contaba hasta el último won, se sentía más tacaño que la urraca de aquella fábula, que al menos supo devolver el favor al erudito que la salvó de una trampa.

Al ver su cara de resentimiento sin motivo, el viejo Jang respondió:

—Ayer escuché tus gemidos desde el otro lado de la

puerta. ¿Cómo puede uno ser médico y no ocuparse de su propia salud?...

—¿Crees que los doctores somos dioses? También nos ponemos enfermos.

—Si van a tardar mucho en repararte la caldera, podría comentárselo a la familia de arriba. El marido hace precisamente este tipo de trabajos y podría pedirle el favor de que le echase un ojo.

—Olvídalo. Ya pedí hora. Si la toca sin cuidado, podría estropearse todavía más.

—Pero él es un profesional, seguro que puede arreglarla. Se lo pediré cuando lo vea.

—Te digo que lo dejes. ¡Si viene hasta mi casa a arreglar la caldera, me sentiré aún más en deuda con él!

—Si te sientes así, siempre puedes devolverle el favor. Es lo que hace la gente, se ayuda mutuamente. Es un círculo. Si lo que pretendes es vivir solo, ¿por qué no te echas la casa a la espalda y vives como un caracol?

—Lo que quiero decir es... ¿Cuánto tiempo tienes pensado alquilarles la casa? No son de los que buscan quedarse solo un par de años, ¿no? Y tampoco parece que de repente vayan a poder permitirse vivir en otro lugar. ¿Cuánto tiempo vas a dejar que se queden por ese alquiler insignificante?

—¿Por qué? ¿Te parece un desperdicio? Si de verdad crees eso, considéralo el precio de mi vida. De no haber sido por ellos... ¿O es que debería haberme muerto en ese momento?

—¡Déjalo ya!

Al oír el grito, Jindeol se levantó de repente. El viejo Jang también se levantó y se dirigió al fregadero. Cogió una de las botellas de cristal que había esterilizado en agua caliente.

—Vete, no llegues tarde. Los pacientes te están esperando.

La resignación en su voz hizo que Daeju se sintiera aún más incómodo.

—¿Para qué son todas esas botellas?

—Voy a hacer té medicinal de azufaifo con los frutos de nuestro árbol.

—¿Y necesitas tantas botellas?

—Pienso hacer algunas más para llevar a la lavandería.

—Ya estamos otra vez con esa maldita lavandería... Quédate en casa. Las calles están resbaladizas, ¿quién te va a cuidar si te caes y te haces daño?

Estaba enfadado con su padre, que se preocupaba más por la familia que vivía en el piso de arriba y por la gente de la lavandería que por él y por Suchan.

—Seguro que a ti no te lo pediría. Venga, vete. Deja ya de quejarte.

Mientras se ponía el abrigo que había dejado colgado en una de las sillas del comedor, Daeju añadió:

—Luego no digas que no te lo advertí. Está todo resbaladizo. ¿Acaso esa lavandería es algún tipo de centro comunitario? ¿Por qué siempre estás llevando comida para compartir allí? Esa gente solo te traerá problemas. ¿Qué pasa si te vuelven a involucrar en algún asunto peligroso?

El viejo Jang, que estaba cortando azufaifos, se giró y replicó:

—Aquello fue peligroso, sí, pero al final atrapamos al malo, y un chico llamado Seeung encontró su vocación y ya está preparándose el examen para entrar en la policía.

Además, después de tratarse la cicatriz, Jaeyeol por fin puede mirarse al espejo, sonreír y vivir como un ser humano. Esa lavandería no es solo un lugar al que ir a lavar la ropa.

—Ya, lo que tú digas. Voy saliendo.

Daeju sacudió la cabeza como si no quisiera escuchar una palabra más y salió de casa. El viejo Jang se quedó mirando la puerta con amargura mientras Jindeol frotaba el hocico contra sus piernas.

—De verdad que este chico... ¿No sería mejor si tú hubieras sido mi hijo en su lugar, Jindeol?

«¡Esa dichosa lavandería! No sé qué se le ha perdido allí. ¿Cómo es que todo el mundo tiene tanto tiempo libre menos yo? ¡Y todos fingiendo interesarse por los demás!», se dijo Daeju, y cerró de golpe la puerta del coche. Cuando entró en el hospital, sintió el olor familiar del alcohol y el desinfectante en el aire seco.

Cuando regresó al despacho al final de la tarde, el sol de invierno ya estaba poniéndose. Había tenido un día ajetreado pasando consultas de pacientes externos y atendiendo las quemaduras de una víctima que había llegado de emergencias, pero no tenía hambre. La sopa caliente de huesos de buey que había desayunado parecía haberle dado fuerzas suficientes para continuar a lo largo del día.

Antes de salir del trabajo, se tomó unos minutos para llamar a su amigo, cuya clínica visitaría al día siguiente. Este le dijo que el trabajo sería sencillo: cirugías de pecho como las que hacía todos los días en el hospital universitario. Recibió un mensaje de texto con la hora y el lugar y salió del hospital. Lo cierto era que no le apetecía volver a casa después de la discusión que había tenido con su padre por la mañana, pero no tenía otro lugar a donde ir. Todavía faltaba una semana para la cita en la que los técnicos de la caldera le harían un presupuesto. Al final, regresó a la casa de la puerta azul de Yeonnam-dong.

Mientras estaba frente a la puerta, no había entrado aún cuando esta se abrió y apareció Ucheol vestido con su mono de trabajo.

—Buenas noches. ¡Cuánto tiempo sin verte!

A diferencia de Ucheol, que lo saludó con cortesía, Daeju simplemente inclinó un poco la cabeza con amargura a modo de saludo. La casa estaba vacía. No se veía por ningún lado al viejo Jang ni a Jindeol. «¡Qué cabezota! ¡Le dije que las calles están resbaladizas, y aun así tuvo que ir a esa lavandería a llevar el té de azufaifo y vete a saber qué más!», pensó. Le gustaría que tuviera la misma devoción hacia Suchan. ¿Acaso no le preocupaban las dificultades que estaba pasando su nieto en un país lejano? Al pensarlo le invadió un nuevo sentimiento de decepción. Su mirada se posó en el periódico que había sobre la mesa. El titular decía: «En la educación privada se paga por sufrir. ¡Deje que su hijo sea libre!». Ya estaba enfadado de antes, pero ahora ese periodista al que ni siquiera conocía le había puesto furioso. En ese momento oyó la puerta y su padre y Jindeol entraron en la casa.

—Oh, ya has llegado —dijo el viejo Jang.

—¿Dónde estabas? Hoy han dado avisos de heladas.

El viejo Jang fue cojeando hasta el sofá. Jindeol se sentó a su lado.

—Ya te lo dije esta mañana. Fui a dejar el té de...

—¿Te has hecho daño en la pierna?

—Tráeme un vaso de agua, ¿quieres? —le pidió el viejo Jang lanzando un profundo suspiro.

—Te he preguntado que si te habías hecho daño —insistió Daeju acercándose a él—. Ya te advertí de que no salieras hoy.

—No me he caído. Es solo que hacía mucho frío, así que después de caminar un poco me empezaron a doler la espalda y los tobillos. No montes una escena, no es para tanto.

—¿Es que no sabes la cantidad de ancianos que nos llegan a urgencias en los días como hoy?

—¡Te he dicho que estoy bien! Déjalo, ya voy yo a por el agua. ¡Vete a dormir!

Estaba disgustado con su hijo. No podía cuidar de sí mismo en condiciones y pretendía regañarlo a él. Bebió el agua a grandes tragos y oyó que la puerta del dormitorio se cerraba de un portazo a sus espaldas.

Tras dar un par de vueltas en la cama, Daeju se quedó dormido casi al instante. Desde hacía un tiempo tenía el sueño ligero, no sabía si debido a la hernia discal que había sufrido durante su segundo año de residencia o a algún otro motivo. Comprar los mejores colchones no le había servido de mucho. Sin embargo, por extraño que parezca, se durmió con facilidad en ese viejo colchón que ya tenía quince años, y cuya parte central estaba hundida.

Jindeol estaba arañando la puerta con las patas.

—Parece que nuestro Jindeol quiere pasear. Venga, vamos.

El viejo Jang se puso las manos sobre las rodillas doloridas y se levantó del sofá justo cuando Daeju salía del dormitorio.

—¿También trabajas hoy?

Daeju, que ya llevaba el abrigo y la bufanda puestas, abrió el frigorífico.

—He quedado un rato con un compañero de la universidad.

—¿Tan pronto?

—Sí, ¿no tienes otra cosa de beber que no sea esto?

En el refrigerador solo había botellas de vidrio llenas de té de hierbas medicinales y azufaifo de un color negro oscuro que le recordaban a la medicina tradicional.

—Mételo unos veinte segundos en el microondas y tómatelo antes de salir. Te mantendrá el estómago caliente.

Cuando el viejo Jang estaba a punto de entrar en la cocina, Daeju cerró la puerta del frigorífico de golpe.

—No me gustan los azufaifos. Mejor me voy ya. Descansa.

—Pronto vas a cumplir los cuarenta. ¿Cómo es que sigues siendo tan testarudo? Este té es buenísimo: es dulce y te hace entrar en calor.

El Porsche, con sus cristales tintados relucientes, circuló a toda velocidad por la autopista de Gangbyeon, que estaba relativamente vacía al ser primera hora de un fin de semana. Con una sonrisa de satisfacción, Daeju disfrutó de la suave dirección del coche mientras tarareaba la canción que emitía la radio. Esos momentos en los que conducía a solas eran en los que más disfrutaba de la sensación de libertad. Cuando vio la señal que indicaba el puente de Hannam, puso el intermitente de la derecha y cambió de carril. Justo entonces sonó el móvil y puso el manos libres. Era Suchan.

—¡Papá!

—Suchan, ¿qué tal ha ido el campamento de equitación?

—¡El nombre de mi caballo era Zelda y fue muy divertido! Me gustaría seguir montándolo, pero dicen que la próxima vez tendré otro diferente.

—¿Por qué?

—Porque el caballo no es mío. ¿Qué haces, papá?

—Ah, pues... papá ha salido un momento a hacer una cosa. ¿Te gusta Zelda?

—Es el caballo con el que mejor me llevo. La primera vez que monté a Sunny se puso tan nervioso que casi me tira de la silla en cuanto me subí. El entrenador me dijo que si me hubiera caído del caballo podría haber muerto, así que me recomendaron probar con Zelda. Nos compenetramos bien. Zelda tiene un carácter tranquilo y amable. Hace caso de lo que le digo.

—¡¿Qué?! ¿Estuviste a punto de caerte?

—No fue tan peligroso —cortó su mujer de inmediato—. El entrenador ayudó a calmar a Sunny de inmediato, así que no le pasó nada a Suchan. No te preocupes.

—Pero el daño que podría hacerse al montar a caballo podría ser grave. ¿Ese Sunny está bien entrenado?

—Bueno... Zelda tiene más experiencia, pero también cuesta más. Así que bajamos un grado y nos dieron a Sunny. Pero nunca imaginé que podría ocurrir algo así.

—¿Hay mucha diferencia en el precio?

—Unos quinientos dólares.

—Entonces hacedlo con Zelda a partir de ahora. Suchan necesita tener un caballo asignado. Si es durante un año, creo que podemos permitírnoslo.

—¿Es que está tu padre de acuerdo con lo de reformar la casa? Los inquilinos ni siquiera llevan allí un año.

—Tú no te preocupes. A partir de ahora no pongas en peligro a Suchan, elige solo a Zelda.

En los edificios que había a ambos lados de la calle que iba desde la estación de Sinsa hasta la de Apgujeong se veían numerosos letreros de clínicas de cirugía plástica y dermatología, como si todas las del país estuviesen reunidas allí. «Un campo de batalla elegante. La competencia aquí también debe ser feroz», se dijo.

Cuando llegó a la dirección que le había dado su compañero de clase, un hombre de unos cuarenta y tantos años le indicó que dejara las llaves del coche en el contacto. Daeju solía pagar el precio estipulado cuando se encontraba con un servicio de aparcacoches, pero siempre era él quien aparcaba su coche. No dejaba que ninguna otra persona tocara el volante. No había usado ni una sola vez uno de esos servicios de chofer para gente que se había pasado con el alcohol. Si sabía que un día iba a beber, dejaba el coche en casa. Para él, aquel Porsche era un bien tan preciado que podría considerarse su segundo hijo.

Cuando abrió la puerta y entró en la clínica, vio a varias pacientes sentadas en los sofás de la sala de espera. Había mujeres jóvenes y de mediana edad, y estaban allí para someterse a una cirugía de pecho. La recepcionista llamó a la puerta de la oficina del director que tenía una placa con el nombre de su compañero.

—Has llegado justo a tiempo —le saludó.

—Veo que tienes un montón de pacientes esperando afuera. Hiciste bien en montar esta clínica.

—De momento, todo son deudas. Me queda mucho para devolver los préstamos y empezar a obtener beneficios. Hoy en día no es fácil abrir una clínica privada, ni siquiera trabajando de sol a sol.

—¿Y cómo lo hiciste?

—Recurriendo a mis padres e incluso a mis suegros. Todos contribuyeron de algún modo.

—Qué envidia. Tienes unos padres muy generosos, mejor no empiezo a contarte... cómo es el mío —dijo Daeju moviendo la cabeza.

Su compañero le dio los historiales de los pacientes a los que iba a operar. Había una mujer de unos treinta años preocupada por sus pechos caídos tras la lactancia, y otra de unos veinte que solo quería un aumento de tamaño. No se medicaban ni tenían reacciones alérgicas, su presión arterial estaba dentro de los rangos esperables y se trataba de intervenciones estéticas que ambas pacientes deseaban, por lo que Daeju se sintió más tranquilo.

Esos casos no eran tan complicados como las reconstrucciones mamarias que llevaba a cabo en el hospital universitario. Quizá incluso podría hacer alguna más y ganar un poco de dinero extra. Ya podía imaginarse la sonrisa de Suchan mientras cabalgaba a lomos de Zelda, al que se había imaginado con una crin reluciente de un color entre marrón claro y dorado. Sin embargo, también le vino a la mente la cláusula de su contrato que indicaba que podía ser expedientado y despedido si trabajaba en clínicas privadas. Pensó que, como llevaría la bata y la mascarilla quirúrgica todo el tiempo, nadie podría saber si era un doctor habitual de la clínica o no.

Ese día hizo tres operaciones. Mientras comprobaba el sobre con los honorarios que le había dado su compañero, y del que amablemente no había deducido impuestos, el pecho de Daeju se llenó de orgullo.

—¿Mañana a la misma hora?

—Claro. Me siento más seguro contigo por aquí, Daeju.

Se metió el sobre en el bolsillo del abrigo y salió de la clínica. Se sintió ligero al enderezar por fin su espalda, como si el dolor hubiera desaparecido por completo a pesar de que había estado inclinado durante horas mientras operaba. ¿Sería ese el efecto medicinal del dinero en efectivo del que la gente hablaba?

Al día siguiente volvió a la clínica de cirugía plástica de Apgujeong-dong. Sin embargo, ese día hubo problemas. Otro antiguo compañero de clase, que había perdido la plaza ante Daeju cuando ambos competían por convertirse en profesores del hospital universitario, fue de visita para felicitar al director de la clínica con un ramo de flores. Aunque Daeju llevaba puesta la mascarilla, se trataba de alguien con quien había trabajado a diario en el quirófano. Es más, se habían visto todo el tiempo llevando mascarillas, así que era aún más fácil que lo reconociera. Su antiguo compañero sonrió y se marchó de la clínica sin decir nada.

Solo llegó a recibir dos sobres con efectivo antes de que el hospital universitario creara un comité disciplinario para investigar su conducta. Como había incumplido una cláusula de su contrato, y así pudo demostrarse, perdió credibilidad como profesor y se le aplicó una reducción salarial durante seis meses. Daeju se hundió. ¡Seis meses! Desde ese día tuvo pesadillas recurrentes en las que Suchan se caía del caballo.

Toc, toc.

—¿Todavía estás durmiendo? ¿Qué tipo de pesadillas te hacen pegar esos gritos? Es mejor que te despiertes ya y te levantes.

Escuchó la voz preocupada del viejo Jang al otro lado de la puerta varias veces.

Un técnico de calderas visitó el apartamento de Daeju y le aseguró que no se trataba de un simple problema del termostato, sino que necesitarían arreglar el suelo de calefacción radiante. Era posible que una tubería hubiera estallado en alguna parte y que fuese la causa del mal funcionamiento. Además, añadió que si no lo arreglaban pronto, los vecinos de abajo podrían verse afectados por las fugas. En tal caso, Daeju se vería obligado a pagar las compensaciones pertinentes. En cuanto escuchó la palabra *compensaciones*, le pidió al técnico una cita para llevar a cabo las reparaciones cuanto antes. Sin embargo, como aquella ola de frío había afectado a muchos hogares, tendría que esperar su turno. Eso significaba prolongar su estancia en Yeonnam-dong y seguir sufriendo la incómoda convivencia con su padre.

El agujero de su bolsillo se estaba volviendo cada vez más grande y no tenía forma de tener más ingresos. Debía pagar los gastos de manutención de su esposa y Suchan, pero su recorte salarial empezaba ese mes. Ya estaba en números rojos, y los préstamos que había pedido para el apartamento en Gangnam y la casa en California le impedían solicitar uno nuevo. Su esposa todavía no sabía nada sobre sus dificultades financieras. Después de hablar con él, había hecho las gestiones necesarias para que Zelda fuese el caballo de Suchan durante un año, y en sus últimas llamadas le había estado recordando que tenía que enviarles el dinero lo antes posible.

Aún peor, después del escándalo de su pluriempleo ya no podía mantener la cabeza alta frente a los residentes e internos que antes le habían admirado. Pero no tenía elección, tenía que seguir trabajando. Los murmullos le perseguían en el ascensor y la cafetería: «Es ese, el profesor al que pillaron trabajando en una clínica privada de Apgujeong-dong». Conseguir un puesto como el suyo en un hospital universitario era un honor, pero sentía que lo había vendido por cuatro monedas.

Solamente el interno de la bata bien planchada siguió saludándolo con el mismo respeto de siempre. A la hora del almuerzo, llenaba un vaso de agua para él y lo colocaba junto a su bandeja de comida. Pensó que al menos continuaba siendo un profesor honorable a sus ojos, y con eso en mente trató de seguir dando lo mejor de sí mismo en el trabajo. Escuchó con atención las palabras de su siguiente paciente: una mujer que estaba dudando si operarse por falta de recursos. Dicen que el amor cambia a las personas, pero solo en ese momento Daeju se dio cuenta de que lo que cambia a las personas no es el amor, sino el dinero.

Las llamadas matinales de Suchan solían ser motivo de alegría para él, pero últimamente las temía como si fuesen las de un cobrador de deudas. Su esposa le recordaba que solo habían ingresado el pago inicial por Zelda, y que todavía no les había enviado los gastos de manutención de ese mes. No podía posponerlo más. Tenía que elegir entre ser honesto o vender su alma para ocultar la realidad.

—Este mes mi sueldo en el hospital...

—¿Qué pasa con el sueldo?

Daeju pudo imaginarse la tensión en el rostro de su mujer mientras contenía la respiración.

—La verdad es que... llegará un poco tarde por un problema informático.

—Uf, de acuerdo, pensé que...

—No te preocupes. Podré hacerte la transferencia a final de mes.

Tendría que vender su alma. No podía permitirse defraudarlos; su mujer y su hijo habían viajado hasta la otra punta del mundo porque creían en él.

Daeju estaba tumbado en la cama cuando oyó a alguien llamar a la puerta.

—¿Sigues durmiendo? Si tienes pesadillas, es mejor que te levantes. No te quedes ahí tumbado soñando siempre con lo mismo.

—Ya salgo.

El sudor frío que le recorría la espalda se había filtrado, dejando una marca en el lugar en que había estado tumbado. Se levantó y miró el teléfono de nuevo. Era casi fin de mes. Los gastos se acumularían de golpe: la reparación de la caldera, el interés del préstamo del apartamento, los gastos de la tarjeta, la letra de su coche, los gastos de la comunidad, la factura del teléfono, varias facturas domésticas, los préstamos del crédito, de la matrícula y la manutención de Suchan y las primas de los seguros médicos. No podía seguir de brazos cruzados. Tenía que ganar dinero de alguna forma.

El viejo Jang volvió a llamar a la puerta.

—Sal ya, se te está enfriando la sopa.

—Voy.

En cuanto abrió la puerta, Daeju fue recibido por el aroma picante del *yukgaejang*, un estofado de ternera con helecho aderezado con polvo de chili. De inmediato se le hizo la boca agua y pensó en lo volubles que eran las personas. En un instante estaba preocupado por las facturas y al siguiente su atención se había desplazado a la comida. El viejo Jang y Daeju se sentaron a la mesa. A pesar de que no había bebido la noche anterior, sintió esa sopa picante como el remedio perfecto para su resaca. Enseguida se sintió renovado.

—¿Qué estabas soñando? Se te oía desde el salón. Bueno, déjalo. Todavía no son ni las doce, mejor no hablar de ello o algo malo podría ocurrirles a las personas que aparecen en tus sueños.

—¿De verdad crees en esas supersticiones? —preguntó Daeju con la boca llena de helecho.

—No solía hacerlo, nunca me preocuparon los sueños sobre dientes que se caen, los nombres escritos con tinta roja ni lo de comer sopa de algas el día de un examen. Pero empecé a preocuparme después de tu nacimiento. ¿Qué ocurriría si suspendías un examen porque te había dado sopa de algas? Me preocupaba que pudiera sucederte algo terrible si escribía tu nombre en rojo, y cuando soñaba que se me caía algún diente me pasaba el día preocupado por lo mismo. ¿No tiene gracia? Por eso la gente suele decir que cuando consigues algo precioso, esto viene acompañado de una debilidad más —se rio el viejo Jang.

Daeju bajó la cuchara y observó el rostro de su padre, que estaba mirando al patio.

—¿Fue esa la razón por la que mamá no cocinó sopa de

algas por mi cumpleaños cuando estaba en el último curso del bachillerato?

—Y no fue solo por tu cumpleaños. Ni tu madre, ni tú ni yo comimos sopa de algas ese año. A lo mejor fue gracias a eso que pasaste tu examen de acceso a la facultad de Medicina al primer intento, ja, ja.

El viejo Jang seguía con la mirada fija en el patio como si estuviera perdido en sus recuerdos. Sus ojos transmitían nostalgia.

—No tendría que haberme metido en Medicina, ni siquiera se gana mucho. Tendría que haber estudiado Ingeniería y haber inventado alguna criptomoneda.

Por fortuna, las quejas de Daeju no llegaron a oídos de su padre. El viejo Jang observaba un par de gorriones apoyados en una rama desnuda por el frío mientras recordaba a su esposa, que lo había dejado. ¿Por qué había tenido que marcharse de repente? Le hubiera encantado disfrutar algunos años más de su compañía y después irse juntos...

Daeju subió el volumen de la televisión. Las noticias sobre lo que podía ganarse repartiendo comida a domicilio se habían convertido en un tema candente esos días. Al parecer, incluso algunos mandos intermedios de grandes empresas estaban subiéndose al carro, y se sacaban un buen sobresueldo como repartidores. Cogió su teléfono e hizo una búsqueda rápida: requisitos, descripción del empleo y posible remuneración. Sacarse un dinero extra así parecía plausible. Además, le gustaba la idea de poder trabajar tantas horas como quisiera. El dinero seguiría fluyendo mientras le quedase energía.

Después de sacarse el carné de conducir para moto a la primera, Daeju fue a la calle Toegye y alquiló una de segunda mano en una de las tiendas. Era una moto vieja con un cajetín de entrega instalado en la parte trasera del asiento. Nunca había conducido un vehículo de dos ruedas, pero presintió que se le daría bien. Arrancó el motor con facilidad y comprobó los frenos. Todo correcto. En unos minutos se registró como repartidor en una aplicación y enseguida le llegó el primer encargo.

Había una parte positiva de estar en Yeonnam-dong con su padre: como allí había muchos hogares unipersonales, el número de entregas a domicilio era elevado. Además, los restaurantes y lugares de entrega solían estar cerca, así que solo debía recorrer distancias cortas. La primera llamada que recibió fue por un estofado de cerdo con fideos. Nunca había estado en ese restaurante, pero estaba cerca y había visto el letrero de camino a casa. Estaba justo en frente de la Lavandería Gira-Gira, que su padre solía visitar al menos cada dos días. Como aún no estaba acostumbrado, Daeju condujo el scooter con precaución a lo largo de la calle que bordeaba el parque de Yeonnam-dong.

Al ser fin de semana y por la tarde, había un montón de gente. Incluso siendo invierno y a pesar del aviso por una ola de frío, la gente se congregaba sonriente en los alrededores del parque. Un poco más allá vio a su padre saliendo de la lavandería. Por supuesto, Jindeol iba con él. Mientras pensaba en qué les habría llevado su padre esa vez a los de la lavandería, giró el manillar con rapidez y se metió por un estrecho callejón para evitar que el viejo Jang pudiera verle. Ya podía imaginarse el tipo de reprimendas mordaces que dispararía como flechas si descubría que estaba pluriempleado porque no tenía suficiente dinero para enviar a Suchan.

En el restaurante empaquetaban los fideos y el caldo por separado. Daeju puso las bolsas en la pequeña caja de la moto y condujo con cuidado para evitar que se derramara la sopa. La entrega era en la cuarta planta de un viejo edificio de apartamentos sin ascensor, así que subió jadeando hasta allí. Pero cuando bajó, sus pasos eran ligeros y le invadió una sensación de satisfacción. A veces parecía cierto eso de que el simple trabajo podía llenarlo a uno.

En cuanto terminó la entrega, recibió la siguiente. Pidieron un gofre. Después de entregar la nata montada sin que se derritiera, recibió otro pedido: esta vez, un pollo frito. Después de todo, ¿no era el pollo la mejor opción para la noche de un fin de semana? A medida que transcurría el tiempo, los pedidos pasaron de las comidas a los postres y al picoteo nocturno. Daeju terminó su debut como repartidor de forma exitosa con la sorprendente cifra de 25 entregas.

Cuando abrió la puerta azul, el viejo Jang y Jindeol estaban en el patio.

—¿Qué estás haciendo? —preguntó Daeju, sorprendido de ver a su padre fuera casi a medianoche.

—¿A dónde has ido?

—Fui a ver a un antiguo compañero de clase.

—Pero tu coche está aparcado afuera.

—Es porque planeábamos tomarnos alguna copa.

—No deberías beber si trabajas mañana. ¿Qué pensarán tus pacientes si vas apestando a alcohol?

—No he bebido. Vayamos dentro, hace frío.

Daeju sacudió la cabeza con frustración. Su padre no hacía más que regañarlo. Necesitaba una ducha caliente y quedarse un buen rato bajo el chorro de agua. Como era la primera vez que trabajaba al aire libre, no había caído en la cuenta de que precisaba ropa térmica, así que tenía las manos rojas y las rodillas heladas por el viento que traspasaba sus pantalones.

Cuando terminó de ducharse y salió, su padre siguió regañándolo, pero con el secador a todo volumen y la puerta cerrada apenas podía oírlo. O a lo mejor simplemente prefería fingir que no podía. Se tumbó exhausto en la cama. Recordó cómo, durante su primera cirugía, el cuello le dolía por la tensión, y que tuvo que frotarse las manos para calentarlas antes de enfundarse los guantes de látex. Aquel día había sido más extenuante, pero por algún motivo extraño pudo conciliar el sueño con más facilidad. Había algo en esa cama que lo hacía quedarse profundamente dormido. ¿Sería el olor de la manta...? Ya se había quedado dormido incluso antes de terminar de pensarlo.

A la mañana siguiente sentía todo el cuerpo dolorido de las agujetas. Más valía que recuperase sus energías, porque esa noche también planeaba repartir después del hospital. Tendría que tomar un desayuno consistente si iba a hacer un trabajo físico. Cuando Daeju abrió la puerta y salió, la mesa ya estaba puesta. El viejo Jang preparaba una sopa blanca *gomtang* frente a la estufa de gas con Jindeol a su lado. Se había convertido en una estampa familiar.

—¿Ya estás despierto?

—Sí. ¿Has dormido bien?

—¿Te gusta la sopa de buey? En un restaurante al que suelo ir en el mercado de Mangwon-dong me dijeron que estaban haciéndola, así que he traído un poco.

—Claro.

El viejo Jang alzó la comisura de sus labios con una sonrisa.

—El té de azufaifo también es muy bueno, pero...

—Ya sabes que no como azufaifos.

—¿Ya has hablado con Suchan hoy?

—¡Oh, no!

Daeju miró su móvil. La noche anterior había caído en un coma profundo y no se había dado cuenta de que tenía tres llamadas perdidas. Llamó, pero cuando vio la hora que era colgó de inmediato porque Suchan ya estaría en clase.

Se sintió mal, pero mientras se llevaba una gran cucharada de arroz a la boca pensó que, al fin y al cabo, estaba trabajando duro por el bien de su hijo. Hoy también haría su ronda con la moto después del trabajo. Frente a él, su padre sorbía la sopa caliente.

—¿Volverán en verano?

—Sí.

—No es bueno para las parejas permanecer demasiado tiempo separados. Y lo mismo con los niños. ¿Qué sentido tiene vivir una vida vacía como uno de esos panes *gonggal* que solo tienen aire por dentro?

«Ya empieza otra vez.» Daeju tomó una cucharada tras otra de sopa sin parar. Cuando casi había terminado, inclinó el cuenco sobre sus labios para beberse el caldo.

—¿Piensas enviarlo a la universidad allí? También podría recibir una buena educación aquí en Corea...

—Papá, a ti te parece mal todo lo que hago, ¿no? ¿Tienes que echarme la bronca un día de trabajo por la mañana? Ya no soy un niño, nos encargaremos de criarlo bien. Tampoco te estoy pidiendo dinero. ¡Puedo encargarme de todo por mi cuenta! ¿Quién tiene la culpa de que esté pasando por un mal momento? ¡Por favor, para ya!

El bol de cerámica hizo un ruido estrepitoso cuando lo dejó sobre la mesa de cristal. Daeju empujó su silla hacia atrás, cogió su abrigo acolchado y salió por la puerta.

—Este chico...

Los dolores lo acompañaron todo el día mientras pasaba sus consultas. A lo mejor había estado tenso sin darse cuenta al conducir la moto por primera vez. Tenía el cuello y los hombros agarrotados y apenas podía levantar los brazos. Aun así, tenía dos cirugías programadas ese día. Ya estaba siendo objeto de suspicacias, así que no podía permitirse volver a programar las operaciones. Ya fuera en el hospital o en casa, no podía permitirse vivir sin tener en cuenta lo que pensasen los demás.

Se sentó a almorzar solo, ya tarde, en la cafetería. No estaba allí para disfrutar de la comida, sino por una cuestión de supervivencia. En lugar de palillos, eligió la cuchara para engullir la comida. Cuando terminó, alguien colocó a toda prisa un vaso de agua sobre la mesa. Era ese interno al que se le daba tan bien plancharse su bata blanca.

—Que aproveche, profesor.

La mayoría de los estudiantes de Medicina solían tener la cara pálida, pero la de este, en concreto, era del color de la tiza. Tal vez la dura vida de interno estuviera haciendo mella. Era raro encontrar a alguien que estuviera moreno en un hospital. Algunos de los profesores conseguían un bronceado jugando al golf, pero eso solo sucedía en primavera u otoño. Por lo general, todos pasaban la mayor parte del día metidos en el hospital. Daeju no era la excepción. Desde que había entrado en la facultad de Medicina, su piel nunca había vuelto a lucir sana y bronceada.

—Gracias, ¿podrías recordarme cómo te llamas?

—¡Soy Jang Yeonseong, profesor!

—Ah, Jang Yeonseong. Que tengas un buen día.

—Muchas gracias, profesor. ¡Igualmente, que tenga un buen día!

Daeju sintió una punzada de envidia de su apariencia juvenil y enérgica. Se quedó observándolo hasta que salió de la cafetería y lo perdió de vista.

Daeju comenzó a prepararse para su segundo día como repartidor. Tras su experiencia del día anterior, sabía que era importante vestir con la ropa adecuada. Después de mirar bien a un lado y a otro, se metió en el baño del vestíbulo del hospital y sacó la ropa interior térmica de su bolsa. No era tarea fácil ponérsela dentro de ese cubículo minúsculo. Justo cuando logró meter el pie derecho, cayó hacia atrás y se golpeó contra el inodoro. No pudo mantener el equilibrio con el pie izquierdo, pero afortunadamente la tapa estaba bajada, así que pudo evitar mojarse el trasero.

Por fin se puso el conjunto de ropa interior térmica, encima un chaleco también térmico, después ropa deportiva con forro polar y por último su abrigo acolchado.

Ahora sí, estaba completamente a prueba de viento. Abrió la puerta con una solemne determinación, como un general que marcha hacia la batalla. Se lavó las manos en el lavabo por puro hábito. Su gruesa vestimenta hizo que tuviera que estirar los brazos para poder lavarse torpemente entre los dedos. La imagen que le devolvía el espejo era bastante ridícula con esa ropa que no le quedaba bien. Se sacudió los restos de agua de las manos y salpicó su imagen en el espejo. Luego salió del baño.

Daeju llegó a la casa de su padre en Yeonnam-dong y arrancó la moto que había aparcado detrás del Porsche. Mientras observaba en silencio a su alrededor para comprobar que el viejo Jang no estaba por allí, la puerta azul se abrió.

—¿Tienes frío, Jindeol? Vamos a comprarte ropa más abrigada —le decía el viejo Jang con ternura a Jindeol, que llevaba puesto un chaleco acolchado del mismo color granate que el de Daeju.

Su padre llevaba una bolsa de plástico que se había estirado por el peso de la manta de su dormitorio. Daeju se agachó rápidamente para ocultarse detrás del coche y lo observó mientras se alejaba. De alguna forma, al verlo desde detrás le pareció una figura más bien solitaria.

El teléfono de Daeju sonó. Por supuesto, se trataba de un pedido de pollo frito. «Debería haber abierto un restaurante de pollo frito», pensó. Si hubiera dedicado todo el esfuerzo que puso en la facultad en desarrollar su propia receta de salsa de pollo, a lo mejor estaría viviendo mil veces mejor ahora.

Por alguna razón, cuando era joven se había sentido presionado por tener una de esas profesiones que se designaban con el carácter chino *sa*. Se le daban especialmente bien las matemáticas, lo cual le abrió más posibilidades, y terminó convirtiéndose en médico *(uisa)*, el sueño de mucha gente. Con un padre farmacéutico *(yaksa)*, había tenido facilidad para las ciencias y le parecía una progresión natural. Estudiar nunca le había disgustado. ¿Qué otra cosa se suponía que iba a hacer un estudiante? Trabajó al máximo, consiguió que lo aceptaran en la facultad de Medicina y se convirtió en doctor. No le daba miedo la sangre y tampoco sentía aprensión por utilizar el bisturí. Después de su primera práctica de disección anatómica estuvo un tiempo sin dormir bien, pero pronto lo superó. Creía que el trabajo encajaba con él, y, poco antes de pasar el examen de médico especialista, tuvo una cita a ciegas en la que conoció a su mujer.

Subido en su scooter, le vinieron a la mente todos esos pensamientos, y otros. Justo cuando estaba pensando que quizá debería haberse decidido por el cuchillo de carnicero para trocear pollo en lugar del bisturí para salvar vidas, llegó al punto de entrega. Se trataba de una oficina situada en un cruce de tres vías en Donggyo-dong. Dejó la moto en el aparcamiento subterráneo y comprobó de nuevo la dirección. Era en el número 1505. Cuando llamó en el vestíbulo, la puerta automática se abrió sin que nadie le preguntase siquiera quién era. Hasta ahí todo fue bien.

Sin embargo, cuando llegó al ascensor vio un cartel rojo que decía NO FUNCIONA. ¡Joder! ¿Qué podía hacer en un caso como ese? Subir y bajar del piso 15 era demasiado.

Aunque era un repartidor novato, no entró en pánico y llamó al cliente utilizando la función de número oculto de la aplicación. Tras varios pitidos respondió una voz joven:

—¿Diga?

—Buenas noches. ¿Ha hecho un pedido de pollo? Soy el repartidor, estoy frente al ascensor, pero está fuera de servicio. Creo que tendrá que bajar a recoger su pedido.

A pesar de que se trataba de una petición totalmente razonable, sintió que un sudor frío recorría su espalda, ya que se decía que el cliente siempre tiene la razón. Tragó saliva esperando una respuesta.

—Oh, ¿tengo que bajar?

—Me temo que sí...

Hubo un momento de silencio.

—¿No podrías subir? Justo ahora estoy ocupado y no puedo. Te daré otros tres mil wones más.

—¿Tres mil wones?

—El pago a domicilio era de tres mil, así que estaría doblando la tarifa.

—Ah... Aun así, tendría que subir quince pisos...

—Entonces te daré cuatro mil.

Daeju asintió, pensando que ya que había llegado hasta allí se lo tomaría como un ejercicio y se ganaría otros cuatro mil wones.

—De acuerdo, ahora subo.

¿Cuándo fue la última vez que había subido tantas escaleras? La respiración agitada de Daeju resonó en la escalera de emergencia. Seguía fatigado del día anterior, así que con cada escalón se sentía como si llevara un pesado oso cargado en los hombros. Además, al tratarse de un edificio de estudios y oficinas, los escalones eran bastante altos.

«Joder, ¿por qué son tan altos estos escalones? ¿En qué piso estoy ya? Uf.»

Echó un vistazo al letrero. Solo iba por el noveno. Estaba algo mareado, pero no tenía otra opción que seguir subiendo. Le preocupaba que, si se entretenía demasiado, tal vez no pudiera cubrir los pedidos de la hora punta de la cena. Fue subiendo paso a paso hasta que por fin llegó al piso quince.

Daeju tocó el timbre del 1505. Las instrucciones eran: «Por favor, llama a la puerta y deja el pedido a un lado», pero sus pantorrillas parecían a punto de explotar y no pensaba marcharse sin esos cuatro mil wones de propina.

Después del sonido suave del timbre se abrió la puerta:

—¿Profesor?

El joven que sostenía cuatro mil wones frente a Daeju, que ni siquiera podía abrir los ojos debido al sudor que le caía a mares, no era otro que el interno Jang Yeonseong.

Daeju quiso tirar la bolsa de pollo y salir corriendo. No le salían las palabras. Lo mismo le pasaba a Yeonseong. Cuando vio a Daeju sosteniendo la bolsa de plástico que apestaba a pollo no supo a dónde dirigir la mirada.

—Profesor, ¿cómo es que...? —comenzó a decir con una mezcla de sorpresa y decepción en el rostro, como si estuviera frente a un héroe que ha caído en desgracia.

—No aceptaré la propina. Que aproveche.

Daeju le entregó la bolsa y dio media vuelta. La mujer que apareció detrás de Yeonseong solo pudo verle la espalda mientras caminaba como un pato con la abultada ropa acolchada. Por fortuna, para bajar pudo usar el ascensor. Una vez llegó abajo, observó su reflejo en el espejo del portal. Tenía la misma expresión que Yeonseong en el rostro, la de estar frente a un héroe caído en desgracia.

Durante las dos horas siguientes su móvil no dejó de vibrar. Brrr, brrr. Tenía que darse prisa en hacer la siguiente entrega para cumplir con su asignación diaria, pero le faltaban los ánimos. Se sentía como si le hubieran abierto un agujero en el pecho y algo se le estuviera clavando dentro, atravesándolo por completo. ¿Era vergüenza? Nunca se había sentido así. Pronto comenzaron a asaltarle otras preocupaciones. ¿Qué ocurriría si corría el rumor en el hospital de que estaba haciendo reparto a domicilio después del trabajo? ¿Infringiría también ese empleo su contrato e iría contra el honor de un doctor? ¿Qué ocurriría si esta vez lo suspendían? Todas esas preguntas le rondaban la cabeza, pero se forzó a dejarlas de lado pensando en Suchan.

Volvió en sí y cogió el teléfono. Pedido aceptado. Esta vez eran pies de cerdo. «Está bien, debo ponerme en marcha. Cuanto más gane, más dinero podré enviarle a Suchan», se dijo. Le entregaron los pies de cerdo de tamaño especial, perfectamente empaquetados en un envase desechable, de un restaurante familiar especializado en este plato que había ido pasando de generación en generación. Por un instante le vino a la mente el gesto torcido de Yeonseong al verlo y negó con un gesto. Como cabeza de familia, tenía que pensar en Suchan.

Daeju arrancó la moto. Al llegar al desvío a la izquierda que conectaba la estación de Sinchon con la entrada de Hongdae, observó el deslumbrante árbol de Navidad que había frente a la iglesia. El casco se le estaba empañando por dentro por la condensación. Se limpió con el dorso de la mano, pero no sirvió de nada. La estrella brillaba en lo alto del árbol rodeado de luces amarillas. Cuando vio a Mira, Ucheol y Nahee tomándose selfies frente al árbol, entendió por qué su casco estaba empapado. Estaba llorando.

El semáforo cambió de color y alguien tocó el claxon

detrás de él. La humedad dentro del casco le impedía ver con claridad, pero se secó de nuevo con la mano y arrancó. En el momento de girar a la izquierda, perdió el equilibrio y la rueda se deslizó. La caja de reparto salió volando, se abrió y la comida terminó desperdigada por el suelo. Daeju se incorporó de inmediato y trató de recoger el pie de cerdo mezclado con los fideos, la pasta salada de gambas y el *ssamjang* de la bandeja, pero su mano izquierda no obedeció. Por más que intentaba recoger la comida, sus dedos no se cerraban. Un sudor frío le recorrió la espalda y tuvo una intuición de médico. Intentó poner la moto de pie, pero sus manos no respondían. Tenía la mente en blanco, como si alguien le hubiera dado un golpe en la cabeza. Cogió el móvil y marcó el 119.

—Estoy en la intersección después de la rotonda de Sincheon, en el giro a la izquierda que lleva a la entrada principal de la Universidad Hongik. He tenido un accidente de moto y no puedo mover mi mano izquierda... Por favor, dense prisa...

La ambulancia llegó poco después y los paramédicos le preguntaron si quería ir al Hospital Severance o al servicio de emergencias más cercano. Por supuesto, eligió la segunda opción. De ninguna manera quería aparecer en su lugar de trabajo con todo el pringue de la salsa de los pies de cerdo.

Una vez en urgencias, siguió las instrucciones de los técnicos que le hicieron una radiografía de la mano izquierda.

—Abre la palma, gira la muñeca hacia la izquierda, ahora hacia la derecha... Tienes suerte de que no haya ningún hueso roto —le dijo un médico que parecía exhausto.

Sin embargo, los ligamentos estaban dañados y tendría que llevar una escayola durante un mes y medio, antes de volver a la revisión.

«¡Mierda! ¡Mes y medio! Eso significa que no podré operar hasta entonces...Y a ver qué me dicen en el hospital...», se lamentó. El dolor de cabeza ante lo que estaba por venir le hizo olvidar por completo el de su muñeca.

Daeju salió de urgencias con la mano izquierda escayolada. Su moto seguía en el lugar del accidente. Tenía que darse prisa. Lo último que podía pasarle era que encima se la robasen.

«Ahora no puedo ir en moto ni puedo llamar a ningún amigo para que me eche una mano. Pero tampoco quiero tener que pagar una multa si se la lleva la grúa...» Daeju dejó escapar un largo suspiro.

Intentó apoyar su cuerpo en la moto, pero no cedió. Menudo desastre. No tenía un solo amigo al que llamar para que lo ayudase. Tampoco tenía la confianza ni el valor para acudir a aquellos compañeros a los que consideraba cercanos y que lo vieran así. Pensó que quizá los amigos de verdad eran aquellos con los que uno no se sentía incómodo, ni siquiera en los peores momentos.

Era inútil, no podía mover la moto. Llegados a ese punto, por más que se devanó los sesos, solo le vino a la mente una persona. Mientras vivía con su padre se lo había cruzado de camino a casa siempre con su mono de la empresa de calderas. Se trataba de Ucheol. Ni siquiera sabía su apellido.

Se quedó dudando mientras observaba el número de teléfono de Mira, que tenía guardado en sus contactos desde que su padre se había desmayado. Lanzó un suspiro y el vaho que produjo se encontró con el aire frío, elevándose como el humo de un cigarrillo.

«¿Debería llamarlo? Esto me está volviendo loco», dudó.

La verdad es que no se le ocurría qué podría decirle. Solo habían intercambiado saludos, así que no sabía cómo podría abordar el tema... No tendría mucho sentido si lo llamaba pidiendo ayuda.

«Es mejor olvidarlo. La empujaré yo mismo», decidió por fin.

Colocó la mano izquierda en el manillar con mucho cuidado y se inclinó para empujar con todas sus fuerzas. La moto se movió un poco hacia delante. Gruñó mientras seguía apoyando todo su peso contra ella.

Después de un esfuerzo titánico, consiguió aparcar la moto detrás de su Porsche, pero sentía su brazo derecho aún más entumecido que el escayolado. Apenas lo notaba.

Cuando Daeju trató de sacudirse el abrigo acolchado con las manos, un olor punzante a cerdo y a fermentado de gambas saladas invadió sus fosas nasales. De ninguna manera podía regresar a casa así. Aunque no pudiera hacer nada con lo que llevaba debajo, tenía que lavar al menos la chaqueta, que tenía manchas de aceite de la carne de cerdo y la salsa de los fideos. No pasarían desapercibidas al escrutinio de su padre. Se preguntó qué podía hacer o a dónde podía ir... ¿Cómo se llamaba ese sitio? ¿La Lavandería Gira-Gira?

Daeju llegó a la Lavandería Gira-Gira entre jadeos y resoplidos. Sintió un olor familiar en cuanto entró por la puerta: era el mismo olor que desprendía la vieja manta que su padre había puesto en la cama del dormitorio principal.

Ese cálido aroma venía de allí. Era la primera vez en su vida que iba a una lavandería y se sentía incómodo. Miró a su alrededor y vio unas botellas de té de azufaifo junto a la máquina de café, ese mismo té que su padre le insistía tanto para que probase en casa.

Daeju no había comido nada en todo el día, aparte del desayuno y el almuerzo rápido en la cafetería. Las botellas de té parecían llamarlo, pero se recordó a sí mismo que contenían azufaifos y, en una situación como esa, aborrecía tener que ver aquel fruto cuyo nombre se parecía tanto al suyo. En su lugar, abrió la bolsa de gelatinas que había al lado y que tenía un mango amarillo dibujado. Se metió una en la boca. Era lo bastante dulce como para hacer que su nivel de azúcar en la sangre aumentara al instante, pero le dejó un sabor amargo. En realidad, no sabría decir si era dulce o amarga, pero cuando la tragó su estómago segregó ácido y sintió ardor en el estómago.

Quería quitarse de encima esa ropa sucia cuanto antes. A diferencia del viejo Jang, que seleccionaba las opciones de la máquina con habilidad, Daeju tanteó entre los botones hasta que consiguió configurarla correctamente y metió de inmediato la chaqueta en la lavadora. Se quedó observando cómo se llenaba de chorros de agua y el tambor empezaba a girar.

Aunque se había quitado la chaqueta, no hacía frío en la lavandería. Hacía más bien calor. Tal vez el dueño había puesto la calefacción después de los avisos por la ola de frío. Daeju se sentó a la mesa que había junto a la ventana y se puso a mirar la calle; no tenía nada más que hacer mientras esperaba.

Afuera hacía mucho frío, pero se veía feliz a la gente. Su

aliento no era denso como el humo de un cigarrillo, sino limpio como el vapor de agua que ocultaba sus sonrisas antes de desvanecerse poco a poco. Mientras Daeju miraba por la ventana, la familia de Ucheol pasó por delante de la lavandería. Mira y Ucheol cogían a Nahee de la mano, uno a cada lado, sonrientes. A Daeju le cayeron las lágrimas. Se las secó deprisa con el dorso de la mano.

Brrr, brrr.

La vibración provenía de su móvil. Era una llamada de Suchan, pero no podía responder. No podía mostrarles su cara roja por el viento ni a Suchan ni a su esposa. Tenía muchas ganas de verlos, pero no fue capaz de pulsar el botón de respuesta.

«¿Por qué estoy viviendo así?», pensó.

Nunca se había hecho esa pregunta. Nunca se había arrepentido de sus decisiones vitales. Sin darse cuenta, esas palabras que no pronunció provocaron nuevas lágrimas, que cayeron como los chorros de agua de la lavadora sobre su sucio abrigo acolchado.

Al principio le temblaron los hombros, y luego todo el cuerpo empezó a sacudirse hasta que rompió a sollozar. Su teléfono seguía vibrando en la mesa. Suchan estaba esperándolo.

«¿Por qué estamos viviendo así?»

No tenía a nadie en quien confiar. Como profesor en un hospital universitario, podía permitirse enviar a su mujer y a su hijo a Estados Unidos, así que, ¿de qué podía quejarse? Si lo hiciera, muchos lo criticarían y maldecirían a sus espaldas. Sin embargo, los niños criados de esa forma tan inusual no tenían los mismos vínculos de piedad filial hacia sus padres.

El móvil dejó de vibrar. Daeju lo cogió y revisó los contactos guardados. Revisó los nombres de la ㄱ a la ㅎ del coreano, hasta los nombres guardados en inglés de la A a la Z. No encontró a nadie en quien pudiera confiar y que pudiera tenderle una mano. Tal vez ya conociera la respuesta a ese problema. No le importaba que nadie entendiera esa sensación de caminar solo, encorvado por el miedo, a través de un campo vacío azotado por el viento helado. Solo quería gritarlo, aunque fuera al viento.

Daeju suspiró mientras observaba por la ventana. El cristal estaba empañado y había empezado a nevar. Los copos de nieve parecían papeles de seda blanco y caían silenciosamente del cielo, que se había tornado violeta. Muchos transeúntes encendían las cámaras de sus móviles y sacaban fotos al camino nevado del parque de Yeonnam-dong, como si quisieran conservar ese hermoso momento. Daeju, por el contrario, dejó el teléfono que sostenía y lloró con aún más insistencia. Cuando estaba limpiándose los espesos mocos con la manga de su ropa interior térmica, se fijó en el diario verde claro que había sobre la mesa. Recordó que su padre le había contado una vez que había un cuaderno en esa lavandería en el que cualquiera podía compartir sus preocupaciones. Daeju abrió el diario, agarró el bolígrafo y escribió en un espacio vacío:

*¿Es así como se supone que uno debe vivir? ¿Es porque soy el cabeza de familia? ¿Por qué mi vida es así?*

Solo fueron un par de líneas, pero el hecho mismo de escribirlas hizo que se sintiera mucho más relajado. Había estado solo, demasiado solo en una isla remota. Pero ahora que había logrado expresar lo que sentía, por extraño que fuera, la tristeza en su corazón pareció aliviarse un poco.

Daeju sacó su abrigo acolchado caliente de la secadora y se sentó en la silla. Percibió un olor familiar. Era el aroma a algodón limpio secado al sol, el mismo aroma que desprendía la manta del antiguo dormitorio de sus padres que hacía que se durmiera en el acto a pesar del insomnio. Abrazado a su abrigo acolchado, echó una cabezada.

Brrr, brr.

Daeju abrió los ojos al oír la vibración que provenía de su bolsillo, y comprobó el móvil. Era el viejo Jang. Ya era la una de la madrugada, y al día siguiente tenía que trabajar. ¿Qué le diría a su padre cuando le viera con el brazo escayolado? Se rascó la cabeza indeciso con la mano sana. Estaba seguro de que su padre le echaría una bronca, pero Daeju no pensaba confesar que había tenido un accidente repartiendo comida a domicilio.

Se dirigió a casa pisando sobre la nieve que aún caía. Observó a su alrededor. Quizá le contaría que había tenido la mala suerte de tropezar y caerse por la escalera.

—¿Cómo es que vuelves a estas horas? Está nevando. Deberías estar ya en casa —dijo el viejo Jang. Entonces vio la escayola—. ¿Cómo te has hecho eso? ¿Y qué es esa ropa que llevas?

Mierda, menudo despiste. Con tanta vergüenza, tristeza y fatiga acumuladas se había olvidado de ir al coche para cambiarse de ropa. Se aclaró la garganta:

—Bueno, esto... —empezó con un hilo de voz—, me

he caído. Últimamente estoy agotado, así que me he vestido así para ir a caminar un poco por la montaña después del trabajo.

—¿Y cómo puede un médico hacerse daño en la mano? ¿Es que no pensaste ni un momento en tus pacientes?... Venga, entra rápido y ve a descansar.

Era él quien se había herido, pero parecía que a su padre solo le preocupaban los pacientes. Bueno, ¿qué esperaba? Le sorprendió que la conversación terminara ahí. Daeju se fue a la habitación pensando que no había ido tan mal, después de todo. Ahora necesitaba una ducha caliente: era la pequeña felicidad que había estado aguardando todo el día, pero tenía el brazo enyesado.

Quitarse la ropa interior térmica tan ajustada al cuerpo fue una tarea ardua. «Agh, ¿cómo me quito esto?» Fue como el proceso de mudar de crisálida a mariposa. Después de mucho gruñir y pelear, consiguió sacársela de encima. Jindeol arañaba la puerta con las patas.

—¿Qué te pasa, estás mal? ¿A dónde ha ido papá?

Daeju abrió la puerta, pero el viejo Jang no estaba allí. Su manta tampoco estaba extendida sobre el suelo. Escuchó risas y conversaciones ahogadas en la planta superior.

—Ah, es verdad. No he hablado con Suchan en todo el día.

Jindeol frotó su cabeza contra las rodillas de Daeju.

—¿Te encuentras mal? Ah, vale, que quieres hacer pis.

Mientras Jindeol gemía y trotaba hacia la puerta principal, Daeju se dio cuenta de lo que quería. Después de todo, hacía muchos días que convivían.

En cuanto le abrió la puerta, Jindeol se fue hacia un

macizo de flores, levantó la pata derecha y se alivió como si llevara mucho esperando ese momento. Luego corrió hacia la otra esquina del jardín, en la que había una cazuela con algo hirviendo sobre las llamas azules de un camping gas. Agachado junto al fuego estaba el viejo Jang. En ese instante, a Daeju le pareció mucho más frágil que en sus recuerdos.

—Papá, ¿qué estás haciendo aquí a estas horas?

—Nada, entra adentro. ¿Por qué has salido con este frío?

—Jindeol estaba gimoteando.

—¡Oh! Se ha debido de cerrar la puerta otra vez. Lo siento, Jindeol. ¿Estás bien? ¡Venga, vuelve adentro!

Daeju chasqueó la lengua y entró en casa preguntándose si su padre no podría ser al menos la mitad de amable con él de lo que lo era con Jindeol. Un tenue aroma al guiso de huesos de buey pasó por su nariz.

Cuando salió de la habitación por la mañana, la mesa del desayuno ya estaba puesta. Vio dos boles de sopa caliente: su padre debía de haber estado hirviendo los huesos durante toda la noche, quitándoles la grasa para hervirlos de nuevo y conseguir ese caldo tan sabroso.

—¿Te has pasado la noche en el jardín preparando esto?

—Era demasiado tarde para acercarme a la tienda del mercado de Mangwon-dong y resulta que tenía huesos de res en casa. Come y vete al trabajo. Tus pacientes te esperan.

El viejo Jang esperó a la reacción de Daeju mientras condimentaba su caldo.

—No le eches demasiada sal.

—Comer sin sal no es necesariamente saludable.

—¿Ah, no?

—Solo... es sopa.

—Pero me he pasado la noche entera preparándola...

Si Daeju tuviera que buscar una razón que explicara su actual infortunio es muy probable que fuera justo aquella casa con la puerta azul en Yeonnam-dong. Tendrían que haberla convertido en un edificio comercial, así habría podido enviar el alquiler a Suchan cada mes y, al mismo tiempo, habría podido mantener su estilo de vida. Y nada habría cambiado... De repente, se puso furioso. ¡Todo este suplicio solo porque su padre era un cabezota que se aferraba a los recuerdos!

—¿Y quién te pidió que te quedaras toda la noche despierto haciendo sopa? ¿Acaso te pedí *gomtang*? —vociferó.

—¿Qué quieres decir?

El viejo Jang dejó su cuchara y miró el rostro enrojecido de su hijo.

—¡Digo que quién te pidió que cocinaras esto! ¡No tienes ni idea de la vida que estoy llevando! ¡Pacientes, pacientes y más pacientes todo el día! ¿Te preocupas lo más mínimo por mí? Al menos podrías tratarme como a la familia que vive arriba. ¡¿Cuándo has hecho algo por Suchan con sinceridad, como cuando secaste esos malditos azufaifos para hacerles té a esos de la lavandería?! En vez de volcarte con los extraños, ¿qué tal si le prestas un poco de tu atención a tu nieto, que lo está pasando mal en el extranjero?

—¿D-de qué estás hablando?

—¡Te hablo de Suchan! Fue a hacer clases de equitación, tuvimos que alquilar el caballo más barato y se cayó. ¡Pudo haberse matado!

—¿Cómo? ¿Dices que no le ha pasado nada?

—Por quinientos malditos dólares está pasándolo mal en el extranjero. ¡Es tu nieto!

—¡Eres tú quien lo envió allí! —El viejo Jang tampoco cedió—. ¿Quién te dijo que lo enviaras allí? Ya te advertí de lo que pasa cuando un cuervo intenta caminar como una cigüeña. ¡Al final es Suchan el que sufre! ¡Pero fuiste tú quien se empeñó! ¡Tú! ¿Y ahora le echas la culpa a tu padre?

—Entonces ¿por qué me hiciste un cuervo? Soy tu único hijo. ¿Por qué no me criaste como a una cigüeña, igual que los padres de los compañeros a los que ayudaron a abrir una clínica en Gangnam, y que enviaron a sus hijos al extranjero? Si volviera a nacer, me gustaría ser una cigüeña. ¿Tienes idea de lo patético que fue pedir a mi hijo que alquilase el caballo más barato por unos míseros quinientos dólares? No lo sabes porque ni siquiera te importa.

¡Plaf!

El viejo Jang abofeteó a Daeju en la mejilla, y se hizo un silencio. Después no añadió nada más. Daeju se pasó la lengua por el interior de su mejilla enrojecida e hinchada. Su padre no le había pegado ni una sola vez en su vida, hasta hacía poco. Ni siquiera cuando lo pillaron fumando junto a la puerta azul en el último curso del bachillerato. Pero ahora ya era la segunda vez, y ambas habían sido por culpa de esa casa: primero cuando Jindeol se hizo daño en la pata, y ahora, otra. Eso hizo que Daeju odiase aún más esa puerta azul.

«Maldito cabezota. Podría pasarse así otros treinta años. Seguirá siendo tan testarudo cuando tenga cien. Agh, me escuece la cara.»

Ya en el autobús, Daeju abrió la ventana para que la brisa fría le acariciase la mejilla. ¿De quién era la culpa de que estuviera sufriendo así ahora? Sin embargo, sabía que no podía culpar de todo a su padre. En el fondo era consciente de cómo había llegado a esa situación y qué debía hacer. Pero era más cómodo culpar a sus padres, como hacen todos los niños. Resultaba vergonzoso.

Le dieron dos meses de baja. Eso sí, sin retribución económica de ningún tipo. Su reputación ya estaba por los suelos y, ahora que ni siquiera podía operar, parecían haber decidido que no merecía la pena seguir pagándole. El hospital no le dio alternativa, alegando que dejarle descansar hasta que se recuperase del todo era un acto de consideración. Fantástico. Primero le reducían el salario y ahora directamente se quedaba sin ingresos durante dos meses. Su vida era un desastre, como una maraña de cables enredados en un viejo poste eléctrico. ¿De dónde iba a sacar el dinero?

Cuando salió de su despacho, se encontró a Yeonseong en la puerta.

—Profesor... Me gustaría disculparme por lo del otro día. Nunca me hubiera imaginado que era usted...

Por supuesto, jamás se le habría podido ocurrir que ese repartidor con el que estaba discutiendo por cuatro mil wones fuera un profesor de su especialidad. Ni siquiera él mismo se habría imaginado aferrándose hasta al último billete de mil. A Daeju le resultaba difícil mirarle a los ojos y se quedó con la vista fijada en el suelo.

—Profesor, lo siento de verdad.

—Sigue trabajando duro hasta que nos volvamos a ver.

Y mantén tu bata limpia y planchada como hasta ahora; es muy agradable verla impecable.

Le dio una palmadita en el hombro a Yeonseong, que miraba su escayola con los labios fruncidos, y se marchó.

Cuando iba en el autobús de regreso a casa, recibió una llamada de la empresa de calderas.

—Ya tenemos el presupuesto. Se lo envío ahora mismo.

—¿Cuándo pueden empezar?

—En cuanto nos confirme el presupuesto y nos haga la transferencia del adelanto.

—De acuerdo.

—Se lo acabo de enviar. Por favor, échele un vistazo y envíeme una confirmación.

Brrr.

Le daba miedo abrir el documento. ¿Cuánto le costaría? Le habían dicho que, si lo dejaba demasiado tiempo, el agua podría filtrarse y encima tendría que indemnizar a los vecinos... Y, por otro lado, lo mejor sería poner fin a esa tediosa convivencia con su padre lo antes posible. Pero al abrir el archivo, Daeju se quedó sin habla.

«¡Joder! ¿Cómo puede ser tan caro?»

Volvió a llamar a la empresa de calderas. El técnico le explicó que tendrían que levantar todo el suelo para encontrar la fuga y después instalar una nueva caldera, lo que por lo general costaba al menos diez millones de wones. Añadió que habían aumentado mucho los costes de la mano de obra últimamente, por lo que su presupuesto en realidad podía considerarse barato. Daeju ni siquiera podía enviarle los gastos de manutención a Suchan ese mes. No podía pagar aquella cantidad.

—Entonces ¿qué quiere que hagamos? Si no se actúa con rapidez, el agua se filtrará a la casa de abajo. Es probable que tenga que pagar una indemnización. Tuvimos un caso similar no hace mucho: el cliente lo fue posponiendo hasta que se filtró el agua y le tocó pagar una compensación considerable... no solo con los costes de reparación, sino también por el hotel para alojar a los afectados. Además, como bien sabe, sus vecinos no son de los que se conformarían con un hotel cualquiera. Los costes de hotel para una semana serían... No quiero ni imaginármelo. En cualquier caso, lo mejor será que tome una decisión en cuanto antes.

«Mierda.» Estaban poniéndolo nervioso. Se sentía como un idiota y se odiaba por ello.

—Ahora tengo que operar a un paciente, me esperan en el quirófano. Mañana te llamaré.

Tras decir eso, colgó con rapidez el teléfono antes de que anunciaran la siguiente parada del bus.

Se bajó en la intersección Yeongui y tomó una calle lateral para entrar en Yeonnam-dong. El viento era especialmente gélido. Con el brazo escayolado, no había podido abrocharse bien el abrigo: tenía las manos heladas y el aire glacial se colaba por su pecho. Sin embargo, aquello no era nada comparado con el escalofrío que sentía ante la perspectiva de tener que pagar otros diez millones de wones, además de los gastos de manutención de su mujer y de Suchan. ¿Qué debería hacer? La gente a su alrededor en el parque parecía tan despreocupada... ¿Cuánto habría pasado desde la última vez que se rio así, sin ningún agobio, sin pensar en otra cosa? Continuó dejando escapar largos suspiros que parecían humo de cigarrillo.

Daeju se detuvo frente a la puerta azul, no se atrevía a abrirla. Su orgullo estaba herido. Se había marchado hecho una furia por la mañana, después de que su padre le hubiera dado un bofetón, y aun así era el único sitio al que podía regresar. Mientras deambulaba con pesar frente a la puerta, posó la mirada en su querido Porsche. «Ah, sí. ¡Todavía te tengo a ti!» Entró sin pensárselo dos veces. El interior del coche, que todavía olía a nuevo, era acogedor. Cuando había seleccionado las opciones, optó por los asientos y los cinturones de seguridad rojos con el logotipo de Porsche en los reposacabezas. Solo con mirar el reloj del salpicadero, Daeju sintió como si todo en el mundo estuviera de nuevo en orden. Reclinó el asiento y cerró los ojos.

Estaba temblando, pero no arrancó el motor. El rugido de tigre del motor del Porsche no salía precisamente barato: consumía mucho combustible, y no podía echarle un combustible cualquiera. Solo podía ser de alta calidad, por lo que en su situación no podía permitirse desperdiciar ni una gota.

Como el coche llevaba aparcado ahí fuera varios días, los asientos estaban muy fríos. A pesar de todo, estaba feliz. Ese era su único refugio, un lugar en el que podía descansar a gusto.

Se despertó con el ruido de la puerta azul. Ucheol salía con su uniforme de trabajo como de costumbre. Las manos de Daeju reaccionaron antes que su cerebro y, sin darse cuenta, abrió la puerta del coche.

—¡Un momento!

—¿Eh? Ah, hola.

Ucheol se detuvo y lo miró con curiosidad mientras salía del vehículo.

—Esto...

—¿Ocurre algo?

—¿Podrías echarle un vistazo a esto? La caldera de mi apartamento se estropeó, así que conseguí un presupuesto de una empresa que encontré en internet, pero... es más caro de lo que me esperaba.

Daeju hizo una pausa y se preguntó por qué le costaba tanto ir al grano y reconocer que estaba dudando por el precio. ¿Acaso hería su orgullo?

—Déjame ver.

Daeju se quedó mirando a Ucheol mientras este evaluaba el presupuesto y, al ver que fruncía el ceño, empezó a ponerse nervioso.

—¿Crees que es un precio normal?

—¿Normal? Son unos estafadores en toda regla.

—¿Unos estafadores?

—¿De qué empresa es esto? Vaya sanguijuelas.

—¿Verdad? ¡Ya me imaginaba que no podía ser tan caro! —exclamó Daeju levantando la voz, con la esperanza de ahorrar algo y aliviado por no haber caído víctima de aquel timo.

—Iré a echarle un vistazo. En invierno este tipo de estafas son muy frecuentes. Saben que es urgente, así que te hacen pagar un montón de dinero por adelantado. Además, te asustan con historias sobre compensaciones que tendrás que pagar si el problema empeora. Luego, cuando te dicen que no hay ninguna fuga, ya es demasiado tarde. Iré de inmediato a echarle un vistazo.

—... Te lo agradezco.

—No es nada. Ya sabes, hoy por ti y mañana por mí.

Esas palabras conmovieron a Daeju. Ucheol se fue con

su habitual saludo franco y honesto. Al quedarse solo, Daeju se volvió a meter en el coche. Pronto recibiría una llamada de California y la perspectiva lo aterrorizaba. Todavía no tenía ni idea de cómo darle la noticia a su esposa de que estaría de baja dos meses y, encima, sin sueldo.

Mientras observaba su mano herida se preguntó cómo iba a arreglárselas para enviarles los gastos de ese mes... Abrió la aplicación del banco para comprobar su saldo. ¿Por qué narices habría puesto una contraseña tan difícil? Ni siquiera tenía dinero que pudieran robarle los hackers o los estafadores. Como solo podía usar la mano derecha y el teclado del móvil era minúsculo, le llevó varios intentos entrar en la cuenta. Su saldo apenas llegaba para cubrir los gastos de su tarjeta de crédito cuando se los cargasen.

Daeju dejó escapar un profundo suspiro. Siempre había sido el primero en ciencias, así que hizo cálculos mentales con rapidez. Los gastos de manutención que enviaría a Estados Unidos, la matrícula para la escuela y el capital del préstamo para el apartamento con intereses... ¿Qué debía pagar primero? Si se retrasaba con el préstamo, podrían cobrarle aún más intereses.

Justo entonces vio un caballo que parecía que iba a levantar sus patas delanteras y a galopar vigorosamente en cualquier momento. No era el caballo marrón que se había imaginado en la clínica de Apgujeong-dong ni Zelda, el caballo que tanto le gustaba a Suchan. Se trataba del caballo negro grabado en el volante de su único refugio. «Parece que al final tendré que dejarte marchar...»

Lo de la crisis económica tenía que ser una broma. Tan solo dos horas después de poner en el mercado de segunda mano su coche, valorado en más de cien millones de wones, apareció un comprador. Por más que tuvieras dinero, si querías un coche así nuevo tenías que esperar dos años a que te lo entregasen debido a la crisis mundial en el suministro de semiconductores, por lo que el comprador dijo que podía cerrar el trato de inmediato. Además, pagaría en metálico.

Aunque estaba decidido a vender su amado Porsche, cuando recibió la llamada confirmándole que había sido adquirido por un concesionario, la sensación fue más bien amarga. Irían a buscar el coche, le dijeron, ya que no podía conducir debido a su lesión en la mano. También comentaron que debía tener su sello para firmar listo porque llegarían en una hora.

Daeju pasó por el centro comunitario para recibir un certificado de propiedad del coche. Cuando regresó a por el permiso de circulación y el resto de los documentos requeridos que tenía en la guantera, le llegó un mensaje del comprador diciendo que estaría allí en diez minutos. Lanzó una mirada triste al caballo negro del volante. «Adiós, que te vaya bien.» Daeju decidió liberar a ese caballo negro que en su mente galopaba solo por el desierto. Quizá ahora podría galopar de verdad con un nuevo dueño.

Tras recibir los dos juegos de llaves y la documentación, el comprador se marchó con una gran sonrisa en la cara.

«No pasa nada. Conmigo solo podías correr del hospital a casa y de casa al hospital por la abarrotada autopista de Gangbyeon. Ojalá vayas a un lugar en donde puedas desplegar todo tu potencial y galopes al máximo. En vez de un dueño que tiembla al pensar en las cuotas mensuales y el precio de la gasolina, espero que tengas uno que te compre en metálico y deje a tu motor rugir como un tigre. Siento que estuvieras reprimido todo este tiempo por mi culpa. Adiós, mi caballo negro.»

La pared junto a la puerta azul parecía tristemente vacía ahora. Incluso podía oír el silbido del viento frío contra los ladrillos. Era el momento de abrir la puerta y entrar. Volvería a ver a su padre. Odiaba el hecho de no tener ningún otro lugar al que ir. Aun así, tenía la esperanza de que su padre estuviera dormido. Así podría permanecer en silencio en la habitación fingiendo que no estaba allí.

La puerta principal siempre permanecía abierta por Jindeol, pero ahora estaba cerrada. La abrió despacio y entró. Las zapatillas marrones del viejo Jang no estaban en el recibidor. Los pasos cautelosos de Daeju se volvieron entonces más atrevidos. El salón también estaba vacío. Muy bien. Daeju cerró la puerta del dormitorio sin tener ni idea de que su padre lo había visto temblando dentro del coche y había decidido salir de casa por su bien.

Daeju se desplomó sobre la cama. Abrió la aplicación del banco y comprobó su cuenta corriente. Todavía no le había llegado el dinero. El comprador le había dicho que se lo enviaría cuando la propiedad fuese traspasada, así que sabía que llevaría un tiempo, pero se sentía ansioso. «Espero que no esté pensando en hacer nada ilegal con el coche.» Últimamente todo le salía mal, de modo que tenía los nervios de punta. Se pasó diez minutos presionando el botón de actualizar hasta que por fin vio que le había ingresado el dinero. Después de liquidar las letras que le quedaban del coche, aún disponía de unos cincuenta millones de wones.

Con el dinero de la venta de su caballo negro, Daeju

pudo pagar la tarifa para Zelda y los gastos de manutención de su familia. Su cuenta empezó a vaciarse de nuevo. Si lograba aguantar hasta que volviera al trabajo, todo saldría bien. Aunque se sentía vacío, le entró el sueño. Después del frío que había pasado en el coche, el tacto de esa manta que había tejido su madre le pareció más cálido que nunca, y el olor al suavizante de la Lavandería Gira-Gira resultó aún más acogedor.

La funda de la almohada estaba húmeda. Daeju no podía recordar lo que había soñado, pero sí recordaba que se trataba de un sueño triste. Tampoco quería acordarse de los detalles. La vida ya era lo bastante dura. Tenía sed. Cuando abrió la puerta, vio al viejo Jang y a Jindeol sentados en el sofá. Tenía tanta sed que le ardía el esófago, pero no lograba decidirse a atravesar la puerta. Se sentía triste porque había tenido que desprenderse del Porsche, al que quería como a su segundo hijo. Nunca le haría algo así a Suchan. ¿Cómo podía ser su padre tan cruel? La guerra que estaban librando padre e hijo se había convertido en una guerra de orgullos. Jindeol lo miró a través de la puerta abierta, inmóvil.

Daeju salió de la habitación con el abrigo acolchado puesto. Normalmente el viejo Jang le habría preguntado a dónde iba a esas horas de la noche, pero permaneció con los labios fruncidos y se quedó observando la puerta de la casa después de que Daeju saliera.

Daeju caminó por las calles de Yeonnam-dong; se había marchado sin tomar siquiera un sorbo de agua. La alerta por la ola de frío seguía vigente y el viento constante cortaba la piel como cuchillas. Qué invierno tan amargo.

«¿Qué tal si voy a un veinticuatro horas a comer unos fideos instantáneos? Ah, eso también cuesta dinero. Mejor sigo y que me dé el aire», pensó.

Se acordó de la sopa que había preparado su padre para el desayuno, pero continuó caminando. Una carrera a lo largo del río Han tal vez aliviaría su tensión. Sentía una opresión en el pecho que le impedía casi respirar y ni siquiera tenía su coche para dar una vuelta. Sabía que su caballo negro se había marchado para no volver.

Al final se detuvo frente a la Lavandería Gira-Gira, que permanecía iluminada al final de la calle del parque. Dentro hacía calor. Estaba vacía y reinaba un silencio únicamente interrumpido por una lavadora cuyo tambor giraba, creando espuma blanca y haciendo un ruido similar al de las olas. Al lado de la máquina del café estaba el nuevo té de azufaifos que había traído su padre; aquel *ssanghwatang* tenía un color marrón oscuro y su olor parecía filtrarse a través de la botella. Daeju frunció el ceño.

Pensó en prepararse una taza de café, pero terminó sentándose a la mesa con las manos vacías. Se preguntó si alguien le habría dejado una respuesta, riendo para sí. Sintió que sus cuarenta años de vida habían sido en vano si ese diario de la lavandería era el único lugar en donde podía compartir sus preocupaciones.

Lo abrió por la mitad, en la parte en que recordaba haber escrito.

Después de pasar varias páginas, llegó a su mensaje.

*Me gustaría escribir sobre mi hijo y sobre mí. Cuando tenía poco más de tres meses, sorprendió a todo el mundo diciendo «papá». Fue su primera palabra.*

*Pero con el paso del tiempo, cada vez me llamaba menos así. Ahora, a sus ojos solo soy un viejo testarudo. Estoy orgulloso de todo lo que he trabajado para sostener a mi familia, pero he terminado convirtiéndome en un viejo molesto para mi hijo. No sé cuándo me distancié de él. ¿Fue cuando entró en la facultad de Medicina? ¿Después de casarse? ¿Después de tener un hijo? La verdad, no tengo ni idea, pero a partir de algún momento nos distanciamos.*

Daeju ladeó la cabeza mientras leía el texto. Le resultaba familiar. Siguió leyendo la que parecía su propia historia.

*Sin embargo, lo que me da la fuerza para seguir son los recuerdos que creamos. Él tambaleándose hacia los macizos de flores de su madre con sus piececitos; la calidez que sentía al abrazarlo; el día en que se le cayó el primer diente de leche y lo tiró al techo mientras las lágrimas corrían por su rostro; las marcas de estatura en la pared que dejamos de hacer en algún momento; la forma en que corría por el jardín cada vez que regábamos las plantas y se reía al mojarse; su inocencia cuando insistía en ponerle la bufanda que le había hecho su madre al muñeco de nieve por si tenía frío... Todos esos son momentos que jamás volverán, pero gracias a que permanecen vivos en mi interior, nunca me siento solo. Quizá ese es el motivo por el que he tratado de proteger mi casa a toda costa, aunque a sus ojos parezca un viejo obstinado.*

*Hijo, no sé si llegarás a leer esto, pero me gustaría decirte algo: sería una verdadera lástima que te per-*

*dieras todos esos momentos con tu hijo. Es por eso por lo que siempre estuve en contra de que lo enviases tan lejos.*

*El tiempo nunca regresa. Terminas dándote cuenta cuando has vivido lo suficiente. Sé que odias cuando te regaño, pero necesito decirte esto: me hubiera gustado enseñarte a vivir feliz, incluso más que la cigüeña que te hubiera gustado ser, pero lamento mucho no haber sabido hacerlo.*

*Aun así... hasta que deje este mundo... No, incluso después de eso, siempre te querré.*

Reconoció la letra. Aquella caligrafía pulcra escrita con pluma estilográfica era la misma que había visto en la correspondencia del colegio cuando era pequeño, en sus notas y en la primera carta que recibió después de entrar en la facultad de Medicina. Era su padre. A Daeju se le hizo un nudo en la garganta. Esos recuerdos que habían permanecido enterrados en lo más profundo pasaron por su mente a gran velocidad, como si de una película se tratase.

La casa de Yeonnam-dong, que ahora le parecía extraña e incómoda, una vez había sido su hogar. Un hogar lleno de recuerdos y momentos a los que nunca podría regresar...

Daeju acarició la página deteniéndose en las palabras «siempre te querré».

Observó cómo su reflejo en la ventana se transformaba en la cara de Suchan. ¿Cuánto habría crecido? Probablemente ahora ya le llegaría a la altura de los hombros.

El viejo Jang lo sabía. Había visto la vieja moto oculta detrás del Porsche que tanto quería su hijo y la ropa térmica manchada de grasa y que olía a comida en el cesto de la ropa. Había oído a su orgulloso hijo pedir ayuda a Ucheol con la caldera y también lo había visto llorando en la lavandería. Lo sabía todo.

Los padres tienen la inquietante habilidad de detectar cuándo sus hijos están pasando por un momento difícil. Pueden saberlo solo con ver sus espaldas o la manera en que se encorvan al caminar.

Daeju fue a la primera página del manoseado diario verde claro y empezó a leer. El viejo Jang había respondido incluso a las preocupaciones más triviales de la gente, como: «Tengo hambre» o «Me aburro». La caligrafía de su padre lo hizo llorar. Se preocupaba por los problemas de personas de las que ni siquiera había visto la cara. Había lavado mantas que tenía guardadas en el fondo del armario y había preparado té solo para tener algún pretexto para visitar la lavandería. Incluso con las alertas por frío, siguió yendo allí, sujetando la correa de Jindeol y dejándose guiar por él pese a estar exhausto. Se dio cuenta de lo solo que debía de haberse sentido su padre.

Sacó su móvil y envió un mensaje de texto a su esposa: «Te amo, cariño. Te quiero, Suchan. Os echo mucho de menos a los dos». Miró la pantalla del teléfono con los ojos inyectados en sangre mientras su mensaje viajaba al otro lado del mundo. Se acarició el cabello con la mano sana tratando de contener las lágrimas. Sentía como si tuviera algo caliente en el interior que fuese a explotar en cualquier momento. Apretó los puños. Abrió una de esas botellas del té de azufaifo que había preparado su padre. Se la llevó a los labios con cuidado de no derramar ninguna gota. Sus lágrimas cálidas se entremezclaron con el líquido marrón. La dulzura del azufaifo y el toque ligeramente amargo de las hierbas medicinales se extendieron en el interior de su boca y bajaron por su garganta. Era lo más dulce que había probado en la vida. Tan dulce que resultaba amargo. Mientras bebía, las lágrimas que había estado luchando por evitar brotaron sin control. Se metió el puño en la mano, pero no pudo contener los sollozos. Le vinieron a la mente todas esas veces en las que había fingido no oír a su padre, o en las que se había marchado dando un portazo. Su padre se había pasado la vida mirando su espalda...

«Papá.» Daeju sollozó y el cuerpo entero le tembló.

Detrás de él, los tambores de las lavadoras giraban con un ruido que bien podría confundirse con el de las olas rompiendo en la orilla. Cuando una lavadora se acallaba, la otra rugía con fuerza como el oleaje que nunca cesa. Daeju lloró mientras se entregaba al interminable murmullo de esas olas. El tiempo transcurrió y las aguas se calmaron. En ese momento, sintió un olor familiar: Daeju cerró sus ojos rojos e hinchados ante ese aroma sereno y reconfortante. Cruzó los brazos y apoyó la cabeza sobre el diario verde claro. Se sintió en paz, como cuando de pequeño dormía en brazos de su padre.

Una de las lavadoras seguía en marcha. La ropa blanca daba vueltas, subiendo y cayendo con la cadencia de las olas, como si en ese vaivén se fueran aclarando, uno a uno, los pesares de alguien.

Cada uno de nosotros necesita nuestra pequeña playa. Un lugar al que ir y llorar libremente. Aquí, en Yeonnam-dong, existe un sitio así, que lava nuestras lágrimas y tristezas con sus olas blancas y espumosas.

# Epílogo

# 1

«No pasa nada, Yeoreum. No tengas miedo. Si recibes esa llamada, genial, y si no... siempre podrás intentarlo el año que viene. ¡No pasa nada!», murmuraba para sí.

Ese día salían los resultados del concurso de guiones. Tenía el pulso tan acelerado que era incapaz de mantenerse quieta frente al escritorio y salió del estudio abrazando su cojín aplastado. Aun sin verle la cara, su nerviosismo era evidente. Seeung, que había llevado su uniforme de policía a la lavandería, se quedó mirándola cuando entró.

—*Ajumma*, ¿has vuelto aquí a por más respuestas?

—*Ajossi*, no me dirijas la palabra, podría no oír el teléfono.

—Oye, ¿a quién llamas *ajossi*? Soy un agente de las fuerzas del orden. ¿Qué llamada estás esperando?

Yeoreum había llevado su cojín hasta allí, pero todas las lavadoras estaban ocupadas.

La lavandería se había vuelto muy popular, y, como mucha gente pasaba por allí, el diario verde claro ya estaba lleno hasta la última página. Sin embargo, esa última página seguía en blanco, como si todos, muy cortésmente, estuvieran dejando ese espacio para alguien con problemas más graves que los suyos.

Seeung seguía instando a Yeoreum a que le diera una respuesta cuando entró Yeonu con Ari en brazos y su ropa del trabajo manchada de pintura.

—¡Oh! ¡Cuánto tiempo! No he podido venir porque estamos en época de exámenes, pero me alegro de haber decidido pasarme hoy.

La puerta emitió un chirrido. Mira entró con su uniforme rojo de la tienda *duty free*.

—¡Oh, qué suerte! ¿Cómo os va? Me encanta venir y encontrarme con vosotros, os echaba de menos. ¿Estáis todos esperando a que haya una lavadora libre?

—Sí, no sé si es que hoy es el día perfecto para hacer la colada, o es que todos andan demasiado preocupados. ¡No hay ni una libre! ¿Has vuelto al trabajo? —respondió Yeoreum sosteniendo con fuerza su teléfono.

—Sí, la empresa ha sido flexible con los horarios y he podido volver a ponerme este uniforme —dijo Mira con una sonrisa radiante mientras agitaba la chaqueta con su nombre.

Se la veía feliz, como si hubiera recuperado la parte de sí misma que había olvidado mientras vivía como madre y esposa.

—Es genial, felicidades. Si necesitas hacer unas horas extra, avísame, puedo recoger a Nahee del colegio. Suchan volverá pronto, así que podrían hacerse amigos —dijo el viejo Jang, que acababa de entrar en la lavandería con la manta del dormitorio. Jindeol saludó moviendo la cola.

Mientras tanto, Yeoreum seguía mordiéndose las uñas.

—¿Qué tipo de llamada estás esperando? ¿Por qué estás tan nerviosa? —siguió insistiendo Seeung.

—... Es por el concurso de guiones. Hoy anuncian los resultados. A estas horas deberían haber empezado ya con las llamadas... Pero...

—Oh, ¿ese que escribiste sobre tu historia de amor con Hajun?

—Sí, ese... Estoy esperando que me llamen. Si no lo consigo esta vez...

—Todavía es pronto. Las buenas noticias siempre se hacen de rogar —dijo el señor Jang amablemente.

En ese momento, sonó el móvil de Yeoreum.

—¿Diga?

Su corazón latía con fuerza, tanto que su cuerpo parecía temblar. Todos se quedaron mirándola, expectantes.

—¡Gracias! ¡Muchísimas gracias!

En cuanto terminó la llamada, se acercaron para felicitarla. Yeoreum se abrazó al cojín con lágrimas en los ojos. Por primera vez, pronunció en voz alta algo que nunca antes se había dicho a sí misma:

—Buen trabajo, Han Yeoreum.

Una de las lavadoras se detuvo. Todos estaban tan emocionados por Yeoreum que nadie se dio cuenta. Justo en ese momento entró Jaeyun, el veterinario. Acababa de recibir un mensaje que decía que su colada estaba lista.

—Oh, pero si es la dueña de Ari. ¡Y también el dueño de Jindeol! Me alegro de veros.

Su voz profunda era tranquilizadora.

—No sabía que compartiéramos lavadoras. ¿Será por eso por lo que te quiere tanto Jindeol? —preguntó el viejo Jang sonriendo.

—La dueña de Ari me habló de esta lavandería. Es un

lugar muy agradable —respondió Jaeyun mientras metía su ropa en la secadora.

Ahora que una de las lavadoras había quedado libre, todos se miraron los unos a los otros. ¿Quién debería usarla primero? Como nadie decía nada, Seeung tomó la iniciativa:

—Por favor, permitid que la policía dirija el tráfico. ¡Metamos todos la ropa y lavémosla a la vez!

La manta favorita de Daeju, a quien ahora le encantaba el té de azufaifo; el cojín de Yeoreum, que la había acompañado durante todos sus viajes como escritora; el uniforme de policía con el que Seeung había cumplido su sueño; la ropa manchada de pintura de Yeonu y el uniforme con el nombre de Mira bordado.

Splash, splash.

Enseguida comenzó el chapoteo de las olas rompiendo en el interior de la lavadora.

Sonó la campanilla que colgaba de la puerta de la lavandería. El último en llegar fue Jaeyeol. La larga cicatriz de su mejilla había sanado por completo. Colocó un diario nuevo sobre la mesa, con la cubierta de un bonito azul cielo. Sus páginas aleteaban suavemente con la brisa, como si estuvieran esperando para recibir nuevas preocupaciones solitarias e inconfesables.

¿Qué tipo de historias llenarían sus páginas?

## 2

No hay nadie en la Lavandería Gira-Gira de Yeonnam-dong. Es hora de rellenar las lavadoras con el sedoso suavizante. De vaciar los filtros de polvo de las secadoras y de limpiar los cristales de las ventanas. Hora de llenar la máquina de café con granos para que todo el mundo pueda disfrutar de una taza bien caliente.

Por último, toca llenar los ambientadores con ese olor característico marca de la casa. La tranquilizadora fragancia a ámbar y el cálido aroma a algodón se esparcen como invitando a los transeúntes a que pasen.

«Todo está listo. Es hora de recibir nuevas coladas.»

# NOTA DE LA AUTORA

Mientras escribía esta novela aprendí dos cosas: que abrir el corazón y mostrar los sentimientos a los demás es lo más difícil que existe, y que tener a alguien que te escuche es una suerte inmensa.

Me gustaría decir lo mucho que quiero a mi familia, que siempre ha sido mi diario verde claro. También me gustaría agradecer de corazón a todos los que han trabajado para convertir este libro en una realidad. Querido lector, este diario es para ti.

Si has estado guardando sentimientos que no podías compartir en lo más profundo de tu ser y necesitas lavar tu pesadumbre, no tienes más que abrir la puerta. ¡La puerta de la Lavandería Gira-Gira de Yeonnam-dong siempre estará abierta para vuestros corazones!

*Kim Jiyun,*
*principios del verano de 2023*